读客® 这本史书真好看文库

轻松有趣，扎实有力

中日恩怨两千年 2

关于真实的中日双边关系，你又了解多少？

翻开本书，为你彻底理清中日之间外交往来、文化交流、战争冲突的历史渊源与来龙去脉。

公元57年，汉光武帝授予倭国使者“汉委奴国王”金印，倭国正式成为大汉藩属，
也正式拉开了此后两千年的恩怨序幕……

第二部：万历抗日援朝，中日国力首次较量

樱雪丸 著

人民日报出版社

图书在版编目（CIP）数据

中日恩怨两千年.2/樱雪丸著.
--北京:人民日报出版社,2013.11
ISBN 978-7-5115-2223-8

Ⅰ.①中… Ⅱ.①樱… Ⅲ.①中日关系—国际关系史
②中国历史—通俗读物③日本—历史—通俗读物
Ⅳ.①D829.313 ②K209 ③K313.09

中国版本图书馆CIP数据核字（2013）第267319号

书　名	中日恩怨两千年.2
作　者	樱雪丸
出版人	董　伟
责任编辑	林　薇
特约编辑	唐正申　马伯贤
封面设计	读客图书
出版发行	人民日报出版社
出版社地址	北京金台西路2号
邮政编码	100733
发行热线	（010）65369527 65369512 65369509 65369510
邮购热线	（010）65369530
编辑热线	（010）65369526
网　址	www.peopledailypress.com
经　销	新华书店
印　刷	北京鹏润伟业印刷有限公司
开　本	680mm x 990mm 1/16
字　数	198千
印　张	15.5
印　次	2014年1月第1版　2014年1月第1次印刷
书　号	ISBN 978-7-5115-2223-8
定　价	35.00元

如有印刷、装订质量问题，请致电010-85866447（免费更换，邮寄到付）

目录

第一章

中国的风水，日本的京都

鉴真的到来，将唐日两国之间的友好交流推向了一个新的高度，同时也使得日本对大唐的崇拜之情上升到了一种无以复加的地步。

这并非夸张。

之前就说过，在孝谦上皇摄政时代，朝廷曾经把所有的官制都一一对照，并起了相应的中国名（唐名），其实据说当时还有人提出不但官位要用唐名，最好人名也改成唐式的，好在女皇人人冰雪圣明，当场就给驳回了，不然用不了多久，整个平城京里头就该遍地走着李家的人了。

改名还只是其一，接下来说其二。

延历十三年（公元 794 年）十月二十二日，桓武天皇下令迁都，把京城从平城京搬到了山背国北部的葛野，然后把山背国改名为山城国，接着又将葛野改称平安京。

著名的“平安时代”就此拉开了帷幕。

山城国就是今天的京都府，平安京大致就是现在的京都市。

就这座城市的本身而言，堪称是唐文化，尤其是唐代建筑文化在日本的极致体现。

平安京的内部规划构造严格仿造了中国的长安城和洛阳城：西侧仿长安，东侧仿洛阳，基本上就是两城的等比例仿照版。不过后来西侧废弃，因此实际上的主要市街只剩下了东侧的洛阳部分，故而人称小洛阳，在古时候的日本，去京都也被叫做“上洛”。

直至今日，“洛”仍是京都的简称，那里不但有“洛阳交运”“洛阳堂”，还有一家名为“洛阳工业高校”的学校，著名影片《御法度》（北野武主演）的导演大岛渚，正是毕业于此。

不过当时日本大都市规划仿唐并非稀罕事，几乎可算得上是惯例，国家首都更是如此。但关键在于，自打迁都平安京，在此之后的整整一千余年里，日本的首都都不曾挪过地方，不管国家闹腾得多厉害，京城永远是这一亩三分地，天打雷劈海枯石烂也不动摇。

为什么？

我们在上一本的时候已经说过了日本历史的大致进程，也知道日本古代的主要政治中心要么在九州，要么在奈良，最次也在大阪，京都一带在那个时代尚属待开发地区，平安京所在的那个位置更是一片荒芜，堪称不毛之地，可为什么桓武天皇偏偏就要在那里建都呢？

从宏观的角度来看，我们不难发现，其实平安时代之前日本的首都一直在变，迁都从来就不是什么罕见的事儿，但不管迁到哪，首都就是国家的政治中心这一点却从未改变。而平安时代之后，虽然日本的首都被定格在了京都长达一千年，可国家的政治中心却并非一千年不变地都在那儿，比如丰臣时代的政治中心在大阪，德川时代在江户，等等。至于京都这个地方，到了后来纯粹就成了皇城，只是一个供天皇居住的地方，虽然那地方因为半仙天皇的存在，仍然是国家的首都，并且颇具神圣性，但同时不得不承认的是，在那个天皇沦为象征乃至傀儡的岁月里，堂堂一国首都却不再是政治中心了，甚至几乎和国政都失了缘。

于是问题就出来了：都这样了为什么还不迁都？

从历史经验来看，“挟天子以令诸侯”这种勾当很明显是应该把天子挟在身边才好掌控，可后世的众多日本实权统治者，既没有自己跑去京都执政的打算，也似乎并不准备让天皇迁都到镰仓或是江户（当然天皇本身也不肯），这又是为什么？

换句话讲就是，为什么古代日本人在国都方面会如此执著于京都这个地方？

个中的理由，说得铿锵一点，是因为中华文化源远流长博大精深。

说得玄乎一点，是因为那地方的风水好。

但不管怎么说，平安京的脱颖而出都和中国文化有关。

桓武天皇迁都的原因是出于政治上的考虑。他是光仁天皇的儿子，也是天智天皇的曾孙，不过在他继位之后，天智一族的力量已经非常薄弱了。虽然他贵为天子，可当时整个平城京乃至整个大和国（今奈良县）里都没几个肯听他的，各路豪族各自打着各自的算盘，对中央朝廷置若罔闻，一副无所谓有无的态度。

在这种情况下，天皇就想到了搬家，预备换一个环境再换一套班子。

新都城的地点一开始被选在了山背国的长冈，也就是今天的京都府的向日市附近。那地方算是当时山背国那一片里头最繁华的了，从延历三年（公元 784 年）开始，秦氏一族就奉了天皇的旨意，在那里搞开发。

本来迁都长冈这事儿已然是定了，连长冈的名字都被改成了长冈京，可就在桓武天皇都开始收拾细软准备开路的当口，意外发生了。

简单说来就是在搬家前大和国发生了一场地震，接着周围又出现了饥荒，遍地饿殍都还没来得及埋下去，滔滔洪水又席卷而来，等到洪水退下，大伙都以为灾难到此为止，谁知道瘟疫又蔓延了开来。

和瘟疫一起四散的还有谣言，整个奈良国上到朝堂下至江湖，都流传着诸如天皇失德，没资格当天子之类的说法，一时间人心惶惶。于是桓武天皇当然就吃不消了，众所周知，日本的天皇主要是以“神威、神德、神道、神迹”服众，结果现在却弄得天怒人怨，如果不想办法来弥补的话那肯定要出大事。

所以他就问群臣，该如何是好。

大臣们很想说你问我我问谁，毕竟是天灾，你问人怎么办？人能怎么办？

就在这一筹莫展之际，正在长冈京搬砖的秦氏一族收到了风声，于是他们立刻派了个家族代表赶回了平城京，面见桓武天皇，然后告诉他说，之所以会发生这一连串的天灾，是因为妖魔作祟。解决的办法有且只有一个，那就是弃用长冈京，另寻一处风水好的地方当新首都，以镇压魔物，顺便保国泰民安皇朝万年。

天皇似懂非懂，但见那个姓秦的家伙说得头头是道，便也跟着不住地点头，一副虽然不是很明白但总觉得好厉害的模样。

他主要不太明白什么是风水，虽然这对于桓武朝的日本而言，并非是个新概念。

早在飞鸟时代，风水学说就从中国传入了日本，只不过因为列岛本土的神道教根深蒂固，加上佛教深入人心，所以风水在列岛一直都是非常小众的，传播范围非常有限。即便是奈良时代遣唐使大规模来往于唐日之间的时期，风水学的普及也仅限于中国移民和“知唐派”日本人之间，对于广大的其他日本人来讲，仍是非常陌生的一个词。

不过，作为当时屹立于整个渡来人集团之首的秦氏一族，当然是精于此道的。

他们告诉天皇，根据自己多年来的观察经验，如果真要迁都，那么新首都最好是造在葛野那里。

桓武天皇忙问为什么。

那位秦氏成员则反问道：“陛下，您知道四圣兽吗？”

天皇点点头又摇摇头，表示自己听说过，但并不知道具体。

“四圣兽指的是青龙、朱雀、白虎和玄武，他们分别守护着东西南北四个方向。”

天皇说这个我懂，从飞鸟时代的时候起，但凡造宫殿，东西南北必定会竖起画有四神兽的旗帜，用于守护。

这是实话，虽然那会儿风水学的概念普及率很低，然而四圣兽在皇亲贵族中却一直被频繁地使用着，除了上述造宫殿插大旗之外，还主要体现在权贵的陵寝里头，比如在据说是天武天皇的某位皇子，或是奈良时代高官的高松冢古坟和龟虎古坟中，就有画着四圣兽的壁画。

只不过，让桓武天皇感到奇怪的是，这四圣兽跟新首都的所在地又有什么关系？首都不管选在哪，旗子不照样都能竖起来吗？

秦家人摇了摇头，表示话不是这么说的："唐土的风水学博大精深，绝非仅限于插旗壁画那么肤浅，事实上风水这样东西本身就应该要跟自然地理环境相结合才能发挥出最大的作用。恕臣下直言，先代的那些插旗作画的表面功夫，虽不能说是无用之举，但比起前者终究还是差了一截。"

此言倒也不虚，就好像如今造房子，房间内部的摆设固然也有讲究，但整栋房子到底造在哪里，是靠山还是靠水，是坐北或是朝南，显然更被关注。

天皇虽然觉得秦家人的话说得挺有道理，但仍是不明白为何首都要在葛野："葛野之地的风水很好吗？"

"是的。"秦某点点头，"之前臣已经说过，四圣兽分别守护四个方向，而与此同时，他们也都有各自的栖息之地。青龙住在川流，朱雀栖于湖沼，白虎位于大道，玄武则在山陵。葛野那个地方，青龙位上有鸭川，朱雀位上是巨椋池，西面的白虎位是山阴道，北面有船冈山，四方正好完全对应，从风水上来讲，堪称完美，所以我们秦氏一族都认为，那里才是新都城的不二之选。"

不等天皇说什么，他又接着补了一句："如果定都葛野，不仅能镇住肆虐的魔物，也能保皇家万年。"

其实秦家人说的这个概念我们至今都还在用，一般而言你家房子若是恰巧东南两面有水，北面有山，西面是大道，那么在找人看风水的时候定然会被赞不绝口，有点本事的风水先生还能顺口吟出一首诗：“朱玄龙虎四神全，男人富贵女人贤。官禄不求而自至，后代儿孙福远年。”

就这样，葛野成为了新首都，并被起了一个吉祥的名字——平安京，也就是后来的京都。

当然，本着唯物主义科学历史观的态度，我们显然不能把定都平安一千年不动摇这事儿的原因仅仅归于单纯的风水好，事实上的确也不只是因为风水，还有其他各种原因，比如日本特殊的国情之类。但不可否认的是，在日本这个国家的历史发展过程中，很多事关国体政体的大事，或多或少地总会被烙上些许中华的印记。

延历十六年（公元 797 年），也就是迁都平安京后的第三年，桓武天皇下圣旨，说要征讨虾夷。

虾夷就是北海道，最开始叫毛人。

北海道这个地方，在当时的日本属于外围势力，就是名义上确系皇家领土，但时不时地就会因为各种原因而滑出版图。每当发生这种情况时，如果朝廷各方面条件都允许的话，便会派人前去征讨，而要是那几年日子过得比较困难，那也只能睁眼闭眼随它去了。

桓武朝的生活似乎比较滋润，所以天皇一直在打北海道的主意，从迁都平安之前就是如此，迁都之后因为很长一段时间里都挺国泰民安的，于是便更加肆无忌惮地动起了刀兵。

只不过这一回情况有点特殊，虾夷之地的首领阿弓为流，是个相当不好对付的狠角色。

此人从延历八年（公元 789 年）开始就竖大旗造反，七八年来不仅数次打退前来围剿的官兵，甚至还把势力从北海道扩张到了本州岛的东北部，故而天皇在出兵之余，也不得不思量一下这领兵大将究竟该让谁来担任。

其实这事儿本来并不新鲜，虾夷隔三岔五造反，朝廷例行公事地去剿，然后胜败乃兵家常事地有输有赢，如果这也算事儿的话，那我们这本书干脆叫“日本上下两千年”得了。

事实上之所以要把单单这一回拿出来说，主要原因有二：第一，为了本次征讨虾夷能顺利进行，天皇特地设立了一个官位，叫征夷大将军；第二，任征夷大将军的那人，叫坂上田村麻吕。

征夷大将军一职，在当时属令外官，也就是编制外的职务，而且不常设。说难听点就是编制外的临时工，但权力很大，是由天皇直接任命的军事指挥官，并且一旦被任命，那就有全权指挥军队的自由，正所谓“将在外，君命有所不受”。

这个职务的诞生其实也和中国有关，确切地说是日本学习中国后的产物。

遥想当年，日本样样都以中国为榜样，文化科技自不在话下，到最后连思想理念都没放过，把华夷思想也给搞了一回拿来主义，弄出了个日夷思想。

简单来讲就是以日本为中心，除了中国和朝鲜之外，周边四方的国家都是化外番邦，然后根据东南西北分成东夷、南蛮、西戎和北狄。

所以也就自然而然地设立了征夷将军（注意没有“大”）这个职务，同时应运而生的还有征狄将军、征西将军等名字和意思都差不多的职位。

征夷将军的工作内容主要就是如名所示的那般对东夷用兵，即征伐虾夷人，所以也叫镇东将军、征夷使等等。

然后到了延历九年（公元 790 年）那会儿，桓武天皇先是任命了一个叫大伴弟麻吕的人为征夷使，接着又在四年后将他的官位升级为征夷大将军，并配发节刀，命其出兵虾夷。

按理，这个大伴弟麻吕应该就是日本史上第一位征夷大将军了，但实际上话却不能这么说。

这主要是因为大伴弟麻吕尽管拜领了节刀，但并没有真正去虾夷打仗，而是把战事都交给了他的副手坂上田村麻吕。

不仅如此，在公元 795 年，大伴弟麻吕还将节刀交还给了朝廷，表示自己并不适合担任此职。正好此时那位坂上田村麻吕在虾夷连战连胜，凯旋归朝，于是延历十六年（公元 797 年），天皇便将征夷大将军一职封给了他。

所以一般认为，日本真正意义上的第一任征夷大将军，是坂上田村麻吕。

这人我们在上一部里曾经提过，乃是从中国大陆渡来的大汉皇裔东汉氏之后。他生于天平宝字二年(公元 758 年)，自年少起就以武勇而闻名，长大后在近卫府任职。

大伴弟麻吕拜大将军那会儿，朝廷给他设了四个副手用于辅佐，田村麻吕就是其中之一。

正因为这场战绩，再加上大伴弟麻吕交还节刀撒手不干，所以天皇便封了田村麻吕为征夷大将军，同时，也要他做好准备再度出击虾夷，以期彻底剿灭阿弖为流。

延历二十年(公元 801 年)，田村麻吕再度出兵，并且再度大获全胜，生擒反军士兵五百余人，这其中还包括了阿弖为流本人。

一个折腾了大家伙儿十几年的心腹大患就这么被除掉了，为了表彰坂上田村麻吕，天皇决定把原本只是临时职位的征夷大将军作为终身荣誉称号封赏给他。

所以一直到弘仁二年（公元 811 年）去世，田村麻吕都一直顶着征夷大将军的名号。

不仅如此，因为非常勇猛，他也被后世的日本民众尊为武神。

延历二十五年(公元 806 年)，桓武天皇驾崩，传位于长子安殿亲王，称平城天皇，改元号大同；平城天皇在位三年后，把皇位让给了同母弟弟神野亲王，然后自己当起了上皇。

神野亲王称号嵯峨天皇，是一名里程碑式的人物。

一般来讲，平安时代给人的第一印象是四处散发着文艺气息，在那个年代，京城的青年男女贵族们其乐融融地吟诗作赋、写字作画、结伴出游、观花赏月，甚至连偷情，也能被用最曼妙的词汇描述得无比罗曼蒂克。

这种往好了说叫温馨浪漫，往难听了讲叫安乐糜烂的风气，正是由嵯峨天皇开创的。

这个人虽然也不能说是无所谓权位，但比起国家朝政来，他显然更喜欢花鸟风月，特别是中土大唐的花鸟风月。

嵯峨天皇是一个很标准的文艺青年，能画画，能写诗——当然是汉诗。除此之外他还将日本原有的花道和大唐的花道相结合，创造出了一个新的茶花流派，名为嵯峨御流。

更难能可贵的是，这位嵯峨天皇还写得一手好字，当时日本书法造诣最高的有三人：空海、橘逸势和嵯峨天皇，他们被合称为“书道三笔”。

或许有人会觉得当皇上的整天没事干练几个字，练出了境界也没甚了不起的，但你得明白，首先嵯峨时代的日本书法写的都是汉字；其次，那三笔里头的两笔，都是去过大唐的遣唐使。

正所谓“上有所好下必甚焉”，在嵯峨天皇的带领下，平安京乃至日本全国都掀起了一股以效仿大唐为尚的风潮，具体表现为大小贵族们写唐诗，说唐话，画唐景，以及建筑、雕刻全面仿照唐式，教育体制也无限靠近大唐，甚至连学生用的教材，都是原装唐朝进口。最不可思议的是，当时日本贵族学生们学的历史，并非本国史，而是中国史。

这被后世称为“弘仁文化”，基本上可以算是日本效仿大唐最甚的一个时间段了。同时，诸权贵们也借着学唐仿唐的机会，大兴唐朝的各种娱乐，一时间，整个上流阶层都弥漫着享乐安逸的气息。

此外，由于能写会画且享誉文坛，所以后世还给嵯峨天皇起了个能流芳百世，并且世界通用的洋气名儿：大种马（日文直译是指“生孩子很擅长之辈”）。

据不完全统计，这位天皇活了56岁，子女却至少有49名，平摊下来基本上是以每年一个的速度，生产着自己的后代。

这种不计后果的行为直接导致了子女过多，活活地把皇家给吃穷了。无奈之下，天皇只能分出几个儿子，取消他们的皇室身份，让其改姓其他并独立门户，以减轻财政负担。

其中，有一拨皇子皇孙姓源，分别叫源信、源常、源融等等。

然后嵯峨天皇的弟弟大伴亲王，后来也当了天皇，叫淳和天皇，他有个儿子叫高栋王，也被取消了皇籍并赐予臣姓，姓平，叫平高栋。

这便是日本四大姓中平源二氏的来历。

因为后来一般名门武士多出自这两家，而嵯峨天皇跟淳和天皇又是兄弟，所以他们的父亲桓武天皇也被誉为是武士之祖。在黑泽明的电影《七武士》里，在那位农民武士菊千代偷来的家谱上，第一个写着的就是桓武天皇。

第二章

最后的遣唐使

贞观九年（公元 867 年），平安京内爆出了一条大新闻。

说新闻之前，有必要先介绍一下这贞观二字——尽管字样和中国大唐太宗时代所用年号完全一致，但此贞观非彼贞观，乃是日本的清和天皇在公元 859 年所改，典出《易经》："天地之道，贞观者也。"

其实日本的年号除早期之外，基本都出自中国的各类经典，比如著名的明治时代，"明治"二字也是出自《易经》："圣人南面听天下，向明而治。"

明治之后的年号叫大正，还是出自《易经》："大亨以正，天之道也。"

而我们中国人最熟悉的裕仁天皇，他的年号叫昭和，出自四书五经中《书经 · 尧典》，原话是："百姓昭明，协和万邦。"

至于现在日本用的年号平成，则典出《史记 · 五帝本纪》："内平外成，天平地成。"

言归正传，话说那条被平安京里大小人等津津乐道的新闻就是，有一个年仅 22 岁的家伙，成为了"文章得业生"。

他的名字叫做菅原道真。

此人在日本历史上和武神坂上田村麻吕地位相当，被誉为文神。

菅原道真出生在平安京的一个文化世家，他爹叫菅原是善，官至从三位刑部卿，基本相当于现在的法务大臣，同时也是当时著名的文化人，写的和歌汉诗还受过嵯峨天皇的赞赏。

或许是因为家庭环境以及父祖遗传，道真自幼便是个神童，据说五六岁时就能写出非常工整、连一般大人都自叹不如的汉诗。

日本贞观四年(公元862年),年仅17岁的菅原道真考上了“文章生”，五年后，又被选为“文章得业生”，一时间传遍了街头巷尾。

如果你不明白什么叫“文章生”什么叫“文章得业生”，那我现在就说给你听。

平安时代的日本选拔官员的方法主要有两种：一种是凭家世，只要你爹够狠够大，那你哪怕瘫在轮椅上，歪着嘴流着哈喇子也能当大官；而像菅原道真这种，家里尽管也算是个高官，但还远没到能一手遮天的程度，他就只能选择第二种——考试。

有人说古代日本学了中国的几乎每一样东西，但两样除外：一是太监，二是科举。

这话说得并不对，至少不确切。虽然日本确实没有设立过宦官制度，但科举还是曾经有过的。

早在奈良时代，日本就从中国引进了科举制度，从下到上分为三等：进士、明经和秀才。

是的，在日本，秀才的级别要比进士高。

早期的科举除了选官员之外，还兼有选拔遣唐使留学生的作用，比如吉备真备就因为在灵龟二年（公元716年）考上进士，并且还取得了最高的甲等成绩，故而被选为了当年度的赴唐留学生。

到了日本贞观年间，科举开始发生了变化，从原先的三级考变成了两级考，去除了明经，并且把“进士试”和“秀才试”分别更名为“文章试”与“方略试”。前者的合格者叫文章生，通常在几百名考生中只录取二十人；后者的合格者叫文章得业生，是在前者的那二十人中挑出两名最优秀的予以录取。

而菅原道真的彪悍之处在于，他通过了文章生考试之后，在还没有参加方略试的情况下，就因为非常优秀而直接被选上了文章得业生，之后为了让其他文章生心服口服，便又在日本贞观十二年（公元870年）的时候参加了方略试，并且果然不负众望地一举通过了。

再加上当时不过二十出头，也就难怪会成为大街小巷的谈资新闻了。

顺便插一句，日本科举考试的内容主要是中国的文史经典。其中史学部分，则几乎清一色来自当年吉备真备从大唐背回来的那一大箱子史书，所以这家伙同时也是日本科举之祖。

元庆元年（公元877年），因才高八斗学富五车，菅原道真被任命为文章博士。

文章博士是令外官，但亦有相对应的唐名，叫翰林学士。它的主要职责是主管科举考试，也就是对诸考生的评定和筛选。

对于当时那些只能靠读书来谋升迁的中小贵族来讲，这基本上就是一个能够主宰他们一生命运的了不得的官职。

菅原道真在这个位子上一干就是几年，仁和二年（公元886年），因为文能提笔武能扛枪，故而朝廷下旨，升他为讃岐守，也就是讃岐国（今香川县）的地方官。

“武能扛枪”这四个字不是随便说说的，菅原道真确实精通各种武艺，尤其是弓道，据说可以百步穿杨，并且箭无虚发。

当年正月十六，道真出生以来第一次离开平安京，怀着满腔效仿圣贤亲民爱民的期待，抵达了赴任地点讃岐国。

尽管在来之前，他也做过一些口头及书面调研，知道这位于四国岛的讃岐国并不富裕，以后的日子肯定不如在京城那么好过了。然而即便是已经做好了各种心理准备，但当自己亲眼目睹了讃岐的贫穷景象时，这位新上任的讃岐守仍然被彻底地震惊了。

讃岐太穷了，真的太穷了，和平安京一比那简直就是非洲贫民窟和纽约曼哈顿之间的差别。

“讃岐的人们穿着破烂不堪的衣服，住在破烂不堪的房屋之中，宛若乞丐一般。

“他们舍弃了自己的土地和家园，四处逃荒，过着凄惨不堪的日子。”

在自己的日记小本本里，菅原道真如此写道。

当然，作为一名朝廷钦派的地方长官，光是发现问题然后再在小本子里记上两笔肯定是远远不够的，接下来要做的，是寻找问题产生的根源并将问题彻底解决。

关于前者，菅原道真一开始认为是老百姓太懒，素质太低——国家都发给你们土地了，你们却不耕种，还逃荒，真乃朽木刁民是也。

但很快他就发现自己错了，因为讃岐国的老百姓虽然穷，可并不刁，相反还相当胆小，相当本分，相当善良。

“在讃岐，贫穷的人小心翼翼地不敢招惹富人，但彼此之间却一直相互帮助着，哪怕是家徒四壁者，常常也会向比自己更穷的无家可归者伸出援手。”

在《早春词》中，道真这样描述着自己的子民。

其实当时并非讃岐一国是这样，基本上全日本都是如此。老百姓普遍淳朴本分，但很穷，全国都很穷，就连首都平安京，城外头也常常能看到饿殍倒卧——他们都是抛弃了自家土地来京逃难的农民。

所以菅原道真开始反思，既然老百姓勤劳勇敢善良淳朴，国家又发给了他们田地，那么他们为什么不肯去种？如果种了这地，不就不用受穷了吗？百姓不穷，国家岂不是也能富裕了？

抱着这样的疑问，他身体力行地来到了民间，随便找到了一个正准备去外乡逃难的人，然后拉着他坐下，说要谈谈。

这位微服私访的讃岐守大人提出的第一个问题是：你们为什么要背

井离乡？

那个穿着一身破烂的人用看外星人的眼神瞅了瞅穿戴整齐的道真："在家也是饿死，还不如出去碰碰运气。"

道真很莫名："你不种地当然要饿死……"

"就是种了地所以才会饿死！"还不等道真说完，那人便一口打断了他的话。

这个惊悚的逻辑让菅原道真感到震惊："为什么？"

"因为要交税，要服徭役啊。"那难民苦笑了一下，"一块地的收成每年有多有少，可朝廷的税赋却是年年固定的，哪怕是颗粒无收，也得给官府缴粮；而徭役就更别提了，就算是农忙，说要你去服役你就得去，田里的活只能交给老人和女人。先生，你来告诉我，这样一来，纵然是有土地能种粮，可又有什么活路？"

这一天晚上，讃岐守菅原道真失眠了。

他终于明白了一个道理，导致贫穷的并非农民本身，而是朝廷，更是制度。

数百年来，日本为了繁荣强盛，事无巨细都一直在模仿着大唐，然而恰恰就是从大唐山寨来的这套租庸调制度，反却导致了今日日本的贫穷，农民的离乡。

进一步说，正因为一味地跟风大唐，疯狂模仿甚至到了无视自己国情的地步，才会使得整个日本国都无法有效地进行自我发展。

吉备真备那一代所提出的疑问，在菅原道真这一代得出了答案。

解决的方法他也很快想好了，那就是把这套从大唐照搬来的律令给废了，然后换上一套适合日本人自己的制度。

这招听起来相当不错，既伟大又靠谱，只不过问题的关键在于，此时的这位菅原大人撑死也不过算是个封疆小吏，人微权轻，他凭什么去参与这改变国家体制的大活动？

对此，道真也有方案，那就是通过努力当上中央大员，等权倾天下之后再搞一场举世无双的大改革。

虽然在常人眼里这几近于天方夜谭，但菅原道真毕竟是三岁识千字五岁能作诗的菅原道真，很快，他就寻摸到了一个能高升的机会。

话说仁和三年（公元887年），光孝天皇因病驾崩，由于走得急，也没留遗诏，所以只好由诸大臣们开个会，讨论选出一个新天皇来。

光孝天皇是嵯峨天皇的孙子，尽管和爷爷相比，子嗣稍少，但这家伙光儿子也有二十来个，要想从里面选出一个能继承皇位的，多少得费些口舌和时间。

就在众臣为下一代天皇该让谁来当僵持不下时，太政大臣藤原基经横空出世，表示这个皇位，很明显应由定省亲王来接手。

太政大臣，乃太政官之首席，唐名叫做相国，大丞相抑或是太师，不管叫哪个，它都是位极人臣的象征。

而被藤原基经举荐的那个定省亲王，是光孝天皇的第七皇子，元庆八年（公元884年）被下赐源姓，失去了皇室身份。

虽说光孝天皇病重之后他又被封了亲王，但不管怎么说，日本的惯例向来是皇家是神，臣子是人，一旦脱离了神籍的家伙无论从何角度来考虑都是几乎没可能再回到神的小圈子里来的，更不用说当天皇了。可是因为藤原基经的强力推荐，满朝文武无人敢驳其面子，大家只能同意让定省亲王继承大统。

当年九月，亲王上位，称宇多天皇。

宇多天皇很清楚，自己之所以能从人变成神到底是谁的功劳，故而在即位后不久，他便下了一道圣旨，封藤原基经为关白。

关白是日本的一个令外官，尽管属编制外，可权力极大。

这官简单而言就是摄政，即当天皇年幼或是人傻的时候，关白便代表皇上统治全国，即便天皇不傻，全国的政务也要先经关白之手，再转交给天子，同时，他还拥有直接草拟并且颁布圣旨，以及对政事进行最终裁决的权力。

顺便一说，“关白”二字也来自中国，典出西汉权臣霍光的一句话：“诸事先关白光。”就是说凡事必须先要请示霍光，然后再跟皇帝说。

所以关白在日本也叫“博陆”，因为霍光封爵博陆侯。

作为一个权倾天下的老牌政客，藤原基经在接到圣旨之后很淡然地选择了拒绝——这是一种礼节，民间俗称谦虚。

毕竟关白不是一块水果糖，堂堂太政大臣要真没一点矜持地见了就抢说拿就拿，那是很掉身价很没面子的。

天皇也明白这个道理，于是在藤原基经婉拒关白之职后又下了一道圣旨，二请出山。

该圣旨由一代名儒左大弁（官位）橘广相起草，天皇亲自敲章。在文中，作者橘左大弁引经据典，高度赞扬了藤原老太政的各种高风亮节，并且衷心地希望他能出任关白一职，以便更好地为国，为天皇发挥自己的能力。

原话是：“希望藤原卿无论如何都要担任此阿衡之职。”

阿衡，也叫保衡、阿保，意为国君辅佐之官，和关白同义。同时，也是中国古代著名摄政大臣伊尹的尊号。

伊尹乃是我华夏大贤，帮助成汤开创了殷商六百年天下不算，还辅佐汤孙太甲治理国家几十载，被誉为中华历史长河中的第一位圣人。

把藤原基经比作伊尹，这等于是给了他一顶高到不能再高的帽子，同时也算是好话说到了头，毕竟在当时人们的概念里，也找不出比伊尹更出挑的角色来形容一个臣子了。

言下之意很明确，就是希望藤原基经别再谦让了，赶紧出山当关白，让大家都省心。

此时的藤原基经虽是仍想一脸娇羞地推辞一下，可无奈他也知道要继续这么下去人家再写圣旨请出山时，就只能把自己给比作唐宗汉武了。

毕竟身为人臣，凡事总得给天皇点面子，于是在接下了圣旨之后，藤原基经再未拒绝，而是将其拿给亲信们传阅，并且表示自己准备走马上任。

本来这事到此就算告一段落了，用日本话来讲叫“一件落着”，然而没想到的是，就在诸心腹交口称赞自家老大被誉为千古圣人时，一个反对的声音响了起来：“不妥，不妥啊。”

说这话的人叫藤原佐世，时任文章大臣。

藤原基经忙问有何不妥。

“阿衡一职，虽然位高近天，可却并无实权。”

这是扯淡。

稍有历史常识的人都知道，伊尹在辅佐汤孙太甲时，初期因太甲荒淫无道，故而亲手将其放逐，若干年后见此君真心悔改，才又将其迎回，重新把他扶上了王座。

如果这也叫并无实权的话，那估计只有那种一跺脚就把地球嘎吱裂两半的人才能叫有实权了。

事实上作为文章博士，藤原佐世当然知道阿衡到底有无实权，而他之所以要颠倒黑白提出那个惊世骇俗的结论，纯属是想拍一回马屁——既然藤原基经有心再矜持一把可又苦于找不到合适的由头，那就由自己来提供这个理论基础吧。

可他没想到的是，说者无心，听者有意。

藤原基经在听藤原佐世说完之后，第一个反应并非是暗自欢喜又能装一把矜持了，而是浑身毛发倒竖外加背脊阵阵发凉。

其实稍有历史常识的人还应该知道，所谓“位极人臣”这四个字背后的潜台词，实际上是“一手遮天”。

藤原基经是怎么做到太政大臣的我们这里就不详细说了，但即便是用膝盖也能琢磨明白，这家伙绝对不会是一盏省油的灯，其仕途过程一定满载了各种见不得人的黑历史。

但与此相对的，越是这种人，神经就越是敏感脆弱，只要稍稍听到一些或许会对自己不利的风声，就会防患于未然地大作起文章来。

更可悲的是，出身超级豪门藤原家的藤原基经，因为不需要像菅原道真那般靠考试来升官，所以对经史子集这种东西并无太深了解，所谓阿衡啊伊尹啊，也仅限于听过名字，至于详细的事迹，就全然不知了。

因此他把藤原佐世的话信以为真了，以为天皇要自己当关白实际上是想借升官之名，行收权之实。

藤原基经当时就怒了，撂下一句话："既然天子如此不希望我掌权，那我就把这大权归还于他好了！"

一旁的藤原佐世瞬间就摸不着头脑了：这是怎么了？

次日，太政大臣藤原基经奏明宇多天皇，表示愿意接受关白一职，但与此同时，将不再处理任何政务。

于是天皇也傻了，这怎么就突然罢工了？

然后就让人去查，查了一圈发现原来是藤原佐世在搞鬼。

天皇还没来得及说什么，橘广相先拍案而起："是可忍孰不可忍也！"

文化人一般最恨的，就是自己满腔热忱抖了半天书袋，自以为千古绝唱结果却被人歪曲成了垃圾，这在他们眼里堪比是杀父夺妻的侮辱。

所以橘广相要求和藤原佐世辩论，论题是伊尹阿衡到底是不是位高而无权。

事情发展到这一步，纵然是藤原基经也明白过来，其实就是藤原佐世信口雌黄拍马屁，然后自己信以为真地小题大做。

可正因为事情已经发展到了这一步，所以绝对不能让步认输，即便伊尹拥有能够流放国王的实权，但在这风口浪尖上，咬了牙也不能承认这事，因为一旦承认橘广相说的是对的而藤原佐世说的是错的，那么自己这一罢工行为该如何解释？太政大臣藤原基经由于权欲熏心外加不学无术而上当受骗并大耍无赖？

于是藤原太政也不甘示弱，公开表示辩论就辩论。

这么一来橘广相倒有点困惑了，赶忙又翻了翻各种史书，确信自己掌握着真理之后，便也挺起胸膛，一副你要战我便战的架势。

辩论会的具体形式是这样的：橘广相和藤原佐世作为当事人，只负责亮明自己的观点，但并不参与辩论，详细的讨论交给九名以饱读经书而著称的博士，他们在一番论战后，将会各自投票选择自己所认为正确的观点，最后以票数多寡来决定胜负。

辩论的过程我们略去，直接说结果：9:0，藤原基经完胜。

这叫做强权战胜公理——博士也是人，大家都明白你把黑的说成白的没啥关系，但你要得罪了藤原基经那可是要遭殃的。

于是天皇只得被迫取消了先前发过的那道圣旨，接着再把橘广相给罢免。但与此同时，他也在日记里表达了自己万分不爽和屈辱的心情。

而藤原基经却并不肯到此为止，在橘左大弁被罢之后，他又进一步上奏天皇，要求将橘广相流放，以作为自己回来干活的交换条件。

这个实在忒过分了，因此天皇断然拒绝。

所以藤原基经继续罢工，双方就这么僵持了起来。

这种最高权力层之间的勾心斗角，在古今历史中很常见，从表面上来看跟此时正在讃岐过苦日子的菅原道真没有一毛钱的关系，但实际上并非如此。

首先，菅原道真他爹菅原是善跟藤原基经有点交情。

其次，那个藤原佐世其实是道真的学生，他能当上文章博士，还亏了自己老师的举荐，不仅如此，这人实际上还是菅原家的姑爷，他老婆是菅原道真的女儿。

因为上述的这些关系，故而道真想要插手这次中央斗争也就名正言顺多了。

仁和四年（公元888年）七月，菅原道真修书一封，寄给了藤原基经。

信上先是对自己的倒霉女婿兼学生藤原佐世在京城弄出那么大的骚动表示了歉意，这纯属自己管教不严；接着又对藤原基经本人进行了高度赞扬，基本上能想出来的褒义词都给砌上了，活生生地把一个权奸给夸成了风华绝代的圣人君子，同时还不忘标榜一下自己，大意是我不在京城期间天子全靠您辅佐了，当然这话说得极为隐晦，并没有让基经本人感到任何不快；最后，道真笔锋一转，表示太政大人这几个月来您也该闹够了吧？差不多是收手的时候了吧？

之后，他再上了一道折子给天皇，表示藤原基经是难得的栋梁之臣，这次事件纯属意外，自己已经写信劝说太政大臣了，希望皇上在合适的时候给他一个台阶下，正所谓君臣和睦国之大幸。

宇多天皇当然是巴不得这事早一分钟解决，对他来讲给个台阶下压根就不是问题，问题在于没有台阶可下，藤原基经本人一直窝在家里闭门不出，满朝文武也无人敢出声劝架，现在唯独这个小小的讃岐守站了出来，也不知道他能不能劝得动太政大臣。

而另一方面，其实藤原基经也早就不想这么僵下去了，这家伙的初衷真的很简单，就是想单纯地摆个谱，他自己都没想到会闹成这副模样。自打双方卡在那儿之后，基经无一日不在等着天皇能来给自己一个台阶——比如学下刘备三顾茅庐什么的，可惜等了快几个月了都没等到，无奈之下只好为了面子而继续痛苦并僵持着。

现在既然菅原道真来信请求自己鸣金收兵了，那就干脆顺坡下驴买他个面子吧——谁知道这家伙是不是天皇背地里派来的求和使者？即便不是，他也不是外人，自己不仅跟他爹菅原是善勉强算个朋友，心腹加一族远亲的藤原佐世还是他的女婿，就算听他一回也不丢份。

数日后，藤原基经上奏天皇，表示自己不想再追究那橘广相了，而且也愿意以关白兼太政大臣的身份重新走出家门回到工作岗位，和以往一样地辅佐天子处理天下政务。

宇多天皇很感动——主要是对菅原道真。

因为此事的本质是藤原基经因为某件无聊的小事，和天皇闹了数月的别扭，不仅赶走了重臣橘广相还罢工示威，就在这紧要关头，讃岐守菅原道真一封信就解决了事情，恢复了和平。

你是天皇你也会感激他的。

宽平二年（公元 890 年），任期已满的菅原道真回到了阔别四年的京城，之后被任命为藏人头。

藏人头，就是天皇的秘书，主要工作是负责天子与大臣之间的各种沟通。

官不大，但地位很特别，属于皇上身边的贴心人。

宽平三年（公元 891 年），一代超级大权臣藤原基经因病医治无效在平安京去世，享年 55 岁。

这对于菅原道真而言堪称是春天降临的标志，因为原本一手抓着行政用人大权的基经现在蹬腿了，那么各种权力自然也就回归到了天皇手里，而天皇在掌权之后，第一个要提拔的，自然是当年帮过自己大忙的道真了。

宽平五年（公元 893 年），菅原道真出任参议。

所谓参议，系太政官一员，唐名平章事、谏议大夫，有参政朝议之权。简单而言，就是拥有能和天皇以及其他王公大臣坐在一个屋子里，讨论并参与国家大事的权力了。

也就是说，道真就此步入了最高权力的核心层。

他终于有机会来实现自己的梦想了。

在菅原道真的辅佐与建议下，宇多天皇开始把眼光投向了民间，为了更好地了解老百姓们到底过着怎样的日子，他还临时设立了问民苦使一职。

问民苦使其实是地方检察官，早在孝谦天皇时代就有了，不过那时候主要是为了监视藤原仲麻吕有没有勾结地方土豪造反，而宇多天皇时则更多的是想知道民间的具体情况。

不管哪个时代，民间疾苦总是触目惊心的，所以天皇在第一次知道了自己的子民到底生活在怎样的环境下后，痛下决心地表示，自己要通过努力，让老百姓们过上能吃大米能喝肉汤的好日子。

可惜没有了下文。

天皇其实也就是意思意思，所谓的努力，充其量是希望手底下那群当官的去努力，他自己本身实际上也就是三分钟热血，沸腾完了就该干吗干吗去了。

当年春夏，宇多天皇表示想派遣唐使去大唐，学习一下先进文化技术，最好再跑长安淘点儿稀罕宝贝回来。

纵观此时的日本，综合才华学识地位来看，最具备带领诸遣唐使赴唐，担任遣唐大使职务的，唯有菅原道真。

道真本人很兴奋，不是因为能当大使，而是觉得废除大唐制度的时候到了。

宽平六年（公元 894 年）九月十四日，左京大夫、左大弁兼参议兼第二十任遣唐全权大使菅原道真上奏宇多天皇，要求取消本次赴唐计划，不仅如此，他还认为，遣唐使这东西本身，已经没有存在的必要了。

在奏折中，菅原道真表示，当年如日中天不可一世的大唐王朝如今已然是残花败柳了，说难听点就是坟中枯骨，灭亡就在眼前，所以压根就不再具备让日本学习的价值，这是其一；其二，大唐多年来藩镇割据四处战火，乱得很，一大堆日本人去了难保不被人砍死。

其三，也是最重要的，这条不在奏章上，而是菅原道真当面跟天皇说的，他提出了一个截止到当时，没有一个日本人想到或者敢说出口的观点，那就是迄今为止，日本所谓的以大唐为标杆全面仿照大唐，无非是水月镜花。这种不考虑本国情况一味追求模仿外国的做法，恰恰是导致了自己数百年来又穷又弱的根源。

综上所述，日本要做的，是放弃效仿大唐，通过走自己的道路来实现强国之梦，而实现这一梦想的第一步，就是废除遣唐使。

在我看来，如果没有这第三条，那么菅原道真充其量只能算是一个能够审时度势的实用主义者，最多被赞一声头脑聪明，冰雪无敌，而有了那第三条，那道真就不愧是被誉为文神的男人了。

大唐即将完蛋，这在当时的日本属于公开的小秘密。尽管在很多历史读物、官方资料甚至是教科书上写着，日本实际派遣成功的最后一次遣唐使是在承和五年（公元 838 年），此话虽不能说错，可事实上在日本贞观十六年（公元 874 年），平安京方面为了采购香料、草药等物，特地派遣了以大神已井、多治安江为首的使节团赴唐，虽然他们并没有被算在所谓的“二十次遣唐”名单里，但严格来说，其实是最后的一批遣唐使。

其中，副使多治安江在回国后就表示，大唐虽然还是大唐，但早已各种乱象丛生，估计用不了多久，就会出大事，再用不了多久，兴许就该灭亡了。

这话他逢人就说，不到三个月，便一传十十传百地变成了平安京里众人皆知的秘密。

果然，公元875年，河南长垣爆发了王仙芝民变。三年后，王仙芝战死，余部在安徽亳州和冲天大将军黄巢的军队合并一处，为推翻唐朝夺取天下而共同奋斗在了一起。

这位黄大将军的事迹在此我就不说了，一是和主题不符且篇幅不够，二是不好说也说不好，反正公元 881 年的时候，黄巢军攻入了长安，其本人称帝，建立大齐政权，年号金统，而唐皇僖宗则不得已逃往了巴蜀之地。

虽然黄巢在公元 884 年兵败身死于泰山，唐僖宗得以全身回到了长安继续当皇帝，但经过这么一闹，大唐实际上算是彻底没戏唱了。

黄巢之后的事情我们前面都说了，唐朝那边算是回光返照似的稍微平稳了一些，于是宇多天皇又想起遣唐这茬儿了，连封大使的圣旨都下了，结果却因为大使本人出来当横，故而终究没有去成。

不仅没去成，在菅原道真的力谏下，天皇又下了一道圣旨，表示从今往后再也不派遣唐使了。就这样，这一延续了三百年的交流活动最终变成了历史。而菅原道真也成了名义上最后的遣唐使。

公元 907 年，朱温废唐哀帝，建立大梁，唐朝正式宣告灭亡。

而另一边，在成功迈出了第一步后，菅原道真意气风发，准备再接再厉地大干一场。

可是就在这个时候，一个堪称是他终生对手的人出现了。

那人的名字叫做藤原时平。

第三章

和风压倒唐风

藤原时平，时年（公元 894 年）23 岁，虽然年轻，却已官居三位中纳言（唐名黄门侍郎）兼右近卫大将（唐名虎牙大将军）。

之所以能如此身居高位，全因为他爹是藤原基经，同时还是藤原北家嫡流当主藤原忠平的哥哥。

这里我先来解释一下什么叫藤原北家。

还记得当年那被天花夺去了生命的藤原家四兄弟吗？也就是藤原仲麻吕的亲爹和三个叔叔：藤原武智麻吕、藤原麻吕、藤原房前以及藤原宇合。

这四个人，合称藤原四家，按照上述的顺序，分别代表了藤原南家，藤原京家，藤原北家和藤原式家。

因为出身豪华尊贵，故而和菅原道真大不相同的是，藤原时平的仕途堪称是一条金光大道，17 岁的时候，就担任了道真 45 岁才混上的藏人头。

而菅原道真自出道后，花了二十二年才混到的参议，藤原时平只花了五年，而且还是在没有被外放挂职锻炼的情况下，就轻松上位了。

不过时平倒也并非是那种单纯的纨绔，用宇多天皇的话来讲，就是这家伙虽然年轻风流，而且还是仗着祖上的光威才得以青云直上，但是在国家政治方面却是得心应手，当属辅国重臣。

宽平九年（公元 897 年），宇多天皇在没有任何先兆的情况下突然退位，将皇座让给了年仅 13 岁的皇太子敦仁亲王，即后来的醍醐天皇，自称太上天皇。

临走前，宇多上皇亲自指定了辅政大臣两名：大纳言藤原时平、权大纳言菅原道真。

大纳言，唐名亚相，在朝廷不设太政大臣的情况下，此官乃太政官之首。

权大纳言就是大纳言的副职。

之所以要把藤原时平立于菅原道真之上，理由当然因为他爹是藤原基经，但在宇多上皇写给醍醐天皇的信中，他却表示，道真是大学者，既有学问又会治国，而且年长成熟富有经验，所以你要有事的话，还是尽量问他吧。

就这样，菅原道真实际上一跃成为了群臣之首。

他上台后做的第一件事情就是改革——而且还是针对国家制度的大改革。

就在当上大纳言的当年，菅原道真发布了一道政令，承认土地私有，并且要求掌握着土地的全日本各豪族，每年按照一定的比率给中央交税，不许少，但更不许多——多收农民们的。

这看起来是一个很豪迈很大胆的决定，其实却也没那么夸张。

虽然大化改新时就说好了土地都归国家所有，但实际上这个政策并非是一块毫不透风的铁板。早在天平十五年（公元 743 年），为了改变当时日本贫穷、粮食产量低下、土地无法被全面开垦的悲惨局面，圣武天皇特地颁布了一部名为《垦田永年私财法》的法律。

这部法律文如其题，就是无论何人，只要去开垦了土地，那么除去每年按照一定比例上交给国家公粮之外，剩下的无论是粮食也好土地也罢，都将永远是此人的私有财产。

而这些开发者，也有一个法定的名称，叫开发领主，简称领主。

至于那些被开垦而私有的田，也有个专门的称谓，叫做名田，即有名字的田，换言之就是私人的田。所以领主们有时候也会被叫做名主。

再后来，有的领主因为名下的田地很多，地盘很大，于是便被人叫做大名。

我们熟知的“战国大名”“江户大名”这些名词，其实就是这么来的，它们真实的意思就是战国时代或江户时代的大地主。

再说这部《垦田永年私财法》，堪称是首次挑战了日本从大唐搬来的那一套制度，但却并不长久。天平神护元年（公元765年），当时正红得发紫的道镜认为私有土地对国家财政不利，于是便废除了《垦田永年私财法》。之后的一百来年里，该政策废了立，立了再废，折腾了很久，以至于最终进入了一个灰色状态中，即国家的律法虽然是明着不允许私有土地的，但事实上下面的豪族们早就都成地主了，朝廷对此没有任何办法，毕竟朝令夕改理亏在先，而且也确实不可能完全将这些拥有着土地的豪族清理干净，能做的唯有默认。

于是最终苦了国家和农民，前者因为收不到税而一直积贫积弱，后者则血汗钱被吸了个干净从而生不如死，而且名为交国税，实际上天知道是落到哪个土豪的口袋里去了。

现在菅原道真搞的这一手，等于是让原先的灰色制度直接摆正了姿态，在彻底承认土地私有的同时，也明码标价收费，既保障了国家的收入，也不至于太亏了农民。

只不过这么一来土豪们该不干了，虽说这年头哪有皆大欢喜的事情，有赚必有赔，可那赔本的买卖真要落在了自己的头上，则任谁都不会乐意的。

土豪不是农民，断然不甘吃哑巴亏的，面对道真的大刀阔斧，他们纷纷在朝中找起了内援，企图和庙堂重臣们联合起来里应外合，共同抵制那个出手比黑社会还狠的读书人。

一般来讲，那些在外面当土豪都快成精了的地方一霸，基本上都和朝廷中的某位甚至某几位大员有着千丝万缕的关系，要么是亲戚，要么是利益均沾，所以菅原道真得罪了他们，其实就等于是得罪了跟自己同朝为官的那群同僚。

不过他也不怕，来文的，自己是文神；来武的，自己能射一手百发百中的好箭。谁怕谁啊？

而朝中大臣们也知道这人是个油盐不进、文武双全，而且还得上皇宠信的高手，因此也不跟他明着硬拼，而是采取了迂回战术——罢工。

从宽平十年（公元898年）起，但凡菅原道真主持的高级干部政治会议，总会有人缺席，而且人数越来越多，一开始还只有两三个，好歹也请假，可到了后来干脆是一缺一大帮，并且连招呼都不打，说不来就不来。每回开会，道真的面前只有两排坐垫——当时的日本还没有椅子。

而那些不出席会议的家伙，则几乎都清一色地聚拢在了藤原时平的周围，并且还希望他带个头，利用藤原家在朝中多年积累下来的威望和实力，干掉菅原道真。

藤原时平的回答是：OK。

后世一般认为，藤原时平说好的原因是他代表了旧贵族的利益，出于一种誓死捍卫自家一亩三分地的反动阶级立场，而仇恨着革命派菅原道真，并且欲除之而后快。

这是大错特错的。

藤原时平和菅原道真之间，既无私怨，也无公仇。

时平的弟弟，也就是藤原北家的当主藤原忠平，和菅原道真的关系非常好。不仅如此，因为藤原时平本身也是个文艺小青年，所以对文神道真的敬仰之情，在当时也是相当公开的。

此外，就政治观点来看，时平实际上跟道真一样，也是改革派，同时也是一个认为日本想要发展就必须脱离大唐影响的去唐论者，而且两者都认为，改革要从最根本的方面入手。

唯一的不同点在于，道真概念里的根本，是国家的制度；而时平则认为，所谓根本，是文化。他的意思是，要想彻底改变一个国家，必须先从文化入手。同理，要想彻底改变日本，就必须得先用本土文化将那已经根深蒂固的唐文化印记替换掉。

藤原时平的确是理智的。

只可惜菅原道真不这么看，眼看着自己怀揣多年的强国梦离实现还差那么一步，他决定咬紧牙关跟藤原时平死磕到底。

对此藤原时平倒也无所谓，毕竟是藤原基经的长子，学不来自家老爹那一套呼风唤雨，但整几个人还是手拿把攥的。

两人的战争就此拉开了帷幕。

菅原道真有个女儿叫菅原宁子，嫁给了宇多上皇的第三皇子齐世亲王，作为岳父的道真，当然希望自己的姑爷能越出息越好——最好哪天能继承大统，当上天皇。

这本来是一个人皆有之的美好愿望，但藤原时平却密奏醍醐天皇，称权大纳言菅原道真图谋不轨，意图以强硬的手段迫使皇上您立齐世亲王为皇太弟，以便将来谋权篡位。

天下的皇帝其实都一样的，对于这种有可能威胁到自己皇位的事情，向来奉行宁可信其有不可信其无，所以醍醐天皇当机立断就作出了决定：驱逐道真。

昌泰四年（公元901年），在没有任何征兆的情况下，天皇突然下旨，撤去了菅原道真权大纳言一职，同时下令将其下放至大宰府，任权大宰帅一职。

圣旨下达后的第五天，菅原道真壮志未酬人先走，离开了平安京，留下了无尽的遗憾。

他再也没能回来，两年后，中年失意的道真在左迁之地大宰府郁郁而终，享年 58 岁。

临终之前，望着漫天的白雪，菅原道真留下了自己的辞世诗：盈城溢郭几梅花，犹是风光早岁华；雁足黏将疑繁帛，乌头点着思归家。

光是读着，就能感受到那满满的思乡悲情。

算了，那么哀伤的话题就此打住吧，来说点欢乐的科普小知识——大宰府。

这个词相信大家都不会陌生，上一部就有提过，系位于九州北部的重要行政机构，主要作用是稳定九州岛，监视朝鲜半岛乃至中国的动向。同时也有传闻称，那地方就是当年邪马台国的王城。

这些其实都无所谓，我现在要说的，是大宰府的正确表达方式。

因为数千年来一直都有人（包括日本人）习惯把“大宰府”写成或读成“太宰府”，所以及时做一下科普是很有必要的。

在最开始的时候，大宰府就是大宰府，没有任何异议，然而随着时光的流逝，人性中懒散粗心那一面的逐渐暴露，却说在某年某月某位不知名的学者把“大”写成了“太”，由于不过是一点之差而且也并无太大影响，以至于大伙都并不在意，于是此先河一开，便被后世以讹传讹，尽管有正经人士有心拨乱反正，坚持正确写法，但还是有越来越多的人称其为“太宰府”。根据不完全统计，截止到公元 10 世纪（公元 900 年），日本关于大宰府的记载共有 25 处，其中用“大”字的 8 处，大太并用的 4 处，用太的 13 处。

连为了纪念菅原道真的神社都叫“太宰府天满宫”，甚至今日在大宰府所在地造起来的城市，都被称作“太宰府市”。

这就叫“三人成虎，众口铄金”。

好在这世道还是不乏良心的，时至今日，日本学界已有了明文规定：作为历史名词以及机构名称和官员职位名，那么正确的写法是“大宰府”；而作为都市名或是祭祀菅原道真的那所神社名，则写作“太宰府”。

扯远了，言归正传。

在顺利目送菅原道真上路之后，群臣之首的位子理所当然地归了藤原时平。

前面就说了，时平也是个改革派，所以他在上台之后，并没有废除道真时代定下的土地改革制度，而是采取了比较温和稳步的方法缓步推行。同时，他还依照自己原本的观点，开始着手进行一场文化方面的改革。

改革的第一个目标，是文字。

不得不说这是一个高瞻远瞩的决定。

我个人一直特别信奉这样一句话：欲亡其国，必先去其史；欲灭其族，必先秽其文。

就是说要灭亡一个国家，必定先要篡改他的历史；要想灭掉一个民族，一定要先糟蹋他们的文字。

这话其实反过来说也是一样的，要想振兴一个国家，首先就是要先学会正视自己的历史；要想兴旺一个民族，第一要做的是拥有并光大属于自己的文字。

一言以蔽之，藤原时平要做的事情分两步：第一步，先搞出一种只属于日本且日本特色十足的文字；第二步，把这种文字发扬光大。

这确实是一个听起来和做起来都非常浩瀚庞大的工程，不过好在第一步已经有人给做了——当时的日本实际上是有原创文字的。

那就是平假名。

众所周知，日语由三个部分组成：汉字、片假名和平假名。

其中，汉字是无可争议的中国文字，而直接从汉字偏旁得来的片假名，其实也可以算是中国字；唯独平假名，自古以来就一直被认为是日本人的原创文字，虽然这原创二字说得有些勉强。

平假名的起源仍是中国，是由汉字的草书形式演变而来的，每一个假名对应着一个日语的读音。最早叫“万叶假名”，和汉字极其相似，但后来被简化了很多，以至于看上去跟中国字脱离了关系，比如あ（读阿）这个假名，我要不告诉你的话，估计你三天三夜也未必能琢磨出来它的原型其实是草书的“安”。

而平假名的出现则至少可以追溯到一千三百年前，现今存在历史最悠久的带有平假名的文物是一块在大阪出土的木简，据说是公元 7 世纪中期的产物，上面用万叶假名写着“春草之初年”。

和片假名一样，平假名的创造和演变都绝非一人之力，而是多年来众多日本学者共同心血的成果，因此尽管教科书上认为是真言宗开山老祖空海和尚发明了平假名，但实际上这跟吉备真备创造了片假名一样，只是一个谣言罢了。

虽然历史悠久形体优美，但数百年来，平假名却一直都不是日本的官方文字。在高层的正式场合，大家使用的都是汉字和片假名，平假名通常只出现在那些身居大内深闺的少女少妇为了抒发寂寞和恋情而写的和歌之中，故而也被叫做“女手”“女文字”。

究其原因，主要还是因为平假名和汉字的关系太遥远——毕竟只是以草书为雏形变化而来，哪比得上直接拿来主义的汉字和片假名。

或许有人会觉得这真不是个像样的理由，但实际上这真的就是理由。

尽管一直都说中国文化对日本的影响巨大，然而这种影响即便天天讲时时讲，你也未必能想象得出其具体有多么巨大。

平安时代的日本官员，不懂经济而在大藏省混的，大有人在，不会打仗而居将军之职的，不乏其人；对于那些贵族出身的家伙而言，哪怕什么都不懂也无所谓，只要会一样东西便能当官，那就是中文。

这里的中文包括汉字的读写运用，对中华古典的理解感悟等等。

因为平安时代的日本人信奉一句话，叫：“文章乃经国大业。”

此语出自中国三国时魏文帝曹丕所著《典论 · 论文》，原话是“盖文章者，经国之大业，不朽之盛事”。

那时候的日本，不但政令、律法、官制、文章清一色用的都是汉文，就连达官显贵们私底下的书信来往，也都是满满一纸的方块字。

再说那平假名，虽然在当时地位比较尴尬，但也还没到绝望的程度。

毕竟它受众不算太小，除去刚才说的在女性之间使用外，其实小贵族跟老百姓私下里用得也挺多，事实上这个分两步走的文字工程已经完成了一步半，连发扬都省了，只求能光大一下，让平假名一跃而起，引得万众瞩目，然后成为能和汉字、片假名并列的正式文字。

对此，藤原时平的办法是编一本以纯平假名为主要组成部分的著作，然后推广，并借机宣告一个新的文字时代的来临。

著作的内容他也想好了：和歌。

和歌就是日本传统歌谣，都是用万叶假名或是平假名所写成，虽然曾经人气很高，但随着中国文化对日本列岛影响的日益扩大，很快就被汉诗所取代。平安朝的日本贵族们虽说也有爱和歌的，可一般只用于私下交流，或是用来写情诗追女孩子，比如藤原时平就特别擅长此道。然而不管是哪一样，它都不是一样适合在公开场合拿出来分享的东西。

之所以要选和歌，除了它是当时日本为数不多，能完全用平假名表达的东西之外，还因为其拥有悠久的历史传统，表现手法方面也具备不输给汉诗的华丽，同时也能轻易地让大众（包括天皇）所接受，更重要的是，藤原时平非常喜欢和歌。

延喜二年（公元 902 年），时平召集了象征着当时日本和歌界最高水准的四个人：纪友则、纪贯之、凡河内躬恒以及壬生忠岑，然后命他们编写和歌集。

编撰的计划是这样的：四人工作小组先去各贵族家中搜集各种和歌藏本，然后把有万叶假名的部分统统改成平假名，再汇集成册，凑成一本书。

编纂工作在刚开始的时候进行得相当顺利，但很快，就出现了一个大问题。

诸编者们发现，自己苦心搜集来的那些和歌，基本上都是以恋爱为主题的。

本来是气势磅礴地准备亲手缔造传说，结果现在却成了情歌大全集，梦想和现实差距之大，让藤原时平很想骂人，但说脏话毕竟不解决问题，无奈之余，时平只得下令让手下的那群书生现编各种其他题材的和歌，以充实内容。

在经过了三年的努力之后，延喜五年（公元905年）四月十八日，浩瀚著作终于完工，这便是著名的《古今和歌集》。

该书总共收录和歌1100余首，包含了恋歌、祝歌、离歌、旅歌和咏季歌等共计13个种类。

成书当日，藤原时平带着样本进宫面圣，将其呈于醍醐天皇御览。

天皇看后非常满意，笑而称善。他不光满意书本身的内容，更满意序言里的一句话："大和之歌以心为源，义广而情深。"

对于一名和歌爱好者，兼国家统治者而言，这话于公于私都相当对胃口。

数日后，醍醐天皇下圣命，要求贵族们在写汉诗的同时，亦要多多写和歌，此外天皇还表示，希望高级贵族们在平时也能用平假名来交流，这并没什么丢人的。

群臣闻讯后，立刻纷纷表示我们一直在用平假名，真的，皇上您要不信臣这就用平假名作和歌一首供您观摩。

因为上有所好而导致和歌大流行，醍醐天皇的儿子村上天皇时代还专门设置了和歌所，并编撰了《古今和歌集》的续篇《后撰和歌集》，而村上天皇的儿子一条天皇治世的时候，则编撰了《拾遗和歌集》，三本合称三代集。

与和歌一起流行的，当然还有平假名，自那之后，贵族们无论是通信也好写文章也罢，都能非常自然地使用这种曾被自己不齿的文字了。

《古今和歌集》之后，日本列岛涌现出了一大批用纯平假名写成的著作，除了前面说的三代集外，还有比如藤原道纲母的《蜻蛉日记》、和泉式部的《和泉式部日记》、清少纳言的《枕草子》以及紫式部的《源氏物语》等等。

因为这些著作里很大一部分是由宫廷女性所写，因此通常也被叫做女房文学。

而女房文学中，最具代表性的，当属《源氏物语》。只多一句嘴，光源氏的原型，是嵯峨天皇的儿子源融。

尽管平假名托藤原时平之福而被发扬光大了，但严格说来却还是没有能登上最高殿堂。直至近现代，日本依然是一个汉字至上的国度，特别是战前，在很多正规的场合，比如天皇的圣旨里，仍是只有汉字和片假名，平假名一般是不用的。

所以南洋大臣张之洞说过，日本和中国，同文同种。

随着平假名的被广泛使用，日本列岛上也随即刮起了一股名为国风文化的旋风。

国风文化，也叫和风文化，虽然官方通常对它的诠释是一场将大唐文化加以本土（日本）化的文化改造运动，但在我看来，这更是一场文化方面的独立战争，一场将日本文化从中国文化中剥离出来使其独立的战争，而遣唐使的终止和平假名的使用，正是战争的第一声枪响。

国风文化中的产物有很多，大致包含了文学、艺术、宗教、服饰、建筑和工艺等几个方面，而其中最具代表性的，或者说最值得一提最为我们中国人所知的，具体讲来有四样：和服、阴阳道、樱花以及日本刀。

还是老规矩，一样一样地说。

首先是和服。所谓和服这个称谓，其实是明治维新之后想出来的，因为当时的日本处处在和西洋列强较劲，说是模仿着洋人搞维新，但心里总是不肯服输的，总觉得自己国家也不是没有好东西。为了体现出日本的好，他们针锋相对地把一些东西刻意地给区分出日本的和外国的。因为日本人自称大和民族，所以日本的东西也被叫做“和物”，比如和室，就是指配备了榻榻米等日式家具以及用日式装潢的屋子。

和服则是用来针对晚礼服、西装、衬衫、领带等西洋服饰的“洋服”的产物。在此之前，这种日本传统服饰的名称一般被叫做“吴服”或者“着物”。

为什么叫吴服?

这还要从邪马台时代说起，曹睿曾经送过数批工匠过去日本，这其中包括了一批织布方面的行家，也正因为有了他们，日本人才开始穿起了经过手工裁剪的衣服。

因为织布工匠们大多来自于中国南方的吴地，所以他们织出来的衣服便被叫做吴服，这批人在日本得到了史无前例的重用，后来还专门赐他们姓氏，叫做服部，就是专门做服装的部门。有个著名的忍者叫做服部半藏，他们家祖上就是中国跑日本来做衣服的。

所以你可以去看早年的和服，基本都带有强烈的中国江南风格。

到了奈良时代，也就是那段著名的全日本人民学大唐的岁月，某一年唐玄宗在接见某个遣唐使团的时候，赠予了他们大量的唐朝朝服。这批服饰光彩夺目，在日本大受欢迎，当时日本朝中的文武百官均羡慕不已。所以几乎就是在当年，日本举国上下便全都开始穿模仿隋唐式样的服装。

国风文化开始之后，跟别的东西一样，和服也进入了一个倾向于日本本土文化的发展趋势，其样式不断发生着各种改动，但高层所用的宫廷服饰带有隋唐风格的特色却已经成了定型，再变却也不离其宗，所以也被叫做“唐衣”。

唐衣有很多种，其中最极品的，叫做十二单。

所谓十二单实际是一种穿着方式而不是顾名思义的十二层单衣，说的是在单衣上叠十二层被称为袿的服装，袿轻薄透明，多层袿叠起时仍然能隐约看见单衣或表着的颜色，倍添朦胧恍惚的美感。

当然，这是女装。

这种也被称为五衣唐衣裳的服饰，至今仍是日本宫廷规格最高的正装，当年更是如此，绝非一般人穿得起，就算是贵族家的小姐，有时候也只能穿穿五单六单，就是叠五层或者六层袿。

顺带一提，现代汉服和现代和服实际上是同一个根源下的两个分支，并不存在谁起源于谁的说法，事实上和服在后来还一度受到过西洋服装（主要是葡萄牙）的影响，它和日本文化一样，也是一种多元化的东西。

接着是阴阳道。最早的起源是中国周朝的阴阳五行学，飞鸟时代之前就被传入了日本，然后结合了日本本土的神道教、朝鲜半岛传来的佛教以及中国传来的儒家思想、风水学等，杂烩成了一种新的东西，即阴阳道。

在近代科学尚未导入日本的那个时代，阴阳道堪称是无所不能的，从测天气到看风水，从算国运定历法到杀妖孽于无形，几乎样样都能用上阴阳学，深受广大人民群众以及王公贵族的欢迎。

玩阴阳道的人被称作阴阳师，而提起阴阳师，知名度最高的当然是前面我们曾经提到过的那个安倍晴明了。

此人生于延喜二十一年（公元921年），正是国风文化席卷全日本的时候。

之前也说过了，他应该是阿倍仲麻吕的子孙，看了从吉备真备那儿弄来的那本《金乌玉兔集》之后，一跃成为了上知天文下知地理，前三百年后三百年无人能够超越的超级大神棍，然后通过自己的神力加努力，再趁着国风文化运动的这股风，将原先不过是洒圣水跳大神之类小把戏的阴阳道，发展成了敢和日月争青天的神之学问。

安倍晴明的神迹有很多，比如天元二年（公元979年），那智山（和歌山县内）出现了一只危害人间的天狗，武艺高强力大无穷，满朝战将无人是其对手，为了国家安泰，晴明奉旨出山，以一招五行封印将天狗收服，关进了结界之中使其永世不得超生。

再比如曾经有一次，有一个年轻的公卿挑衅地问晴明，既然阴阳术如此厉害，那能不能用其来杀死一只庭院里的青蛙？

晴明微微一笑，随手摘下了一片树叶，一番咒语之后，叶子突然就四分五裂，而那只青蛙也顿时如那片叶子一般，浑身裂开而死。

还有一次，有一个阴阳师下了战帖，要求和安倍晴明御前斗法，也就是在天皇面前比个高低。

天皇一听说有这热闹看，当然忙不迭地就把两人叫进了宫，还本着独乐不如众乐的心态顺手拉来了一帮大臣一起来围观。

斗法的主题很简单，叫隔板猜物。天皇事先让人偷偷地把十五只蜜柑放进了一只箱子里，再盖上盖子，然后拿到两人跟前叫他们猜里面是什么，并且声明胜负只此一次，谁要是输了，就拜那个赢的人为师。

话音刚落，前来挑战的那个法师就拍地而起："回禀陛下，这箱子里装的是蜜柑十五只。"

虽然当时在座的所有旁观者，包括天皇在内，大家都衷心希望安倍晴明能够胜出，可现如今被那人那么一抢答，就算有一百个不情愿，这胜利也只得属于挑战者了。

但是晴明却不慌不忙，双手结印念念有词了一番之后，微微一笑："陛下，箱子里是十五只老鼠。"

挑战者闻言哈哈大笑，说出了几乎每个反派临死前都会说的标准台词："安倍晴明，这一次你输了！啊哈哈哈！"

就连天皇也万般无奈地摇着头表示这箱子里是橘子，安倍卿，看来你只能拜师了。

晴明仍是微笑："陛下，那就请您打开箱子吧。"

天皇觉得事已至此，那就干脆让晴明输个明白吧，于是叫人打开了箱子。

箱盖刚一揭开，一群老鼠吱吱地叫着便从里面窜了出来，不多不少，正好十五只。

这正是刚才安倍晴明作法，将那橘子变成了老鼠。

该故事流传于日本的平安时代中后期，而数百年后诞生的中国名著《西游记》里，也有类似的桥段，那就是车迟国斗法——蜜柑在当年的日本属稀罕物，一般被当作是珍贵药材，其价值未必亚于山河社稷袄、乾坤地理裙；而老鼠不管在哪个时代都是人人喊打的有害之物，差不多等同于那“破烂流丢一口钟”了。

在这里我并非是想说谁抄袭了谁，我的意思是，中日两国在文化方面的思维，本身就具备着无数共通之处。

关于安倍晴明的故事就暂且说到这里吧。

其实上述所说的那些，唯一被记载于正史的，只有在天皇跟前封印天狗一事，其余的大多只见于各个时代的各种物语小说，或是被后辈阴阳师们用来显摆而口口相传的神话。

事实上安倍晴明之所以能在近几年里漂洋过海名声在外，主要是缘于日本著名作家梦枕貘所著小说《阴阳师》。

说完了阴阳道，接着来说樱花。

樱花如今已然是全世界都公认的日本象征，即便戴眼镜穿西装的诸学者反复强调皇国的国花乃是菊花，但依然有无数人（包括日本人）前赴后继地错把樱花当国花。

樱花的起源地通常被认为是中国境内，何时传入日本至今已然不可考（也有认为是列岛原产物），因为开花的时间是在春天，正好是准备播种开耕的时节，所以在上古时代的日本，樱花被当作是稻谷之神的居宿所在，也是农业的象征。

从上述这段话你就可以知道，在当年，这农业之花绝非是以不食五谷自居的半仙皇家所青睐的东西。

事实上也正是如此，在奈良时代，日本上层社会里最流行的花是梅花，王公贵胄们如果要以花为主题吟诗作赋，最佳的选择通常都是梅花。据不完全统计，在奈良时代，比较出名的咏花和歌约160余首，其中写梅花的，就占了将近120首。

为什么日本人会喜欢梅花呢？

难道你没听过这样一首歌吗？“梅花梅花满天下，象征着我们巍巍大中华。”

日本人喜欢梅花，除了紧跟中华品位的步伐之外，还能有别的什么原因吗？

顺便插一句，当年的日本人，也很喜欢牡丹。

国风文化之后，为了摆脱唐文化的影响，日本上下便开始找起了能够替代梅花的观赏品，找来找去，觉得符合既有日本特色又不失华美这一标准的，似乎也就是樱花了。

于是一下子风向大转，天皇开始赏起了樱花，而文人墨客们也都纷纷做起了与樱有关的诗词文章。

几乎就是在那一瞬间，樱花“啪”地绽放在了历史的舞台上。

不过比较讽刺的是，当年的农业神花在登堂入室博得贵雅名号后，居然就此和庶民脱离了干系，在之后的七八百年里，赏樱花都一直是日本贵族们的专利，普通老百姓得以坐在花下喝酒赏樱，那已经是江户时代的事了。

最后，我们来说说闻名于世界的日本刀。

所谓日本刀，一般而言有两种含义。广义上，指的是产地为日本的刀具，哪怕是一把菜刀，只要 Made in Japan，那就能称作日本刀；狭义上，则有个特指，指的是一种叫做武士刀的刀具，而这后者，正是国风文化时代的产物。

武士刀作为一种兵刃，其在冷兵器时代那华丽的江湖地位，是难以撼动的。

广义的那种日本制造的日本刀，其实早在古坟时代（3 世纪中至 7 世纪末）就已经出现了，现今还有文物保留。

经过鉴定后发现那把被称之为金错铭铁剑的日本刀铸造于 5 世纪前后，跟唐朝没有任何关系。

不过这也并不代表日本刀和唐刀之间就完全没有交集。

事实上在唐朝时候，很多中国造的刀被输入到了日本国内，因为和同时代的日本刀比起来，唐朝的刀确实有着很多它们所无法超越的优势，所以一时间备受日本人喜爱，很多刀匠也纷纷开始仿制了起来。

从唐朝直接进口到日本的刀，叫唐太刀；而日本匠人仿制的，则称作唐样太刀。

但是，无论是唐太刀还是唐样太刀，那都不是武士刀，因为前者都是直刀，而后者我们都知道，是弯刀。

在日本的国风文化时代，日本刀开始出现了风格明显的变化，不再一味地模仿中国刀剑而是开启了自己的原创，比如把刀身做成弯曲状，俗称湾刀。

湾刀之所以要弄弯，据说是为了方便骑马砍杀。

总之，武士刀和所谓的“唐刀”之间，虽然不能说一丝干系都没有，但真要讲前者是从后者演变来的，后者是前者的祖宗，是不对的。

国风文化的出现和流行，除了让后世的日本文化盛开出各种美丽的花朵之外，也给藤原时平的改革奠定了一层最初的思想理论土壤，亦让当时以及后来的诸权贵明白了日本未必要事事都效仿中华，中华也并非样样都是最棒最适合日本的，其实就是在开启民智，当然，被开启的并不一定是“民”。

然而，正当藤原时平既有理论又有实权准备大展身手的当儿，一场突如其来的重病将他击倒了。

几乎没有任何反抗的余地，延喜九年（公元 909 年）四月，这位年轻的左大臣便离开了人世，年仅 39 岁。

民间一般认为这是菅原道真冤魂作祟——当年你一个回合赶我出了京城，现在我也投桃报李地一回合废了你的性命。

这种话，听过笑过也就行了。

虽然执政时期不过短短数年，但藤原时平所做的一切对后世的日本影响却很深，除去萌芽了国风文化之外，还为世人留下了一部《庄园整理令》。

这其实是时平延续了道真的土地改革方针之后，制定出的一部从法律上正式承认土地的私有，认可了地主的存在的政策。

该政策虽然在之后的两百年里被修改调整了数次，但终究还是万变不离其宗。可以说，日本从中国所效仿来的那一套天下土地皆为国有的制度，到底还是被打破了。

第四章

徐福根本没有到过日本

唐朝灭亡之后，中国进入了五代十国，虽说是个乱世，但和日本的往来却一直都没有中断。

当时日本人来中国的主要目的已经不再是学习制度律令了，而多是为了搞贸易赚钱，顺便倒点稀罕的文物珍贵的药材回去，再有就是宗教方面的交流和学习。

话说在公元 927 年时，一个叫宽辅的日本僧人造访了位于后周济州（今山东省）境内的一座寺庙，在该庙里，他和一名法号义楚的中国和尚交谈甚欢，在宽辅离去后，那位义楚和尚把从对方那里听来的各种日本见闻，结合自己平日里对日本的了解写成文章，编进了一本叫《义楚六帖》的著作中。

在这本书里，义楚是这样描述日本的：日本国亦名倭国，在东海中，秦时，徐福将五百童男、五百童女至此国，今人物一如长安……又东北千余里，有山名“富士”，亦名“蓬莱”……徐福至此，谓“蓬莱”，至今子孙皆曰“秦氏”。

这是两国历史上第一次将徐福和日本联系在一起的记载。

先从《义楚六帖》说起，此书对后世的影响非常大，特别是关于徐福的那段记载，在之后几百年里，无论中日，但凡有人持徐福东渡的目的地是日本这一观点的，其理论基础和认知根源，几乎都来自于这本书。

而随着时间的推移，徐福去日本的故事也被增添了新的内容，那就是很多人认为，徐福不光是去了日本那么简单，在去的同时，还把华夏文明给带了过去。

像北宋文豪欧阳修就有诗云："……传闻其国居大岛，土壤沃饶风俗好。其先徐福祚秦民，采药淹留丱童老。百工五种与之居，至今器玩皆精巧。前朝贡献屡往来，士人往往工辞藻。徐福行时书未焚，逸书百篇今尚存。……"

在诗中，欧阳修不但肯定了徐福到过日本，还坚信他东渡时带走了大量典籍，这一举措使得中国在遭秦始皇焚书坑儒时的损失被降低到了最小，至少那些被烧掉的书，有很多都在日本被保存了下来。

应该讲，欧阳修的观点在日本很是受用，尤其是后半段，居然真有日本人借此公开表示，孔子全经，唯存日本也。

对此我无话可说。

此外，元朝的学者吴莱，明朝开国皇帝朱元璋，明朝大臣宋濂等人，也都认为徐福东渡到了日本，并且为那里带去了文明的曙光，同时，这些人也各自留下诗赋文章，以表心思。

除了中国历朝历代都留有白纸黑字之外，日本方面对此也有不少的相关记载。

不过话得说回来，尽管日本人里头持徐福到日本这一观点的并不在少数，但他们基本上都是受了中国人的影响，能够有自己独立思考然后写成著作的，数来数去也就一本，叫《富士文献》。

这本书的成书时代至今已不可考，主要内容是说徐福东渡日本列岛，给当地传来了耕种技术和医药知识以及其他文化工艺，并且还在日本繁衍了子孙后代。

全书通篇由万叶假名和汉字写成，而作者据说不是别人，正是徐福本人。

估计藤原时平要知道了这本书的存在，多半会不高兴的。

而在这一系列雷同的观点之中，在中国流传最广影响最大的，当属大清同治年间的驻日公使馆一等书记黄遵宪，他不仅认为徐福最终目的地是日本，并且还提出了一个惊世骇俗的新观点：徐福就是日本历史上的第一位天皇——神武天皇。

根据黄遵宪的推理，日本的天皇一直都自称自己有神力，并能通过祈祷拜神来呼风唤雨——这说穿了不就是跳大神吗？不正是徐福的老本行吗？

而天皇之所以自称是神，自诩能和神对话，不光是要以此将自己对日本的统治合理化，更可能是出于一种祖传的职业习惯——由老祖宗徐福代代相传下来的职业习惯。

就好像尽管今天我们绝对不会有人再每年给学校送肉干了，但却也仍旧沿袭了当年孔子的说法把学费叫做束脩，这是一种烙印式的习惯。同理，即便已经是国家政治领袖的日本天皇，因为其祖上乃是拜神方士出身，所以子孙后代也念念不忘在治国的同时拜神祭神以及以神自居。

说句实话，这是一个非常牵强且不靠谱的推理，黄遵宪自己也明白，所以他同时也给出了相关证据，那便是三神器。

所谓三神器，指的是象征天皇正统身份的三样神器——八咫镜、八尺琼勾玉和天丛云剑（也叫草薙剑）。

黄遵宪认为，三神器其实都是中国秦代的制品，徐福东渡日本后，将其作为了皇家的象征。

所以，徐福的最终目的地是日本，而且还当上了天皇——就算退几步讲，也应该是徐福船队中的某一个人，成为了日本第一代天皇。

该说法一经出口立刻被广泛转播，一百多年来势头不减，无数民族主义者因此而虚荣心爆表，纷纷以上国子民自居，连骂架的时候都不忘精神胜利法一下："要不是当年徐福东渡传来文明，你们今天还得那啥那啥那啥呢。"

一切的证据，似乎都表明，徐福极有可能去了日本，而且还极有可能是日本最初的统治者，或者是日本文明之祖。

这是真的吗?

我们一条一条地来分析吧。

首先是《义楚六帖》里的那段话。

这话虽然挺长，但真正涉及主题的只有两点：第一，徐福到了日本之后，把尚无名号的富士山命名为蓬莱山；第二，徐福和他随行的那伙人在日本繁衍子孙，并称秦氏。

富士山大家都知道，是日本的国山；而蓬莱山则是中国传说中的仙山，据说上面住着神仙，不过虽然著名，但千百年来却并无一人知道此山究竟在何处，书里也一般只能讲个大概，说是在渤海那里，当年汉武帝曾东巡寻找，费了很大的工夫却仍是一无所获，只能在渤海海边造了一座小城，命其为"蓬莱"，聊以安慰，那就是现在的蓬莱市。

而蓬莱山与富士山这两座山之间最大的共同点就是他们在上古时代都以盛产长生不老药而著称。

蓬莱就不说了，徐福正是冲着药才东渡的；而富士山，其实还有个名字，叫不死山（日语中富士音近不死），能得此名，全都因为盛传那里出产不死之药。

那么，蓬莱山有没有可能就是富士山呢？如果两座山其实是一座山的话，那徐福到日本起山名这一行为自然也就能说得通了。

很遗憾，虽然至今也没有人知道蓬莱山到底是哪座，但至少可以肯定它绝非富士山。

中国方面自不必说，除了义楚之外基本就没什么人把富士山当蓬莱山的，倒是有人把整个日本都认为是蓬莱仙岛的，或者将其称为瀛洲。

瀛洲是和蓬莱齐名的仙地，自古就有蓬莱、瀛洲、方丈，并称三神山。

说到这里就有必要来辟个谣了。

由于瀛洲这个叫法，故而使得很多人都浮想联翩：徐福当年要去仙山求药，虽然主攻目标是蓬莱，可瀛洲也是跟蓬莱一个级别的地方啊，肯定也住神仙、产神药不是？那么有没有可能是徐福到了日本之后以为自己到了瀛洲，于是便以仙山作为其别称呢？

个人认为是完全不可能的。

因为瀛洲从来都不是日本的正规叫法，正确的应该叫东瀛，而东瀛的意思指的是“位于东面大海上的国家”，和仙山瀛洲无任何瓜葛，并且东瀛二字一般认为是清朝才开始有的称呼。

而日本那边，也从来都不觉得富士山就是蓬莱山，早在公元10世纪初，蓬莱山和富士山就作为两座不同的山同时出现在日本的一本书中。那本书的名字叫《竹取物语》，是日本最早的物语文学作品。

所谓物语文学，其实也是国风文化的产物，正经的说法是日本特有的一种古典文学体裁，在文字表达形式上，受了中国六朝以及隋唐时代传奇文学的影响，其巅峰之作我们提过，就是《源氏物语》。

《竹取物语》的故事是这样的。

很久很久以前，日本的某个地方住着一个以砍竹子卖竹子为生的老头。有一天，老头又带着砍刀上山谋生了，在奋力砍倒了一棵粗大且冒着五彩光芒的竹子后，他惊异地发现，里面居然睡着一个女婴。

老头认为这是天意，于是便把那婴儿抱回家中抚养。说来也怪，自那天起，他每天都能在那根被砍剩了一半但还依然冒着光芒的竹筒里找到些许黄金。久而久之，他们家脱离了贫苦，奔向了富裕的康庄大道，而那个女孩也越长越漂亮，仅仅三个月，就女大十八变地从婴儿长成了亭亭玉立远近闻名的美人。

老人给她取名辉夜姬。

美人的出现当然会招来追求者，听说了辉夜姬的美貌之后，下至地方上至中央的各路王孙都纷纷前来求婚，不过却无一例外地被拒之门外——他们的遭遇相当一致，连姑娘的面都没见上一回就被挡了回去。

然而，还是有五个人坚持了下来，他们都是权倾朝野、万人之上的王公贵胄，分别为石作王子、车持王子、右大臣安倍御主人、大纳言大伴御行和中纳言石上麻吕足。

这五个人的原型都是日本飞鸟奈良时代权倾一时的大人物，比如车持王子的原型就是藤原镰足的儿子，藤原仲麻吕的爷爷藤原不比等，车持这个名字，是因为不比等母姓车持。

而在物语里，他们同样是五个千万人之上的狠角色。

面对着权贵五人组的死缠烂打，辉夜姬却并不动心，确切讲是不屑一顾，实在被追得紧了，才不得不让人传出话来，说只要你们中间能有人满足我的条件，那本姑娘就跟他来往。

她开出的条件是要五件宝贝：佛祖用过的石钵、蓬莱山的玉枝、大中华的火鼠裘、龙头上的五色玉，还有燕子巢里的子安贝。

佛祖用过的石钵就是如来佛当年盛饭化缘用过的碗，根据故事设定，在天竺国；蓬莱山的玉枝，指的是中国的蓬莱山上有一棵神树，金枝银叶还结出白玉的果实；火鼠裘就是火鼠皮做的衣服，火红色并且放火；龙头上的五色玉就是神龙头上的一颗五色玉珠。至于最后的子安贝，其实就是宝贝——不是金银财宝的那个宝贝，而是贝类的一种，相传燕子喜欢把这种东西放在自己的巢穴里，而人要是有了，只要在生孩子时让产妇紧紧握住，那么必然能母子平安。

你不要小看“母子平安”这四个字，时为公元10世纪，日本婴儿的存活率相当低，即便是大内宫廷的皇后贵妃，生产之时也常常会有生命危险。

所以放在那个时代背景下来看的话，辉夜姬提出的这五样东西，实际上是无上的珍宝。

再说得直白一些，这五个人，压根得不到。

但大伙毕竟是场面上混的，不蒸馒头也得争口气，更何况是绝色美女提出的要求，那作为大老爷们儿更得义无反顾了，所以五人简单分配了一下任务，一人弄一样，之后便各自出发了。

第一个是石作王子，他的任务是搞到佛祖石钵，那玩意儿在天竺国，看过《西游记》的同学都知道，那地方不是那么好去的，故而石作王子想了一个很偷懒的办法，就是让人做了一个普通的石钵，然后用烟熏火烤，营造出一种年代久远的样子，就跟现在造假文物似的，熏完烤完，带上就去辉夜姬那儿交差了，说自己费了千辛万苦，总算是搞到了佛祖当年用过的石钵。

辉夜姬并没有直接面见王子，而是让老爷爷把那石钵拿进了屋，不到五分钟，石钵就被扔出了大门："转告王子，用这种假冒来行骗，真是有失身份。"

石作王子，失败。

第二个是车持王子，他接到的任务是去把蓬莱山的玉枝搞来。

蓬莱山是神仙住的地方，凡人生得再金贵那也是凡人，上不去的，更别说是跑过去折人金枝玉叶坏人风水了。

所以车持王子很明白这是一项不可能完成的任务，但他却又不愿意放弃辉夜姬，于是两眼一转，顿时计上心来。

第二天，车持王子就登上了开往中国的船，手下云集码头欢送，煞是热闹。

数月之后，他回来了，同时手里还拿着一根玉枝，敲响了辉夜姬家的门。

和石作王子那会儿一样，姑娘本人没出面，而是让老爷爷前来拿走了礼物。

这确实是一根堪称绝品的玉枝，从里到外不但华美异常还隐约透着一股仙气，所以即便是辉夜姬，也相信了这是真品，并且动摇了，问老养父说，要不就选他了？

老爷爷当然是求之不得，连连点头表示人家既然都按照你的要求完成任务了，而且还是如此地位身份的公子哥儿，你还犹豫个什么？赶紧嫁了吧。

辉夜姬也不得不认可，正当她要屈从的当儿，突然门外来了六个工匠打扮的人，说是有要事求见。

老爷爷问你们有什么要事，深更半夜地跑来见我家小姐？

工匠说我等都是老实本分的匠人，帮人干活却得不到报酬，家里穷得都已经揭不开锅了，久闻辉夜姬天仙绝色，面子广混得开，求姬君帮我们讨回数年的辛苦血汗钱。

老爷爷越发觉得奇怪，说我这儿侯非侯王非王的，你要讨工资也不该请我帮你出头吧？再说了，就算我们家小姐能帮上忙，可又凭什么呢？

众工匠齐声说道，就凭你家小姐现在正在把玩的那根玉杆子是我们做的。

老爷爷一愣。

事情的大致经过是这样的。车持王子非常明白自己去不了蓬莱，即便去了也弄不到玉枝，于是便装模作样地去码头转了一圈后，回家立刻招聘了全日本最好的几位工匠，让他们着手开始打造那传说中的宝物，要说日本的手工制造业也确实是天下一绝，他们只凭着口头传说和记载于书上的些许文字，奋战数月后还真的给造出了一根能以假乱真的玉枝，车持王子大喜，拿着就乐颠颠地送辉夜姬家去了。

只不过他忘了一件事，或者说压根没忘而是故意不做，那便是给那些工匠发工资，人家拼死拼活好几个月，却一分钱都没拿到，当然心里要不爽，于是便想出了跑辉夜姬家揭老底的方法。

结果自然是可想而知，辉夜姬当时就把那根玉枝给横着扔了出去，跟土著人飞回旋镖似的，然后还写了一首相当尖酸刻薄的诗来嘲讽车持王子，并不吝用上了“卑劣”“肮脏”之类的字眼。

车持王子，出局。

车持王子之后是阿部右大臣，他被要求去弄来火鼠裘。

右大臣手不能提肩不能扛，但人脉很广，花了五十两黄金朋友托朋友，终于弄来了传说中的火鼠裘，虽说因为不是自己亲自探险弄来的故而也不太清楚真伪，但红彤彤的确是相当漂亮，于是便当成真品给送了过去。

辉夜姬接过之后，顺手就给丢进了火堆：“如果真的是火鼠裘，必然不惧火烧。”

可在一阵刺鼻的臭味过后，那火红火红的裘皮便消失在了熊熊烈焰之中。

右大臣，淘汰。

第四个是大伴御行，他要去取五色龙珠。

大伴大纳言对此表示小菜一碟，当真点齐了人马带上刀枪出海寻找神龙的踪迹。

找了三四天没找着，但大伴御行并不灰心，下令再接再厉，一副欲与神龙试比高的架势。

就在他意气风发的当儿，突然海面狂风大作波涛汹涌，只见那天昏地暗中一条巨龙腾空出海，面朝大伴家的船队扑来，并大喝一声：“来者可是大纳言大伴御行？”

大伴御行双腿打战地点了点头，说我正是大纳言，来者何人？

“我就是你要取龙珠的那条龙，来吧，只要能战胜我，龙珠就是你的！”

此时的大伴大纳言已经吓得都快要尿裤子了，哪还敢跟神龙对战，连忙双腿一软跪倒在地说我错了，我也就是随便说说，您千万别当真，咱这就回家去这辈子都不出海了您看行吗？

神龙点了点头：“那就姑且饶你性命。”

说着，便转头离去，海面瞬间又恢复了平静。

大伴御行，弃权。

最后一位是石上麻吕足，说句心里话他的任务其实是最简单的。之前说了，所谓的子安贝其实就是宝贝，贝类的一种，现如今满大街都是，中小学里的自然标本陈列室里头都有，可在当时的日本却是一种相当罕见的东西，而且据传那玩意儿只有在燕子窝里才能找到，所以也叫燕之子安贝。

于是石上麻吕足就开始率家丁掏起了鸟窝，只是掏遍了全日本，都没找到传说中的子安贝，就连中纳言本人也在一次身先士卒的掏鸟窝行动中因经验不足体力不济等缘故而从梯子上摔了下来，摔断了腰。

石上麻吕足，重伤而亡。

一个小女子，凭着一张脸，短短数年就把权倾全日本的五个强人给弄得如此狼狈，消息一经传出，天下震动，这其中包括了天皇，他也很好奇这辉夜姬到底长了怎样的面容能把自家的诸重臣给搅成这副德行。

于是某日，皇上趁着打猎的机会，强闯辉夜姬家，并且顺利地见到了姑娘本人。

因为毕竟对方是天皇，所以即便是辉夜姬多少还是给了点面子，两人开始互相通起了书信。

通了三四封后，天皇开始表白了，说你做朕的妃子吧，朕只爱你一人。

辉夜姬说不要。

天皇不死心，又发信一封，说要不立你为皇后？母仪天下。

注意一下，自藤原不比等的女儿光明皇后当上了天皇的正房之后，千百年来日本皇后基本都是藤原家的女儿，再漂亮的女孩被天皇看上了，也最多当个皇妃。

所以从中我们可以看出，辉夜姬真的特别特别漂亮，以及《竹取物语》的作者真的特别特别不待见藤原家。

但辉夜姬仍是拒绝。

天皇怒了，表示普天之下莫非王土，你既为朕的子民，朕看上你了你焉有不从的道理？

辉夜姬很淡定地回书一封：我若真是您的国民，您要娶我我也无话可说，只是遗憾，小女子并非此地之人，而是来自天上。

是的，辉夜姬是外星人。具体说来，是月亮上的公主。

同时她又告诉天皇，自己在人间的时间已经不多了，再过些许日子，天上将会派使者前来，接自己回到故乡月亮上面。

天皇当然不干，故而派出数千士兵将辉夜姬家里三层外三层地团团围住，还让弓弩手站满了屋顶，准备随时迎击天上来的敌人。

这应该是日本有史以来第一部描绘地球人和外星人大战的物语，很可惜，地球人战败了，辉夜姬仍是被带往了月亮，不过临走前，她给天皇留了礼物——长生不老之药。

根据辉夜姬的说法，是希望天皇能长生于世，和自己遥望长思。

其实在书信往来的过程中，两人已经渐渐产生了好感。

但天皇并不愿意忍受这样的相思之苦，所以让人找了全日本最高也是离天最近的山峰，将那长生之药点燃，冒了一整天的烟。

而这座山，即为富士山。

也就是说，日本人从一开始就知道，蓬莱山跟富士山是两个不同的概念。

之所以要说那么长的一段故事，除了要得出上述的那个结论之外，还想顺道说明一件事，尽管跟徐福没什么关系，但却相当有趣。

这件事就是：《竹取物语》这部集爱情、科幻、文学（原作中有非常漂亮的对诗）于一体的旷世之作，跟中国的一个叫《斑竹姑娘》的民间传说极为相似。

诚然，中日两国的文学作品里有雷同之处这早就不新鲜了，但问题在于，《斑竹姑娘》是一部藏族民间故事，在当年的川藏云贵一带流传甚广。

《斑竹姑娘》说的是一个在斑竹筒里诞生的漂亮姐儿，碰到了五个有权有势的追求者，然后她和辉夜姬一样，也想出了各种损招来考验那群人，最后逐一拒绝。

这就非常不可思议了，如果说是长安洛阳附近的传说跟日本的物语产生共鸣那还好理解，但要说是川藏云贵这种地方，在一千多年前那信息极为封闭落后的时代和日本不约而同地诞生了两部几乎一模一样的故事，实在是让人匪夷所思。

而且，《竹取物语》和《斑竹姑娘》之间如果仅仅是用了相同的桥段倒也罢了，谁还没有个如有雷同纯属巧合的时候，可问题在于，两者之间别说故事大纲了，就连剧情细节都几乎一模一样。

在《斑竹姑娘》的五个求婚者里，第一个是土司的儿子，姑娘要他去缅甸取撞不破的金钟，但这人却从古庙里偷来了铜钟，被当场识破。

第二个求婚者是一位豪商之子，他被要求去通天河弄来打不碎的玉树，这位公子哥儿表面答应，背地里却叫工匠偷偷打造了一根，本来都已经要瞒天过海大事可成了，结果因拖欠工人工资导致人家上门追债，被看穿。

第三个求婚者的试炼是搞到天下第一耐火的火鼠袄，结果他跑到市场上挑了件最红的普通羊绒袄带了回来，然后被斑竹姑娘看都不看地一把丢进火中，随着一阵噼里啪啦之声和一股飘然而起的臭味，这位仁兄顺利地出了局。

第四个求婚者接到的考验是去燕窝中拿金蛋，结果倒霉孩子架梯爬高没留神，摔了下来重伤而亡。

最后一个求婚者的任务是去寻找海龙颈下的分水珠，他带船出海时却遭遇了暴风雨，不仅差点丧生，还被漂到了南海的一座孤岛上。

总体来讲，撇开其他的不谈，光是占据整个篇幅六成以上的求婚一段，两个故事基本是一模一样的，连细节都做到了充分的一致。

所以还是那句话：中日两国在文化的思维方面，有着无数共通之处。

如果真要解释为何会有如此巧妙的共通之处，那我只能说，两国渊承一脉，是为兄弟，故而心有灵犀也。

既然当年日本人都知道蓬莱山和富士山是两座山，那么好歹也勉强算是个一代高僧的宽辅，又为什么会把两座山给弄混淆呢？

其实未必是他的错，问题多半出在本身既不清楚蓬莱到底位于何方同时也对日本几近一无所知的义楚身上。

如果我们试着还原一下当时那两个和尚对话的场景，或许应该是以下这样的——

宽辅：在我们日本，最有名的山是富士山，以前也叫不死山，因为传说上面有长生不老的药喔。

义楚：呃……长生不老啊，那不是跟我们中原的蓬莱山很像？蓬莱山上自古就住着神仙，还出产长生不老的神药。

宽辅：蓬莱山？我好像在哪里听过这个名字啊……对了对了，是《竹取物语》，义楚师傅看过这本书吗？

义楚：我对你们日本的事情不熟，不过说起蓬莱山，我记得秦朝的时候，有一个叫徐福的方士，为了求得长生不老之药而出海东渡，最后不知所终，但也有很多人说，他最后来到了仙山蓬莱，并且得道成仙了。

正题说到这里就算告一段落了。

因为义楚对日本真不熟悉，再加上蓬莱山到底经纬度几何在当时的中国也没个定论，所以和宽辅聊着聊着，他就觉得这富士山就是蓬莱山，而那找蓬莱山的徐福，到的正是富士山。

于是，就有了“徐福至此，谓‘蓬莱’”这话。

上述这段现场还原你当然可以不信，我并无所谓，反正我也不指靠着蓬莱山和富士山来证明徐福有没有去过日本。

关键是第二点：至今子孙皆曰“秦氏”。

这怎么可能？

徐福是公元前东渡的，日本秦氏一族是秦皇后裔，怎么能是徐福的子孙？也别说不是他的了，就算是，那秦氏一族乃是4世纪从朝鲜半岛跨海而来的渡来人，这岂不正好说明徐福没去日本而是去了朝鲜？

若是想用义楚和尚的这段话来证明徐福去了日本，那肯定是很站不住脚的。

既然认定了《义楚六帖》不靠谱，那么由此衍生出来的其他诸如欧阳修、朱元璋等人的言论也就没有再作深究的必要了，因此我们略过这一干人等，直接来看《富士文献》。

虽然万叶假名跟汉字结合而成的书籍确实很给人以时代感，可是如果你真的肯仔细认真阅读原文的话，你就会发现，该书的遣词用句和文笔语法，清一色都是江户时代的风格。

江户时代的书却用飞鸟时代的文字，这其实是有人故意在伪造。

最可恨的是这伪书曾经还一度被主人当国宝正史来卖钱，更可恨的是居然还卖得超贵，复印本都要定价十几万日元。

说完《富士文献》，接下来我们再来说说黄遵宪的徐福神武论。

首先，神武天皇是不存在的。

这应该不难理解吧？

我姑且不用我们扯了很久的历史知识来解答这个问题，我就列一下这位神武爷的家谱，仅供你参考。

神武天皇在日本学界向来只是一个神话人物而非历史人物，他爹叫彦波潋武鸬鹚草葺不合尊，是神；他爷爷叫火远理命，也是神；他太爷爷叫琼琼杵尊，还是神。

而琼琼杵尊的爷爷，是著名的天照大神。

此外，神武天皇活了127岁。

说到这里，我只想问你：你还觉得那是个人吗？

至于为什么原本并不存在的神武天皇会出现在日本古代的各种正史上，日本人编造出这人的动机又是什么，这个我们放到后面再讲，总之现在你只要记住，神武天皇是一个被虚构出来的神话人物。

你拿一个真实存在的人套在一个不曾存在过的人身上，这是什么心态呢？

其次，退一万步讲，假设神武天皇存在，那么根据史书记载，此人在公元前660年的2月11日即位称王，而徐福的活动时代则是在公元前两百多年那会儿，差的太多了。

所以不管你怎么想，徐福跟神武天皇都不可能是一个人。

而黄遵宪提出的那个三神器的证据，那就更不靠谱了。

试想，一个连见都没见过三神器的人，有什么资格说出三神器乃是秦朝产物这种话来？俗话说眼见为实，他连那三样东西多大多长什么颜色都不知道，却说是何时何地产的，能有多少可信度？

什么？你反问我凭什么断言黄遵宪没见过三神器？

说实话，这世界上除了天皇之外，就没有人亲眼见过那三件宝贝，尽管历史记载了三神器在各种人手里辗转不断，围观者甚众，但时至今日，也没有任何照片或是视频流出，撑死给你两张想象图或是参照图过过干瘾。近两年来更是有传闻称，哪怕天皇身边的侧近，亦无人能得以目睹其芳容。

这并非空穴来风，话说上一代昭和天皇葬礼时，根据传统是要用到三神器的，即便是这个时候，诸侍卫也只是捧着三个自称里面各自装着宝贝的箱子跟在送葬队伍后面，但箱子里到底有什么是什么样，他们一概不知。

如此高度保密的东西，黄遵宪一个书记官怎么可能见到？既是没有见到，又没有别的依据，那么轻易地认定其是秦朝之物的观点自然也就等同于信口胡言了。

不过因为太过神秘，以至于现在也有说法认为，三神器其实不过是一个传说，实际上并没有这种东西。

这个我不予评价，因为我也不知道该如何去判断，但是从历史的种种记载上来看，三神器就算有，那也不该是秦代时流传去日本的东西，个人觉得，倒是很有可能是三国时的产物。

八咫镜、八尺琼勾玉和草薙剑，通俗来讲就是铜镜，玉石做的装饰物和宝剑，分别代表着“知”“仁”“勇”三种品质。

我们在说三国时代邪马台王国和中国交往的时候，曾经提到过曹魏给了邪马台许多宝物，作为他们前来进贡的还礼，而这些宝物里，有铜镜，有刀剑，还有各种珠宝。

到底是什么珠宝至今也没人知道个详细，但基本上也不外乎是玉石玛瑙之类。

由于在此之前，中国并无记载有给过日本上述的这些东西，故而我们有理由相信，传说中的三神器如果真的存在的话，那应该就是来自于曹魏的那批回礼之中。

这并非空口白话，事实上在上古时代的日本，玉、剑、镜这三样东西的组合并非仅仅是皇家的象征，同时也代表着“支配”，根据史书记载，上古日本，当一方豪强向中央政权表示降服之意时，往往会献上玉、剑、镜这三大件，以表诚心。

这就证明三神器其实并非独一无二的宝物，很有可能是量产的，这很符合实际情况——曹魏当年给邪马台的珠宝、刀剑和铜镜都是复数的，光铜镜一次就给了一百个。

不仅如此，且说日本现今为止保存的最古老的玉剑镜三大件组合，是在位于九州北部的长崎县出土的，而那地方当年正好就是邪马台联邦的地盘。

也就是说，象征着天皇家的三神器，基本可以断定系出自三国时期曹魏回礼给邪马台卑弥呼的那堆宝物，同时也说明，那三样东西跟徐福是完全没有关系的。

于是我们完全可以认为，徐福绝不可能是日本国王，更别提是什么神武天皇了。

至于他到底有没有到过日本，答案也是否定的。之前我们做过一个假设，假设徐福其实是到了日本了，那么之后会发生什么？

很简单，秦朝时的中国已经具备了很成熟的文字表述方式，徐福如果真的到了日本，肯定会用文字留下痕迹，最差最差那也得写上一句“徐福到此一游”。

可事实是什么都没有，既没有长篇大论，亦没有只字片语。

不仅如此，早期的日本对于徐福的记忆，也完全是零。

还记得当年的日本人是怎么说自己的祖先的吗？对，“自谓太伯之后”。

一直到南北朝，中国史书里在提到日本人时，都会记上这么一句。

要是他们是齐地出身的徐福以及那一群来自中国各地童男童女的后人，又怎么会数百年来都一直众口一词地坚称自己身上流的是吴越之血？又怎么会数百年来都一直坚持着诸如断发文身之类的吴越风俗？

留下来的文字或许可能会失传，会被焚毁，可整个民族的记忆，又岂会被篡改？

可以说，无论从中国方面还是日本方面来看，我们都找不到任何徐福在日本待过的痕迹。所以我们可以就此得出一个最终的结论：徐福其实并没有到过日本。

或者换一种讲法：徐福东渡到日本的可能性，无限接近于零。

即便话都已经说到了这个份上，但肯定还有很多人仍然毅然决然地相信徐福是去了日本的，并且还会拿出这样那样的证据来加以证明。

从过去的各种记录来看，这样的人还真不少。

比如有人说在日本有徐福墓，而且修缮得非常好，这足以证明徐福到过日本，而且还是举足轻重的大人物；还有人说，徐福真的到过日本，他还有后裔呢，日本前首相羽田孜就是徐福之后，他自己承认的，这总是比什么都强的证据了吧？

我们一条条来看。关于徐福墓，日本是有徐福墓，但不止一座，算来少说也有七八座，遍布日本各地，而且还都挺新，最多也就几百年历史。

你觉得，那里面埋的可能是徐福吗？

其实所谓的徐福墓，纯粹是后人相信了徐福来了日本，所以弄一个坟来纪念纪念，某种意义上讲，就跟中国的孔庙关公庙差不多。

然后是羽田孜前首相承认自己是徐福后裔的事。

此事之所以在坊间流行，主要是缘于这位首相曾经公开表示自己是秦皇后裔。然后话音未落就离奇般地被人当作把柄到处宣传，传来传去之后就变成了“羽田前首相说他的祖先姓秦，祖上是率领童男童女从中国来日本的徐福的随员”。

还有一个升级版——“日本前首相是徐福后裔，所以徐福到过日本”。

羽田孜是秦皇后裔，这个不假，秦氏一族里确实有一支改姓了羽田。

但关键是，公元4世纪前后从朝鲜半岛渡来日本的秦氏一族，怎么可能跟徐福扯上关系？再者说了，徐福区区一跳大神的方士，他的随员里怎么可能有秦国皇室的成员？

所以得出的结论仍然是一样的：以上言论完全站不住脚，根本不能证明徐福到过日本。

历史浇下了一盆冷水。

当然，关于徐福的传说，还有一个更加刺激的版本。

话说当年徐福奉旨出海寻药，并非如传闻般地一去不复返，而是确实在海外找到了一个神之国度，于是便返回国内将这个消息告诉了始皇帝嬴政，并且劝说他跟着自己一起去那地方长生不老，嬴政一听便动了心，当场就答应了徐福的要求，决定出海当神仙。

为了掩人耳目，秦始皇还假意对外宣布自己驾崩，然后坐船东去，前往神国。

是的，那个神国就是日本。

君臣一行人抵达日本列岛后，秦始皇立刻就感受到了神话时代的气息。连下一场毛毛雨都会被认为是上天降旨，这能不是神之国度吗？

而且这个国家居然没有政权，没有朝廷，当然更没有皇帝。

于是嬴政顿时仿佛重回他一统六国的壮年时代，豪情万丈地对徐福说道，既然这里是神的国度，那我们干脆就夺取了这方土地，成为真正的神之王者吧！

徐福无话可说，只有点头答应的份儿。

于是，带着那上千童男童女以及掌握着各种先进技术的工匠，秦始皇于大洋彼岸开拓起了自己的事业，经过数年抑或数十年的奋斗，他终于成为了初代日本国王。

也就是说，日本万世一系的皇室，其实是始皇之后。

如果我没记错的话，这应该是秦氏一族的某个不着调的子孙后代编出来的。

第五章

宋朝和日本的平等往来

赵匡胤在赵光义和赵普的拥戴下披上了黄袍，成为了皇帝，这便是著名的“陈桥兵变”。

赵匡胤也因此成为了宋朝的开国皇帝，称宋太祖。

宋朝建立之后，用了差不多二十年时间，基本完成了对中国的统一，虽然这里所谓的统一非常有限，不管是前朝还是后世的很多地方都未曾被纳入版图，但不管怎么说，宋朝依然是一个能够代表中华王朝的统一政权。

所以日本人很重视。

尽管此前大家早就知道“天下大势，分久必合，合久必分”这一千古真理，可是自唐末中原大陆藩镇割据战乱迭起以来，苦日子一过就是一两百年，让人全然盼不到头。与此同时，日本国内的和风文化流行得相当顺利，以至于日本那边很多人都觉得中国貌似也就这么着了，对于去中国学习交流之类的事情也逐渐产生了各种消极的心态，而众有识之士不会那么短视，他们依然坚信战乱和分裂终究不是主旋律，可也总觉得前途难料，纷纷各自猜测，到底谁才有能力结束这旷日持久的乱世，重新予中华以安宁。

在这种情况下，赵宋皇朝的出现当然就会让日本人眼前一亮了。

于是就有人想到了要去看看。

永观元年（公元983年），东大寺和尚奝然率领弟子在宋朝商人的协助下，坐船来到中国，入龙兴寺（今浙江台州境内）学习天台宗佛法。

奝然出自秦氏一族，自幼出家侍佛，人称法济大师，也算是一代得道高僧了。

当年九月，奝然来到了大宋首都汴京（今河南开封），然后进了皇宫，面见皇帝。

此时太祖赵匡胤已经驾崩多年，继位的是他的弟弟宋太宗赵光义（赵炅）。

这人怎么登基当皇上的，至今仍是个谜，有无数人认为他是杀了自己的亲哥哥，然后篡位才成的天子。虽然这并无直接明了的证据，但赵光义逼死太祖次子赵德昭，让其四子赵德芳死得不明不白却是不争的事实，这当然就难怪后世要质疑这家伙是不正常上位了。

不过这些跟奝然自是无关，他就一外来的和尚，求几本经书，学几部佛法，回家弘扬普度一番便算功德圆满了，大宋的皇帝杀兄也好弑父也罢都不是自己该过问的，即便现在要面圣，那也纯粹是礼节性接见外宾，双方各自走个过场就算完了。

只是这宋太宗貌似相当看不起日本，比方说在称呼上，他一直叫对方为岛夷，就算是当着奝然的面也并不改口。

太宗问奝然，说你们岛夷之国，今年收成如何？

奝然说托您洪福，还算能吃得一口饱饭。

又问，你们岛夷现在是哪朝了？

奝然答道我们现在是守平天皇时代。

守平天皇就是圆融天皇，讳守平。

对于这个答案，太宗赵光义显然很不得要领，觉得对方理解能力有问题，便又重复了一遍，说我是问你们现在是哪个朝代，而不是问你们现在是哪个天皇。

奝然先是一愣，继而一脸认真地说道："我日本天皇万世一系，故并无朝代一说。"

这回轮到宋太宗愣住了，转而请教起奝然何谓万世一系。

在奝然的解释下，赵光义基本明白了日本政治的一些基本概念，比如天皇永远是半仙，臣子做得再大也永远只能是人类，就算有非分之想也会立刻被消灭在萌芽之中。而且和天皇一样，贵族的儿子也世世代代是贵族，只要不犯什么滔天大罪，基本不会被踢出这个行列，可谓是皇权永固，贵胄罔替。

听着听着，宋太宗原本一脸轻蔑的神情，被替换上了羡慕的颜色。

"说是岛夷，可人家的皇室千年不变万世一系，就连臣子也是世袭延绵，从无断绝，上古时代圣人治国，也无非就是这样的吧？再看看我们这里，自从李唐分裂以来，短短的几十年里有多少人以一介臣子的身份篡权夺位登九五之尊？又有多少大臣贵族能做到嗣续不绝的？"事后，赵光义对身边的臣子如此说道。

在他看来，虽然日本就国土国力和大宋相比是个不折不扣的蕞尔小国，可对方的治世模式，堪称是自己心目中的典范——皇家万万年都是皇家，大臣八辈子都是大臣，有福共享，天长地久。

这次会见使得赵光义对日本的印象瞬间大为改观，从原先开口闭口的岛夷一下变成了"古风君子之国"。同时，整个国家上下，也延续了之前隋唐时候那种与日友好的空气。

对日本而言，这当然是有百利而无一害的。

平安时代后期的日本，因为看惯了中国内地的战火纷飞，所以普遍有一种"外面那么乱，还不如我们关起门来自己搞，免得跟着遭殃"的观念。同时朝廷也有政策，规定一般日本人不许出境，能够自由出入国内外的只有两种人：第一是商人，第二是僧侣。

这也是代表了当时日本权利最高层所希望从中国得到的东西：利益和文化。

如果说宋朝中国和日本之间的往来与前朝有何不同的话，应该就是“平等”。

宋朝之前，无论隋唐魏晋，日本在和中国打交道的过程中，永远都处于“受”的一方，要么是直接得到了赏赐宝物，要么是学到了文化和技术，他们只是得到，却不能给予中国什么，因为当时的两国实力对比过于悬殊，日本没有什么东西是强大的中国所必需的。

说得难听一点就是，至少在宋朝之前，中国可以没有日本，但日本却离不开中国。

而宋朝建立之后，随着日本本身的日益强大，其对中华文明的需求开始变得逐渐减少，但另一方面，虽说中国尚且还远远没到把日本过来的东西当作必需品的地步，可也确实已经开始对日产商品有了一定的需求量。

双方一拍即合，贸易交流就这么被搞了起来。

宋朝时管对外生意的机构叫“市舶司”，而日本那边则在九州大宰府下设立鸿胪馆，用于国家官贸。

只不过真的操作起来的时候，两边基本都不怎么走官方路线，而是多为私人贸易，尤其是日本，跟宋朝的生意往来几乎九成以上是在私人领地里完成的。

国贸变私贸，朝廷的所得利益自然就大大减少了，不过这绝非是中央照顾地方，而实在是一种无奈之举。

因为中央无权。

再说得精准一些，是天皇无权。

其实早在当年藤原基经横空出世把持朝政数十年起，天皇的大权实际上就已经开始旁落到了藤原北家的手里，多年来藤原一族的人几乎代代都担任关白一职，然后替天行道独揽大权，全然不把天子放在眼里，学界俗称“摄关政治”。

摄关政治的登峰是在长德元年（公元995年），那一年藤原北家的藤原道长出任右大臣以及藤原长者（等同于一族族长），开始了长达二十多年的专政，而他的儿子藤原赖通，15岁就当上了正三位右近卫少将，30岁出任关白，独掌乾坤到76岁，实在是老了玩不动了，才辞去了一切职务顺便在延久四年（公元1072年）时以81岁高龄出家，然后一直活到了83岁才驾鹤西去。

道长、赖通父子俩一前一后总共八十来年的摄关政治，使得日本皇权从此名存实亡，而且他们不仅操控中央，就连地方也不放过，在那八十多年里头，许多国司的任命也全都出自他们爷俩之手。

而底下的国司有了藤原家为后台，更是肆无忌惮了起来，纷纷各自建造港口，直接和大宋展开贸易，跟鸿胪馆抢起了生意，而宋朝那边本来就不禁私贸，更何况中国商人也分不清摄关政治还是地方政治，反正看见日本来的商船就一手交钱一手交货地做买卖，久而久之，天皇的中央朝廷能赚到钱才怪了。

对于藤原家的摄关政治，全日本的反应只有四个字：人神共愤。

首当其冲的是半仙皇家，那必然是不高兴的，为了抗衡藤原家，历代天皇采取的对策叫院政。

所谓院政，通俗来讲，就是拼爹。

藤原家之所以能掌权，很大原因是由于藤原家的女儿，基本上代代都嫁入皇宫当皇后，然后生了皇子再当天皇，也就是说，藤原一族其实是天皇家的外公、舅舅或是老丈人。

要跟外公舅舅老丈人对抗，那最好的办法就是把爷爷叔叔和亲爹找来，枪对枪，棒对棒，亲爹对亲娘。

在摄关时代，当天皇活到二十多快三十的时候，就会把位子传给尚且年幼的太子，而自己则出家做和尚，即为上皇，通称某某院。上皇上面还有法皇，就是天皇的爷爷，同样也是和尚——天皇打算通过这种办法来增加自己的战友人数，然后来压制藤原家的势力。

也就是说，摄关政治跟院政政治两者的本质，其实是天皇母系一族与父系一族之间的斗争。

不过从结果上来看，显然还是摄关政治更胜一筹，因为即便爷爷孙子齐上阵，可皇权依然只是个名分，藤原家还是牢牢地把持着一切。

于是这就让另外的一拨人愤怒了，那便是京都的其他贵族与地方的豪强们。

说这个话题之前我们先来重温一下日本的土地制度变革。

且说在当年菅原道真跟藤原时平这两位的改革后，日本土地的私有制算是被确立了下来，不仅朝廷承认土地可以私有，同时也规定一切新垦土地归开垦者所有，而拥有土地者则被称之为领主。

如此这般一来，造成的后果就是各地的领主如雨后春笋一般地冒了出来。

虽然这并不是什么好事。

开发了土地，就成了财主，你当了财主，那随之而来你的安全也就成了问题，毕竟这世道不是什么人都愿意靠自己本分的劳动来发财的。

那么，为了保护自己的家产和家人，就必须要有武器，有了武器还不够，因为你不能一个人拿九把刀，所以还得招募保镖，来保护自己的田园。

这保镖，在日语中被叫做“侍”，也就是武士，俗称打手。

可以说，武士最初出现的意义，是为了保护领主、土地以及农民。

而那些拥有相当武装力量的土豪领主，包括很多国司在内，其实也能算是某种意义上的武士，不过为了跟普通看家护院的武士加以区分，一般我们称之为武将。

或许很多人会问，这跟藤原家的摄关政治有什么关系？

有关系，当然有关系。

因为土地私有制的深入，从而导致了武士的出现，而武士的出现，则很大程度上改变了当时日本的政治格局，那便是中央政权的名存实亡。

这其实是一个很容易理解的事情，中央为了掌管地方而派了国司，国司在代替朝廷管理那非常有限的土地的同时，又通过自己开垦的手段获得了大量的私有领地，而且还招募了大批给自己看家护院的私人武装力量，他们自己也从原先的钦派地方官转变成了手握雄兵的武将。这样一来，朝廷在地方还有何权力可言？也别管摄关政治还是院政政治了，中央的一切政令在地方都名存实亡，只有武将，才是真正的统治者。

这种因土地私有而导致的权力分散，既是一种进步的象征，也是动乱的根源。

当然，动乱那是后话了，现在要说的是，因为武将的出现，使得天皇想要搞掉藤原家不再需要单纯地拼爹了，他们还可以拉拢武士来做自己的战友，毕竟枪杆子才是硬道理。

那么藤原家是否也能通过地方势力来扩大自己的阵营从而加强摄关政治呢？理论上是可以的，但实际上很难。

原因有二：第一，在日本，天皇是拜出来的，是神，除了极个别的疯子，没有人会想到以人类的身份来挑战皇权；第二，这年头谁都不比谁笨，我有土地有士兵，凭什么还要给你藤原家当枪使？

就这样，武士崛起了。

或者说地主崛起了。

在崛起的过程中，有两大氏族脱颖而出，一家平氏，一家源氏。

虽然看起来势单力薄只有区区两族，但实际上全然不是你想象的那样，事实上截止到平安时代后期，这两家光是直接用平源名号的分流就有几十上百的，还不包括改姓其他的支流，同时不仅在京城举足轻重，而且还遍布了日本各地。

在这几十上百家人里头，有两位最终脱颖而出，一个叫平清盛，一个叫源赖朝。

这两人都出身北面武士，所谓北面武士，指的就是天皇的直属武士，他们除了拥有领地之外，还和中央有着各种瓜葛。

其中，平清盛在仁安六年（公元1167年）当上了太政大臣，虽然在此之前他就已经掌握了全日本的大权，靠着枪杆子里出政权这条千古真理凌驾在了整个皇家之上，但这一回的加官晋爵，不仅使得他名副其实地成为了当时日本的第一人，也让整个平家跟着一起飞黄腾达了起来。

据不完全统计，在平氏政权时代，仅是京都三条地带，就住着平家出身的大小官员170余户。当时平家官员出行都要清道，不仅不允许人阻挡去路，还要保持一条街安静整齐，即便有婴儿啼哭，都要问责基层官吏。

对此曾有人非常不满地反问说，小孩哭闹乃是人类天性，你平家再厉害再不讲理，可总也得让人活吧？

被质问的叫平时忠，倒也实诚，大大咧咧地回道："这年头，只有平家的人才是人。"

嚣张到这个程度，那就肯定要遭人嫉恨了。

祇园精舍钟声响，诉说世事本无常。沙罗双树花失色，盛者必衰如沧桑。

和所有盛极一时的政权一样，由平清盛一手缔造的平氏政权，终究也没能天长地久。

自治承三年（公元1179年）前后起，在诸武将的带领下，日本各地就掀起了各种各样以推翻平家为目标的兵乱。治承四年（公元1180年）八月，一个33岁的年轻人，宣布自己和当时日本的实权统治者平家政权正式开战，之后，他率领了一支军队，从利根川左岸的国府台（今千叶县内）出发，向对岸的武藏野发起了进攻。

五年之后，他的弟弟在关门海峡的坛之浦和平家残兵展开了最后的决战，开打不过半日，平家就几乎全军覆没，平氏诸将纷纷跳海自尽，当主平宗盛及其妻儿也被活捉。至此，平氏政权宣告覆灭。

弟弟的名字叫源义经，堪称日本史上最具悲剧色彩的武士。

而哥哥，则是我们之前提过的那个源赖朝。

源赖朝，说起来也是个苦孩子，他爹叫源义朝，当年曾经起兵反抗平清盛，结果没打赢，自己死了不算还连累了老婆孩子，源赖朝十三四岁的时候就被送去了伊豆群岛关禁闭——这地方虽说现如今乃是风景优美的旅游点，但在当年纯属不毛之地，系流放犯人的不二之选。

伊豆群岛的日子一过就是十几个春秋，起兵那年他都已然三十好几了，你说他是虚度十几年春秋也好在孤独中磨炼了自己也罢，反正源赖朝率领的源家军节节进军，并且最终打灭了平家，取得了胜利。

平氏政权覆灭后不久，天皇便赋予了源赖朝任免诸国守护的权力，也就是全日本国司的任免，被集中在了他一人手中，说得再直白些，就是全国的土地分配，从此以后便由源赖朝一人说了算。

尽管是如当年平清盛一般独掌了大权，但他却并不满足。

这或许跟早年被流放的经历有关，总之这家伙是个相当没安全感的人，总觉得虽然自己终于站在了顶峰，可如果光靠一人之力的话，兴许就会有那么一天跟盛极一时的平清盛一个下场，因此必须要确立一种制度，一种能够将武士或是说源家治世合法并长久化的制度。

所以也就是从这个时候起，源赖朝开始推行起了一种全新的治世模式，那就是将国家的统治模式分为简单的两部分：土地和武士。

自己管理天下的武士，天下的武士用刀枪来保护并统治天下的百姓，百姓在土地上生产，养育整个国家和民族。

其实任何时代的武士政权，其核心就是上面的这句话。

建久元年（公元 1190 年），源赖朝被朝廷任命为右近卫大将，因为既有兵权又有政权，所以他在镰仓的府邸被称之为幕府。

“幕府”二字源于中国，要解释的话，大致就等同于军政府，事实上这确实是个很贴切的词，因为源赖朝以武士之身干涉中央政权，本身就属军人干政。

建久三年（公元 1192 年），应赖朝本人要求，天皇正式册封其为征夷大将军。

虽是老官新做，但却和以往的大不相同。首先，源赖朝当的这个征夷大将军，不是临时任命的讨伐军总司令，而是幕府首脑，换言之，这个官名的重点在于大将军而非征夷。

其次，征夷大将军的职责除了统领全国武装力量之外，还拥有在镰仓设立政府，主管全日本政务的权力，此官的设立，彻底把日本的行政权和神权给分开了，从那之后，但凡人事儿只归将军管，至于天皇，虽然大家仍然认可他是神的代言人，可人间的事情，他却再也难以插手了。

自此时起，日本不再需要贵族那糜烂的风花雪月，也不再需要天皇的神神叨叨。武士，唯有手握钢刀的武士，才是国家的主人。

一个新的时代，终于开始了。

第六章
禅宗与茶道宋朝传入日本

源赖朝在创立镰仓幕府之后，虽然并没有和当时的南宋建立正式的外交关系，但因为南宋大力提倡对外贸易，双方之间的贸易往来要较之北宋时更加频繁。

在整个两宋期间，从中国输入日本的商品大致有陶瓷器、绢织品、文具、书籍、香料、药品和绘画，而日本卖到中国的主要有日本刀、日式工艺品、硫黄、铜矿和木材等。

除了日本刀跟工艺品之外，基本上出口的都是原材料，那个岁月的两国差距在这方面还是非常明显的。

此外，在贸易中，宋朝的铜钱也被大量流入了日本，因为质量好分量足，一度还成为了硬通货，比日本钱都管用。

和贸易同时进行的，还有文化上的交流，这里面包括了物质文化和非物质文化。

物质文化通俗地讲就是各种宝贝和文物。

众所周知日本是世界上除中国以外收藏中国文物最多的国家，在这些历朝历代输入日本的文物之中，很大一部分珍品乃至绝品，都是宋代物件抑或是两宋期间流入日本的。

这绝非空口白说，比如蚂蝗绊茶碗、天目曜变茶碗之类，都是大宋的产物。

当然，日本那边也有宝贝流入宋朝，而且数量也还挺多。

通常来讲，两国之间的文物交流可以分为四种方式。第一是由日本的入宋僧人在受到大宋皇帝接见时所得到的以及所献上的珍宝。

以之前所提到过的奝然为例，他在受宋太宗接见时，就献上了念珠、金银莳绘（一种用金银粉在漆器上贴出图案和花纹的漆艺）、扇子、螺钿以及日制屏风等物，然后再从宋朝拿回各种回赠，其中有一尊旃檀释迦如来佛像，至今仍在京都清凉寺，属日本国宝。

第二种是宋日两国朝廷之间的礼尚往来。

比如在宋孝宗时代的宋承安二年（公元 1172 年），孝宗皇帝就给当时的后白河法皇以及太政大臣平清盛各自送去一份礼物，礼单的具体内容虽然早已失传，但想必不会寒酸，因为收礼的两人不仅作出了“美丽珍重”的评价，还各自还以厚礼——莳绘一份、染色皮革三十枚、沙金百两、宝盒一个以及日本刀具一整套等。

第三种最为常见，就是个人或小团体来往之间的物品互赠。

长和四年（公元 1015 年），在大宋游学习佛的日本僧人念久和尚在得知天台山要修建大慈寺的消息后，便立刻返回国内四处化缘搞募捐，说是也要为大慈寺出一份力。

对此，日本国内的反应是相当踊跃，时任左大臣藤原道长二话不说就立刻捐出了自己珍藏多年的宝贝：念珠六串（四串琥珀，两串水晶）、屏风六张、奥州产的貂皮裘三套、沙金百两、大珍珠五颗等。

此外，在建长八年（公元 1256 年），入宋日本僧人无本觉心向交好的宋朝和尚无门慧开赠送了水晶念珠一串，黄金一块；作为回礼，四年后无门慧开则送给了无本觉心法衣袈裟一件和缎锦十幅。虽然念珠跟黄金至今早已下落不明，但那件袈裟，却被日本人当成至宝，珍藏在了山城国正觉山妙光寺的宝库里。

以上说的这些例子，在整个宋代的两国交往中真的只是大海中的一滴水，但就是这仅仅的一滴水，也足以看出当时的中日之间关系相当不错。

最后一种是通过贸易，实现双方的文物互通。

单从数量上而言，两国绝大多数的东西都是通过这种方法进入对方地界儿的，比较出名的有日本刀、瓷器以及螺钿等等。

日本刀跟瓷器是举世皆知的两国特产，这里就不多说了，只简单介绍一下螺钿。

所谓螺钿，指的是一种在漆器或木器上镶嵌贝壳或螺蛳壳的装饰工艺，有时候也会直接在贝壳上进行雕刻上色。这种工艺起源于中国，早在商周时代就有了，奈良时代时传入日本，然后在列岛得以发扬光大，平安时代反倒能向大宋出口了。

这种事情有时候想想还真是五味杂陈。

话说回来，其实日宋两国之间的文物交流还有第五种方式，那就是宋朝灭亡之后，很多大宋移民东渡日本，随身携带大量的中国文物去了东瀛。

至于从宋朝传入日本的非物质文化，自然也有很多，其中最为著名的有两样：一是禅宗，二是茶道。

而这两样东西能被传入日本，很大程度上得归功于一个叫做荣西的和尚。

荣西生于备中国（今冈山县），俗姓贺阳，爹叫贺阳贞远，是一个神官，也就是为神道教打工的，神官的儿子当了和尚，这听起来不可思议，不过实际上日本神道教和佛教的关系基本等同于中国的道教和佛教，都是那种你中有我我中有你的类型。

且说荣西的母亲在怀孕期间，曾梦见过天上有一颗亮闪闪的星星，然后孕期也只有八个月，便生下了这个孩子。

本来贺阳夫人觉得这也不是什么大事儿，可就在她生下孩子的当天，他们贺阳家有个邻居特地跑来跟她说道："孕期不满而又夜梦明星者，不利于父母也。"

贺阳夫人信了，于是当即命人把才出生不过数小时的小婴儿给丢到了门外，打算活活饿死他，为家中除去一害。

这一饿就是三天。到了第四天一早，贺阳夫人想去给儿子收尸，结果刚到门口就听见了婴儿的啼哭，这孩子被丢在门外饥寒交迫了三天三夜不但没饿死，反而还愈发精神了。

做娘的顿时惊讶万分，觉得这是上天赐予自己的孩子，再加上毕竟是自己八月怀胎的亲生儿子，真要看他活活饿死也实在是于心不忍。于是便将其重新抱入怀中，带回家中抚养。

这孩子自幼便极为聪明，8 岁的时候就能背诵各种经文，即便是婆沙论和俱舍论这样高深莫测的佛经，他也能朗朗上口随口诵来，被誉为远近闻名的神童，四方八路的街坊们都经常来参观他背书。

贺阳贞远一看儿子如此睿智且有佛性，觉得想让他继承家业做神官这辈子估计是指望不上了，于是索性在他 11 岁的时候将其送进庙里做和尚，法号荣西。

因为荣西确实很聪明，所以 14 岁的时候便又被送去了日本佛门名山比叡山上修行。兴许是这小子真的是有慧根，即便是在高手如云的比叡山上也是毫不逊色。在大家聚会辩论佛法的时候，往往一些大他好几岁甚至是一轮的师兄也说不过他。

如此出众的才华自然很容易遭人嫉恨，活在庙里的时候，荣西经常会被人攻击，说他长得难看而且个子又矮，以后找不到对象——那年头的日本和尚是能结婚的。

说起来荣西的样子确实挺寒碜，不仅身材五短，而且脸也不好看。对此，他本人则是振振有词："昔日齐国晏子也是身材矮小之辈，可照样成为了顶天立地的男子汉。"

在众僧眼里，荣西的才华大致和晏子差不离儿，所以也就信了他的话，认为他大概真是一个如齐相晏婴一般的好汉，所以从此往后便很少有人拿这事儿来攻击他了。

然而，在人前用铁齿铜牙为自己赚足了面子的荣西一旦到了夜深人静孤身一人的时候，却经常为自己那矮小的身材叹息甚至落泪。毕竟一个人念了多少书肚子里有多少墨水，不经过仔细交往是不会知道的，而你的身高长相一眼便能看清，正所谓第一印象。有一天他终于走入佛堂，向佛祖祈求说希望能让自己长高，为此他愿意用一百天的时间来专心修法诵经祷告。

在祷告前，荣西于石柱上画下了自己的身高；百日祷告完毕后再测，发现居然长高了四寸有余。

当时的一寸差不多在两厘米上下，一百天长八厘米平均下来月长一寸，算是很了不得的硕果了。

所以荣西非常高兴，当场又感谢佛祖圆了自己的梦，并发誓从此往后一定更加勤学佛法，侍奉佛祖。

19 岁时，他开始修行天台宗佛法。

应保二年（公元 1162 年），21 岁的荣西又开始跟着高僧基好法师修行密宗，仅仅数月便尽得要领，随即返回比叡山闭关钻研各种佛法长达八年。

八年后，本来已经算是尽得佛法精髓的荣西基本上就能下山出师成为一代宗师了，可他却坚持认为自己的修行完全还没到家，必须最起码要再修八年。

可问题在于那年头日本的佛经本来就不多，你再学也就是那几本书，翻来覆去地炒冷饭肯定不会有啥大长进。本着欲穷千里目的指导思想，荣西决定更上一层楼——去中国留学。

仁安三年（公元 1168 年），荣西坐船渡海，来到了华夏大陆。

那时候的中国属南宋，虽说偏安一方不怎么能打，但文化和经济却是异常繁荣，这让长期以来一直生长在日本的荣西大为感叹，尤其是在佛教方面。当时的中国所盛行的是日本所没有的禅宗，荣西在仔细阅读了各种佛禅读物后，深感日本的佛教也要走这条路。

禅宗，由一代宗师菩提达摩所开创，中晚唐之后成为汉传佛教的主流，同时也是汉传佛教最明显的招牌之一。

所谓汉传佛教简单来讲就是流传于中国的佛，其宗派大多来自于印度，但唯独天台宗、华严宗与禅宗，是由中国自己独立发展出的三个本土宗派。其中又以禅宗最具独特的性格。禅宗的目的就是为了要让弟子开悟，就是自己悟出真佛。其核心思想为：“不立文字，教外别传；直指人心，见性成佛。”意指透过自身修证，从日常生活中参究真理，直到最后悟道。

而传说中的“开悟”，其具体过程说穿了其实就是坐禅打坐。这一坐，不到悟出什么道道来是不能罢休的，《西游记》里唐僧在车迟国跟某大仙比打坐的时候就说过，紧要关头就算是两三年也得坐下去。由此可见这不但是门技术活，也是门体力活。

但让荣西非常困惑的是，当年27岁的自己，每当坐禅的时候，坐着坐着就会打瞌睡，但反观那些中国的老和尚却一个个似乎还挺精神，虽说两三年是肯定坐不了，但坐个两三天却是一点问题也没有。困惑之下他便问了天台山万年寺的住持大师，说：“你们坐禅的时候难道就不想睡觉吗？”

住持很实诚，说：“大家都是人类，我年纪又一大把了，吃过晚饭就开始会有瞌睡，更别说坐禅了，当然会犯困。”

荣西愈发不明白了：“那坐禅的时候如果困了，您怎么办？”

本以为对方会说一些心想佛祖之类的话，但却不料人家真的是个实在人：“喝茶，茶能提神。”

荣西当场就饮了一杯茶，再打坐的时候，发现精神好多了。

后来他在自己的著作中写道：“茶乃合五脏、健身心的灵丹妙药。”

文治三年（公元1187年），曾经一度归国。已经50岁的荣西，因觉得自己的学问修为仍然远远不够，所以再度西渡中国学习佛法，四年后回到了日本。这一次，他带回了两样东西：茶种和禅宗。

其实茶叶在日本一直都有，早在延历二十四年（公元803年），从唐朝归国的遣唐使永忠和尚就带了几麻袋茶叶回日本，并且呈交给了当时的嵯峨天皇。据说这位文艺天皇在收到这份独特的礼物后显得非常的高兴，还专门为此做过和歌一首。

不过，当时在日本的茶叶全都属特供产品，仅给上层贵族享用，而且还被当作了一种名贵药材，并非是饮料。

那会儿的茶叶主治中风、糖尿病、厌食症以及脚气病等病症，并且还附有强身健体等功效，在朝廷的王公贵族中人气非常高。

当然，这只是茶叶，一种能干嚼或是泡开水的食物，和茶道没有零星半点的关系，甚至和茶这种植物也没几毛钱的联系，因为永忠和尚带回来的，只是被晒干了的茶叶罢了。

虽然如今也有说法，认为永忠也把茶种带了回来，并且也确实在京都一带种植，但这即便是真的，那也不过是在极小的范围内流行，而且也无法改变茶叶药用的事实。

事实上日本真正开始产茶，并且成为了近代亚洲重要的茶叶产地，确实是荣西带茶归国之后的事情，而且在他的带动下，热茶这种东西也就此步入日本的民间，并且大受好评，还得到了时任镰仓幕府的三代将军源实朝的大力推荐。

且说在荣西第二次回国后曾经拜访过一次源实朝，结果却发现位于坐席之上的将军大人不但眼神游离，而且说话也前言不搭后语，全然一副病怏怏的模样。

于是荣西问道：“大人，你是不是病了？”

“让大师见笑了，我是昨天喝多了，头疼。”源实朝虽然很不好意思，但还是说了实话。

日本人是一个天生就不怎么会喝酒，却偏偏特别爱喝的民族，所以宿醉对于日本男人而言，属家常便饭，从古代到如今，从将军到平民，都不乏受害者。

荣西听完后便表示这么个疼法也不是个事儿，您还是吃点什么吧。

可当时日本医疗水平相当落后，像宿醉这种事情根本就没有什么医学上的对策，只能靠人本身的能力把酒劲熬过去。所以源实朝连连摆手，说：“没啥好吃的，就这样吧。”

“等等。”荣西突然想起了什么，“大人，贫僧有药。”

这药其实就是茶叶，因为他觉得打禅的时候累了喝茶能醒脑，那么醉酒的话喝茶也能变得清醒，道理是相通的。

在喝下了一碗热茶之后，源实朝确实感到清醒了很多，头也一下子不疼了。

于是，将军就这样成为了饮茶爱好者，而且每次开会或者会客都会向别人推荐喝茶。

不过对于此时此刻的日本而言，茶仍然是一种比较名贵的东西，所以一般享用之前，客人为了表达对主人的尊重，而主人又想凸显这东西的稀罕，往往会搞出一套又一套相当繁琐的礼仪。这也就是茶道在日本的由来。

其实茶还没说完，但得先说说禅。

跟茶一样，早在唐朝的时候，禅宗的一些理论就被各种僧人从中国传入了日本，比如在公元9世纪的时候，唐朝僧人义空应嵯峨天皇的老婆橘嘉智子皇后之邀，东渡日本开坛论禅，可是因为当时日本人对禅宗全然没兴趣，朝廷方面也不过是叶公好龙，所以在日本待了几年却毫无建树，顿感前景渺茫的义空，灰溜溜地回了国。

之后的数百年里，虽然陆陆续续地有两国僧人在各类往来中将禅宗点点滴滴地传来日本，但终究只是点点滴滴，并无系统可言。

但是荣西却不一样，这人之所以值得在历史上大书一笔的原因，就是他带回来的并非鸡零狗碎的豆知识，而是一整个宗派——临济宗。

临济宗是禅宗南宗下五个主要流派里的一个，始于中国唐代，讲究的是心即是佛。

到了宋朝，临济宗被分出了杨岐派和黄龙派，其中荣西传回日本的，正是黄龙派。

至于杨岐派，则是在宽元四年（公元1246年）由中国僧人兰溪道隆东渡日本带过去的。

再说荣西为了避免数百年前义空和尚的前车之鉴，特地跟镰仓幕府搞好了关系，比如隔三岔五给将军弄点热茶解解酒什么的，然后在幕府的支持下大力开始推广禅宗。应该讲这一招的确很有效，至少禅宗就此在日本生根发芽了。

镰仓时代的日本禅宗主要分为两个宗派——临济宗和曹洞宗，然后再在这两宗之下，衍生出二十四个分流派。

临济宗前面提到过，而曹洞宗也是起源于中国，信奉“万物皆虚幻”，在嘉禄二年（公元1226年）的时候由一个叫道元的入宋僧给传入日本的。

说起来这个道元也算是传奇人物了，自幼就有神童之称，而且貌似天生带有佛性，他学成曹洞宗归国普度众生的那一年不过26岁，因为实在是过于年轻，所以当时还成了轰动一方的大新闻。

值得一提的是，道元其实是荣西的徒孙，他的师傅叫明全，乃荣西门下高足，本来是跟道元一起去的中国，但却在求佛的途中一病不起，最终圆寂于湖南的景德寺。

所以从这个角度来看，荣西确实是当之无愧的日本禅宗之祖。

插一句，虽然曹洞宗在如今的中国可能连听说过的人都不多，但其大本营却是超级有名，那便是嵩山的少林寺。

禅宗被传入日本之后，除了理所当然地在佛教圈内流行之外，还有点让人意外地跟茶道结合在了一起。

这事儿要从公元16世纪开始讲起，那时候的日本茶道在形式上已经开始发生了非常明显的变化。首先，参加茶会的人不再只拘泥于贵族了，哪怕是平民百姓，只要好这一口，而且手里有个茶碗，都能开一场茶会；其次是茶道的礼节，也不再跟以往那样喝一口茶都要搞一套繁琐的礼节，而是被直接简化成了四个字：敬寂清和。

“敬”就是尊敬，表现为上下关系分明，有礼仪；“寂”就是凝神、摒弃欲望，表现为茶室中的气氛恬静，茶人们表情庄重，凝神静气；“清”就是纯洁、清静，表现在茶室茶具的清洁、人心的清净；“和”就是和睦，表现为主客之间的和睦。

之所以会发生这样的变化，主要是因为当时正值战国乱世，兵荒马乱，人人都过着今天不知道明天的日子，难免就会发生厌世的烦躁情绪。在这样的情况下，原本就能让人静下心来的热茶，和教人向佛度人极乐的佛禅，因其本质其实是相同的，于是便被顺理成章地凑在了一块儿。

而随着人们对茶道和禅宗理解的不断加深，一个堪称是日本茶道终极精髓的理论也被提了出来，那就是“一期一会”。

一期，就是一生；一会，就是见一次。两个词连起来的意思就是一辈子只碰得上一次。

放在茶道里的意思便是你现在喝的这杯茶，这辈子都不会再有同样的一杯；甚至是现在喝的这一口茶，这辈子也不会有重复的第二口；而现在陪你喝茶的那个人，兴许这辈子就再也碰不到第二次了，于对方而言也是如此。

这种人生无常的道理，在无常的战乱时代相当流行，同时虽然这道理表面看起来相当悲观苍凉，但实际上却包含着一层更深的意思——不仅是人生，即便是在人生中经历的每一个瞬间都不能重复。作为人类而言，要珍惜每个瞬间的机缘，并为人生中可能仅有的一次相会，付出全部的心力。若因漫不经心轻忽了眼前所有，那会是比擦身而过更为深刻的遗憾。

顺便插一句，这套说法不光能放在茶道上，就算在其他方面也被广泛地运用着，比如在赏花方面，日本人就相当推崇“今年的樱花只有今年有”这么一个说法。

可以说，日本茶道最终是走向了一条和中国完全不同的道路，同时因为变化实在是过于巨大以及融入了太多的自家文化，以至于时至今日，有很多人误以为茶道乃是日本的国粹。

所以我就觉得很有必要来专门说一说茶道中所不曾变化的地方，那就是泡茶喝茶的具体过程。

不管茶道的礼仪动作是繁琐还是简单，也不管这碗茶是不是讲究“一期一会”，日本茶道的本质流程却是千百年来一成不变的——先是在茶碗里放上一勺茶粉，然后倒上热水泡开，为了让茶粉很均匀地溶在水里，还要拿一个小刷子刷几下，刷完之后，再注入些许热水，一杯热茶就这么泡成了。

由于我们中国人平时喝茶一般都只是往杯子里放点干茶叶，然后浇上开水了事，再加上日本人在搞茶道的时候通常还要穿和服什么的，所以每当看着他们泡茶喝茶，真会有一种“日本制造”的感觉。

其实这是错觉。

日本的茶道，堪称是形意结合。我们不能否认其中的“意”，比如“一期一会”，确系日本人自己的原创，但是这“形”，则是完完全全传承于中国。

具体说来的话，就是宋朝的“点茶”。

点茶起源于唐，兴盛于宋，和焚香、挂画、插花三样并称为宋代四艺。

其中，插花、焚香和点茶都传入了日本，经过各种融合发展后，变成了今天的花道、香道和茶道。

点茶也叫抹茶法。因为其泡法跟上述的日本茶道几乎无差，所以这里就不再重复了，只是就一些专业名词和需注意的事项做一个简单的补充说明。

首先，那个舀茶叶末的勺子，叫茶匙。

其次，那把小刷子，叫茶筅，在日本也被称作茶筌，多为竹制。宋徽宗赵佶的《大观茶论》中就有明确说法："茶筅以劲竹老者为之，身欲厚重，筅欲疏劲。"然后茶筅上面的小刷穗儿也有讲究，日本人根据穗数的不同，可以分为平穗（16根）、荒穗（36根）、野点（54根）、常穗（64根）、数穗（72根）、八十本立（80根）、百本立（100根）、百二十本立（120根）等八种，刷穗儿的多寡，可直接影响到这碗茶的浓淡。

第三，用茶筅刷茶的这个动作，叫运筅或者击拂。在具体的点茶操作中，运筅的同时还要往里注水，将茶粉跟热水完美地结合在一起，由于这个过程非常注重双手的配合，故而宋朝的那些茶道高手，也会有"三昧手"之称。

从公元960年宋朝建立开始算起，至今已然有一千多年了，一样东西在邻国被完整保存了一千多年，而我们自己这里倒是弄得像快要失传了一样，这实在是令人无语。

平心而论，越是深入品读日本这个国家的历史，往往就越会产生一种对中国的喜爱和崇拜，伴随着这种喜爱与崇拜而生的，却是一股淡淡的扼腕。

第七章

宋末元初，蒙古铁蹄踏上日本

镰仓幕府的建立，标志着日本进入了一个新的时代，然而这个新时代却并不美好，也未能长久。

因为源氏政权传到第二代的时候，就开始渐渐不行了。

主要原因大致有两个：首先是没经验，再怎么说，武士当权这终究也是开天辟地头一回，很多事情都处尝试阶段，既是摸着石头过河，就难免一脚深一脚浅地栽河里；其次是因为源赖朝死得太早。

建久十年（公元 1199 年），这位日本史上最初的幕府将军，没有任何征兆地在镰仓与世长辞，死因至今不明。而后，其家业被传给了嫡长子源赖家。

这孩子当年只有十七八岁，因为实在过于年轻完全不知道该如何挑起一国政务，所以大权便被以辅佐他为名的生身母亲北条政子给抓在了手里。

虽然在今天的学界，人们往往会给予北条政子很多高帽和各种好评差评，比如什么一手遮天的女将军、镰仓幕府背后的女魔头、日本版的吕后等等，但如果要我说的话，她其实不过是个极度没有安全感的女人罢了——这点倒是跟源赖朝挺像。

北条政子出身的北条家，其实只是伊豆的一个普通豪族。如果不是源赖朝落魄为阶下囚被流放到那儿，哪怕他不是幕府将军只是普普通通的源家大少，从门当户对这个角度出发，政子也不具备嫁给他做正房的资格。

或许这就是命，让一个小地主的闺女一跃成为了天下的御台所。

御台所就是幕府将军的正房大老婆。

面对这一份从天而降的大富大贵，北条政子第一个想到的就是如何守住它。

在她的概念里，富贵的根源是自己的丈夫，换言之，只要看住了老公，自然就万事搞定了。

所以在源赖朝当上了将军之后，北条政子立刻展现出了恶妻的一面，用尽一切手段，威逼利诱地将丈夫管得死死的。当时的日本王公贵族有个三妻四妾十几二十个子女几乎就不算个事儿，可源赖朝不同，在老婆的高压政策下，终其一生，只有四个儿子：长男千鹤，前面说过，被弄死了；次男跟四男出自北条政子；唯一的一个小老婆生的庶子叫贞晓，算是侥幸偷吃得逞后的漏网之鱼，可也没得什么好，年仅七岁就被送去出家当了和尚，而且从剃光头起一直到死都没再见过自己的生父。

源赖朝去世之后，源赖家继位，本来按理说这下不用再担心有人来跟政子抢老公夺富贵了，可偏偏她仍是放心不下，觉得儿子年纪太小，需要自己手把手教着来做事。

在北条政子的一手策划下，镰仓幕府搞出了一个十三人合议制，就是选出当年源赖朝身边的老臣十三人，在北条政子的带领下共同辅佐二代将军。这十三人里头包括了政子的父亲北条时政以及她的都督北条义时。

从此，北条家的势力开始不断渗透进了幕府的核心层。

这就引起了源赖家的高度不满——本来这家伙说小也不小，天天被老娘外公老舅把持着当傀儡，搁在谁身上都换不来高兴。

于是一场母子对抗赛就这么打响了。经过了数个回合的交手，最终迎来了残酷而又悲凉的结局——建仁三年（公元 1203 年）五月，镰仓幕府第二代将军源赖家被自己的亲生母亲北条政子从将军的位置上赶了下来，强行送往伊豆的修禅寺出家当和尚，第二年七月，被舅舅北条义时派来的刺客暗杀，年仅 21 岁。

且说当时赖家正在洗澡，然后被刺客拿了绳子往头上一套，赤身裸体地拖进小黑屋一刀结果了性命。

源赖家死后，弟弟源实朝成为了第三代幕府将军，也就是长大后宿醉喝茶的那个。

源实朝当将军的时候年纪更小，才 11 岁，所以更加没有悬念地成为了母亲的傀儡，而为了更好地把持朝政，北条政子还让她爹北条时政出任了执权。

所谓执权，名义上指的是幕府将军的政务助理，实际上就是将军的代理人。北条时政在这个位子上干了一年多，传给了自己的儿子北条义时，此时日本的国家大权已经落入了整个北条家之手。

虽然政子明面上一直表示自己和北条家仅仅是辅佐摄政，等到将军长大了就必然会把政权还过去，可那一天终究是没有到来。

健保七年（公元 1219 年），源实朝被杀了。

凶手是他哥哥源赖家的儿子，公晓。

杀人动机你应该已经猜到了——为父报仇。

不过凶手最后也没落得个好，逃跑过程中被赶来的追兵所杀，年仅 20 岁。

至此，源赖朝算是绝后了。

四个儿子三个死于非命，唯一活下来的那个当了和尚；至于那几个孙子，要么英年早逝要么受各自亲爹的连累一块儿没个好死，总之，是再没了后人。

于是国家大权被北条政子名正言顺地一把捏在了手里，她在京都朝中找了右近卫少将藤原赖经，由他出任幕府将军，不过这当然只是个幌子——从此之后，镰仓幕府的将军代代都是从朝廷的皇族或是公卿里选出来的，只顶个名儿，真正的政权则由代代担任执权的北条家一手掌控。

这种非常具有日本特色的和平日子一过就是五六十年，虽然看着有些别扭，可倒也风调雨顺内外相安，一直到文永五年（公元1268年），平静终于被打破了。

那年春天，一队来自蒙古帝国的使节团，造访了日本。

蒙古帝国就是一代天骄成吉思汗在公元1206年开创的基业，经过了六十多年的奋斗已经扩张成为了一个横跨欧亚的大国，当时的可汗是忽必烈，使节团正是他派来的。

而使节团的团长叫潘阜，是个高丽人。

高丽就是朝鲜，当年唐灭高句丽后，因为跟新罗又不好过了，所以想顺手把他们也给一并摁了，但却没打过，反而让新罗顺势逆袭，得到了朝鲜半岛大部分的领土，然后定都庆州，史称“统一新罗”。

到了公元9世纪，半岛发生动乱，各地势力蜂拥而起，又被分裂成了三个国家，称“后三国时代”。其中后高句丽国有个将军叫王建，于公元918年发动政变，改国号为高丽，并且先后灭掉了其余两家，最终在公元936年再度重新统一半岛，也就是高丽王朝。

高丽王朝在公元1258年的时候因为实在是自觉再也扛不住蒙古人的攻打了，于是便只好表示了臣服之意，总算是保留了祖宗的基业和传统的文化。不过作为交换，除了要对蒙古称臣之外，每一代的高丽君主继承人都必须被送往蒙古帝国，接受蒙古式的教育成长，然后才允许回国继承王位。

再说那忽必烈收服了高丽之后，蒙古帝国上下都以为这回可汗要一心专攻南宋了，可没曾想，他却把目光转向了日本。

公元1266年，忽必烈以大蒙古帝国皇帝的身份写下国书一封，交予兵部侍郎黑的，并命他组建使节团，经高丽出使日本。

这下朝鲜人不乐意了——倒不是他们小气不肯借道儿，只是单纯地觉得这事儿对自己有百害而无一利。

朝鲜人的推理是这样的：忽必烈的国书肯定没憋什么好水，多半是要胁迫日本举双手投降；可日本人也不是善茬儿，绝非你让他低头他就哈腰的主儿。于是双方就谈不拢，谈不拢就要打起来，此时南宋尚在，蒙古人的势力还没打过长江，因此想要打日本，唯一的路径就是穿过朝鲜半岛，再过对马海峡到日本。如此一来，高丽的负担可就重了，肯定要被逼着准备粮草啊造军船啊之类的活儿，那岂不是忒苦了？

应该讲，这个推理基本正确。

忽必烈确实是想让日本称臣，这封名为国书的亲笔信其实是一封充满了威胁口气的劝降信，而且其本人也确实放出过话来，表示无论南宋和日本，只要敢不服自己，就即刻出兵。

在确认了蒙古真有可能要打日本之后，高丽方面立刻表示，万万不可。

可毕竟是在人屋檐下的一介藩属之国，故而他们也不敢抬头明着反对，只好曲线救国，跟黑的说这日本乃是位于荒海之上的一个岛国，臣服不臣服都与大局无碍，更何况那海路难走，乘船不比坐马，乘着一个不留神的，兴许就沉了。

为了证明自己没有忽悠，高丽的枢密院副使宋俊斐还特地领着黑的，找了一个风浪最大的海崖实地参观了一下，果不其然，那地方狂风连连，海浪一拍就是十余丈高。

黑的是蒙古人，一辈子大马金刀混草原，哪见过这等惊涛骇浪，当时就吓得不行，连连吐舌头说去不得，那还真去不得啊。

下面一群朝鲜人马上附和道，对，真去不得。

于是被完全忽悠了的老实人黑的就这么回家了，然后禀告忽必烈，说这日本没啥好去的，还是算了吧。

忽必烈勃然大怒。

和黑的不同，忽必烈是一个表里如一的英明之辈，朝鲜人耍的那些个小心眼在他跟前完全不管用，所以忽必烈当时就下了一道死命令，表示使者必须去，而且由高丽方面来完成这个送传国书、招降日本的任务。

同时，忽必烈还把朝鲜人最担心的事情也给挑明了，那就是强令高丽国王准备好船只一千艘，士兵一万人，用途是“或征南宋，或征日本”。

高丽国王不敢反抗，极不情愿地派出了由起居舍人潘阜带队的使节团，来到了日本。

这伙人在文永五年（公元1268年）的正月，抵达了大宰府，但并没有继续向东，而是留在了当地，然后让大宰府官员将忽必烈的国书送往了镰仓。

国书的大致内容是这样的——

上天眷命，大蒙古国皇帝奉书日本国王：

虽然你们日本是蕞尔小国，但考虑到好歹也算是我大蒙古的近邻，因此多少也该互相往来，修好关系吧？更何况我大蒙古帝国自先祖成吉思汗起，威扬四海坐拥华夏，四面八方心服我者不计其数。遥想当年朕刚刚即位时，东面有高丽不肯臣服，结果不得已朕只能派出大军前去，经过多年战争，终于将他们感化，现在已是我大蒙古东邦一藩了。

而你日本，自立国以来，不但跟高丽走得很近，也和中华历朝关系很好，一直互通往来，可为什么朕当了皇帝之后，你们就从没来看看朕？是不是不知道朕当了皇帝啊？也罢，不知者无罪，朕这就正式地通知你们，希望你们日本能跟我们大蒙古搞好关系，多多来往。如果真要动起刀兵，恐怕是谁都不愿意看到的吧？

落款是至元三年八月，也就是公元1266年。

从写完到送达足足一年多，不得不说朝鲜人真能拖。

言归正传，先说一句，包括日本学者在内，有不少人都觉得，这是一封普通的、寻求友好的书信，虽然口气强硬了一点，但却并非是要日本臣服于蒙古。

对此我真的很想问他们到底是真傻还是装傻。

开头第一句就是“蒙古皇帝奉书日本国王”，这两人的等级差已然暴露无遗，还说是友好往来呢？

其实这是一封杀机毕露的劝降信，里面还特地拿了高丽做例子，赤裸裸的威胁不言而喻。

当时镰仓幕府管事儿的是第八代执权北条时宗，此人虽然时年只有17岁，但却年少有为很有魄力，以英勇果敢著称，人称“迅猛小狮子”。

小狮子在看完国书之后，当场拍板：送京都朝廷那儿吧。

理由是幕府只管政务军务，不管外交。

其实他是在尽可能地拖延时间，目的是备战。

北条时宗是个明白人，他知道但凡不想给蒙古人做小，那么唯一的办法就是在战场上战胜他们。

另一方面，京都的朝廷在收到镰仓送来的国书之后，研究了很久，然后向潘阜转达了自己的意思：这事儿忒大，请容我们再研究研究、讨论讨论，您要忙的话，可以先回去。

在民族国家危亡的跟前，大家还是都很有默契的。

这事儿一拖就是三年，直到文永八年（公元1271年），当蒙古使者第四次来到日本时，才总算拿到了京都朝廷写给忽必烈的回信。

这封信是由菅原道真的子孙菅原长成起草的，大意如下：我们从来都没听说过蒙古这个国家，也不知道为什么你们突然就要我们臣服你们，而且还用武力相胁迫，我们日本自天照大神以来就是神之国度，没有向外族人称臣的习惯。

正当蒙古使者准备拿着信回去复命的时候，突然镰仓幕府横插了一脚进来，表示既然你们家皇上说要增进往来，那干脆这回的信就让我们送吧，也好往来往来。

当时蒙古人也没看回信里写的是什么，只当北条时宗要服软，于是连连称善。就这样，在文永九年（公元1272年）正月，由十二人组成的日本使节团，经高丽来到了已经改名为元朝的蒙古帝国首都大都，即现在的北京。

这十二个人其实不是来送信的，他们只是把文书交给了礼部的人代为传承，然后就开始四处乱转搜集起了各种情报。

而忽必烈在看了信后，果然被气歪了鼻子，连日本人的面都没见就把他们给赶了回去。

同年五月，以赵良弼为首的第六批使者抵达了日本，在要求对方降服被拒绝后，他们打听了日本历代天皇名讳、百官爵位、州郡名号和风土人情等信息后返回了大都。

元朝要用兵了。

话说到这里，可能很多人都会觉得有点奇怪，蒙古人向来只是纵横草原陆地，可为何偏偏要跟岛国日本过不去？

这貌似已成了个谜团，我只说我的看法，个人觉得，是因为南宋。

忽必烈在中国大陆最终的战斗目标其实是消灭南宋，而日本作为南宋的坚定盟友，显然让他有些骨鲠在喉，更何况日宋之间的各种经贸文化往来也的确在客观上有助于南宋国力的增长，加大了他灭南宋的难度。所以铲掉日本，不管从实际上还是心理上，都能起到打击南宋的效果，于是自然就会让忽必烈不遗余力了。

而日本不愿意搭理蒙古，其实多多少少也是因为南宋，还有一点就是，日本的确不是一个愿意臣服别人的民族。从当年圣德太子那么落后的时代起，他们就开始寻求和中华帝国的平起平坐，现在好歹也算是经过几百年历练成了亚洲小强了，怎肯再轻易屈服于人？

于是，就只能开打了。

文永十一年（公元1274年）十月五日下午四点，搭乘着元、高丽联军总共四万人马的九百艘战船，出现在了对马岛佐须浦小茂田（今长崎县下县郡严原町）的海面上，领军统帅是蒙古大将忻都，副将洪茶丘，高丽军的主帅则是金方庆。

傍晚六点时分，大约三百来人的元军率先登陆上岸，接着又是一千多人紧随其后，迎他们面而来的，是对马守护宗助国部。

宗助国带的人不多，只有八十上下，其实他本来也不是来打仗的，就是想探个究竟，结果一看黑云压城城欲摧了，于是只能就地摆开阵势，进入了战斗状态。

因为人少而且也知道是逃不掉了，所以宗助国干脆主动发起攻击，带着八十寡兵朝着蒙古人的军阵就冲了过去。

跑最前头的，还没看清蒙古人脸长什么样，就被一阵飞射而来的箭给戳成了刺猬。

跑后面的，知道不能再往前了，于是便站住阵脚弯弓搭箭，打算化主动为被动。

虽然此阵日本人打得极为顽强，对马守宗助国亲自冲锋在前弯弓射马连杀数人，但毕竟寡不敌众，仅仅数小时，八十人就被打得基本团灭，助国本人也死在了乱军之中。

之后，对马岛全境沦陷。

按照惯例，蒙古人在岛上烧杀劫掠、欺男霸女地打了一回草谷，接着，大军开拔，剑指壹岐。

壹岐就是壹岐岛，现在的长崎县壹岐市。

十四日，元军上岛，壹岐守护代平景隆带着一百余骑应战。

虽然较之宗助国的那草草集合的八十多人，平景隆的一百骑兵在数量和质量上都无疑上了个台阶，但仍然是完全不敌。

不光是蒙古人人数更多，还因为武器不行。

当时蒙古的弓箭一射就是两百多米，而日本人的弓则最多射个百米之内，因此这是一场没有任何悬念的战斗——当天，平景隆就战死在了他生活和工作了多年的地方。

而另一件没有悬念的事情就是，蒙古人照例展开了屠杀。

“百姓中男子或被杀，或被活捉，女人被聚集在一起，以绳索穿手结于船畔，无人幸免，壹岐亦是如此。”

从各种当事人的回忆来看，当时的对马和壹岐，几乎算得上是人间地狱了。

十九日，蒙古大军进博多湾，并于次日拂晓踏上了九州本岛。

由于距离双方第一次开打已经过了十来天，元军来袭的消息早就传遍了日本，再加上这么多年来，全国上下一直都在备战备荒防元寇，所以镰仓方面轻车熟路地就聚拢了九州北部的兵力，并且任命了当时的大宰少贰（官名）少贰资能的儿子少贰景资为大将，务必将来犯敌寇赶出国门。

其实少贰资能本人也出阵了，但幕府考虑到老爷子当年已经 77 岁高龄了，这才把主帅一职给了他儿子。

二十日早饭时分，在早良（今福冈县福冈市内）一带，少贰景资率部和元军交上了火。

顷刻间被击溃。

主要还是因为武器不行。

除了能射两百多米远的箭之外，这一回蒙古人又翻了新花样，那就是在箭头上涂了毒药。这对当时的日本人而言是闻所未闻的，更何况在那个年头，医疗本身就不发达，一旦中了毒那绝对是没救了。

此外，元军还拿出了另一样新式武器——炸雷。

当然，这绝非是现代意义上的手榴弹，只是在瓷罐里装了火药然后点燃了到处丢，尽管论杀伤力的话未必比毒箭强，但却具备了十足的威慑力，不光能吓人，尤其能吓马，当时日本人骑的马一见这玩意儿，吓得不是原地不动就是原地趴下，要不干脆直接掉头就逃，把自家的阵形冲了个支离破碎。

除此之外，另一个导致日本人全然不敌的重要原因是军制与战术的落后。

如果要用一个词来形容镰仓时代日本人打仗，那么最贴切的恐怕应该是一盘散沙。尽管看上去是几千几万人的大军，但他们却并非一个整体，而是被划分成了成百上千个小团体，每一个武士都隶属于他所在的庄园，打仗的时候往往只听自己所在庄园的领主之命，或几十人一群，甚至几人一伙，各自为政，自由行事，虽然名义上有主帅，但从实际的角度来看，少贰景资要想做到所谓的“统御全军”，终究是比较有难度的。

反观蒙古人，则思路非常清晰，再多的人马也宛如一人，击鼓进军鸣金收兵，有条有理方寸不乱。

当时日本和蒙古之间的差距就在于：蒙古人是来打仗的，日本人是来打架的。在真打起来的时候，比起蒙古人的集团冲锋，日本人更注重的是单打独斗。而且，因为日本自古就流传着“老虎爱皮武士惜名”这句话，战场单挑被视为莫大的荣耀，所以开打之前必须互通姓名，有点类似于中国的“吾乃关羽关云长是也，来将何人”这种调调。碰上讲究一点的，还要报出生地点工作单位以及领导姓名甚至是祖宗名号，在此我们仍旧用关二爷打比方，那就是“吾乃大汉皇叔荆蜀之主刘备刘玄德座下五虎上将之首河北解良关羽关云长是也！”。

如果是周仓呢？那则是“吾乃大汉皇叔荆蜀之主刘备刘玄德座下五虎上将之首河北解良关羽关云长麾下扛刀大将周仓是也！”。

总之按照这个路数，哪怕是个炊事班的也能在报名号的时候跟幕府将军扯上关系。

蒙古人根本就不玩这个，人打了一辈子从来就只知道跟着命令冲锋射箭甩手雷，全然没有那捉对厮杀大战三百回合的习惯，更何况战阵之中喊杀声震天，你喊破了喉咙都未必有人听得见，就算听见了也不明白——别忘了蒙古人不懂日本话。

因此在当时的战场上，往往会出现这样的场景——先是一个镰仓武士手握钢刀摆出个很帅的姿势，紧接着高声喊道：“我是镰仓幕府御下筑前守护……”

话刚开了个头，迎面而来的蒙古人就是一箭射去。

武器不如人战术又落后，打仗的时候还喜欢神神叨叨地搞怪，这直接导致了百道原防线几乎只撑了两个小时不到便被突破，日本武士们也被杀得“伏尸如麻”。于是主帅少贰景资只得指挥全军后撤，稀稀拉拉地退到了一个叫赤坂的地方重新布防。

赤坂地形复杂，多为丘陵，选择此地可以有效对抗蒙古骑兵，而且在不远处，还有当年天智天皇兵败白村江后为了防止唐军攻来而造的城池，真到万不得已的时候，还能拒城而守。

可实际上大家都明白，自己已然是没有退路了。

如果赤坂防线失守，那么头一个危险的就是大宰府，要是大宰府被拿下，那么整个北九州算是完了，蒙古人也能引兵从本州岛西部或是跨过四国直击近畿，威胁京师。

所以，拼命吧。

大概在上午十点左右，元军先头部队约三四千人进入了赤坂防区，然后就听得一声梆子响，前方喊杀声一片，一支两百余人的骑兵部队冲了出来，领头的那个人边冲边喊道：“我乃肥后菊池武房！”

连日来见惯了这种打斗场面的蒙古人，纷纷露出了习以为常的蔑笑，还互相交头接耳说别急，等冲最前面的那厮到了跟前大声咋呼的时候，咱一块儿放箭，射他个刺猬。

可接下来，让他们一辈子都不曾见过的一幕上演了。

按照以往的惯例，那些冲过来的日本武将会在一个适中的距离跳下马来寻人单挑。可这一回不同，两百多人两百多匹马，在菊池武房那声自我介绍之后，就没了声音，直直地朝着元军军阵冲来。

一群人越冲越近，越冲越近，一直到双方都能看清对方脸上表情的时候，蒙古人才突然反应过来：不对！

于是纷纷弯弓搭箭，但为时晚矣。

此时，菊池武房才又发出了一声怒喝：“杀！”

身后的两百余骑也一起响应：“杀！”

刹那间，元军阵形被冲得大乱。蒙古人因为自从开战以来就没碰到过这样的搏命战法，一时间纷纷后撤避其锋芒。菊池武房则抓住机会挥刀带人往里冲，而跟在后面的日军大部队也非常适时地发起了总攻。虽然从整体来看仍是相当散乱，但由于人人都舍生忘死，一时间还真的把元军打得连连后退，一直打到下午，赤坂防线都未曾被突破。

而在另一个叫百道原（福冈县福冈市内）的地方，也发生了非常激烈的交战。日军总大将少贰景资率领的本部人马和元军副帅刘复亨部在那儿遭遇。

却说这位少贰总司令，虽不似菊池武房那么肯拼命，但却也不是什么省油的灯，他的特长是眼神好，在几万人扎堆的战场上来回扫了那么几分钟，就一眼瞄到了一个美须飘在胸，胯下骑宝马的家伙，少贰景资认定，这必然是个大人物。

于是他拍动坐骑，向那人冲去，并瞅准了时机猛地放了一冷箭，当场正中目标，将其射下马来。本来还想有进一步动作的，怎奈何那人周围有亲兵数十人，动作奇快，一拥而上地就把人给救走了。

后来才知道，那厮不是别人，正是元军副帅刘复亨。

仗一直打到傍晚，基本上算是个平手——虽说日本人在战场上干出了无数惊天地泣鬼神的英雄事迹，但终究现实差距摆在那儿，所以仍然是失守了全部的防线，被迫退入了天智天皇当年造的那座城中；而元朝那边也好不到哪儿去，说是突破了所有的防线，但从早上跟人玩命地打到晚上，早就吃不消了，也不敢就地驻扎，而是退回了船上。

这一夜，少贰景资想必是睡不着的。因为就在当天收兵的时候，他收到了一个坏消息，那就是南九州的援军因故无法按时抵达战场。这意味着，他将继续带领这支已经快被打残了的部队死守九州北部，一直守到援军出现，或者是守到最后一兵一卒。

辗转反侧了良久，不知不觉天就亮了。

望着冉冉升起的太阳，日军的营地里几乎听不到一丝声音，大家默默地起床，默默地吃早饭，默默地拿起武器，默默地准备迎接即将到来的命运。

可该来的却没来。

那天上午，实在是按捺不住，却又不敢主动出击的少贰景资派出侦查骑兵前去探查，却得知了一个令人震惊的消息：元军撤退了！

据说，景资在得到报告的时候先是不相信，然后问侦察兵你是不是看错了？

侦察兵摇了摇头，说我们也以为自己看错了，所以特地在沿海兜了好大的一个圈子，发现昨天还在岸边的蒙古船今天全没了，一艘都看不见了。

少贰景资想了想，问有没有可能退回壹岐或是对马，然后等待后援部队？

侦察兵当然不敢妄言，只表示要不干脆就坐个小船去那两个岛附近看看？

到了中午，消息也传回来了：壹岐和对马两岛附近没有蒙古人的踪迹，而且据当地人提供的证言称，昨天晚上他们看到有大船从岛边海域经过，方向朝北。

所以可以判定，蒙古人全都撤了。

听完之后，少贰景资呆了半天，脸上没有任何表情。

突然，他放声大笑，把周围人都吓了一跳。

紧接着，他又放声大哭，号啕不已。

蒙古人撤了！

可是为什么？

明明胜利就在眼前了，如无意外，只要再打上个四五天，那么大宰府就该被元军给攻下来了，可为什么他们就突然打道回府了？

这确实是一件百思不得其解的事情，少贰景资挠破脑袋之余，突然想了起来：二十号夜里，好像狂风暴雨大作来着啊，会不会是风太大雨太猛，把蒙古人的船给吹翻了呢？

对，一定是这样的。

神风，这风一定是神风！护佑我神之国度的神风！

由于实在找不出合理的解释，所以少贰景资最终把元军莫名撤走的缘由，全都姑且归结在了那一夜风雨的身上。这个说法很快就被广大宗教界人士普遍接受了——这伙人在战争开打的时候什么都没干，光宅在庙里头祈祷作法，然后一听说元军貌似是被风吹死的，便立刻纷纷跳了出来，表示这神风是得亏了自己的法力才吹起来的，因此头功该归自己所有。

尽管幕府当然不会真的给这群和尚以及神官封赏，不过调子最终还是被定了下来：在这场人称“文永之役”的战争中，让蒙古铁骑撤退的最大原因，是那一晚上的神风。

这便是“神风”一词的由来。在六百多年后的二次世界大战中，为了挽回败局，日本政府特地组建了自杀性攻击部队，并命名为“神风特攻队”，目的就是希望它能像当年的神来之风一样，奇迹般地将英美如数吹灭。

当然，最后奇迹并没有出现，日本仍是吞下了发动侵略战争的苦果。

至于蒙古人，尽管乍看之下他们的撤退确实有些离奇，但实际上也是事出有因，不过这因，却并非神风。

事实上神风压根就不存在。

刮风下雨的那天是十月二十日，这是旧历，要是换算成阳历的话，是十一月二十六日。

你见过快十二月了还刮台风的吗？

其实蒙古人撤退的原因只有一个，那就是他们本身就没打持久战的心思。

从各方面来看，他们打这场仗的目的主要还是恫吓威慑，压根就没有想彻底消灭或是占领日本的意思。而且侵略军高层内部也是一股厌战的情绪，比如高丽军主帅金方庆就是个比较坚定的反战分子，虽然被迫上了战场打仗，但始终身在日本心在朝，见天哀叹说自己马革裹尸不打紧，就是苦了那些家乡的高丽兵；而副元帅刘复亨自打中了那一箭后，就顿时战意全无，整天在那里问我们啥时候回家；还有那三军主帅忻都，也曾亲口表示，自己的子弟兵已经完全是“疲兵”状态，现在“策疲兵入敌境”，绝非上策，不如班师回朝。

于是，就撤了。

至于皇上若问起来为什么死那么多人战果那么小，大家便只说是风大刮船不熟水性外加敌军实在太多（元史记载遭遇日军十万人），所以这仗没法打，好在日本人那边也正在宣传神风，算是无意中合伙把这谎给编圆了。

但不管怎么讲，这场文永之役最终还是让日本达到了战略目的，至少元军撤退了。

可北条时宗很明白，元军必然会卷土重来，所以他一丝也没有放松，继续加紧备战。

而忽必烈那边也没闲着，又派了一拨使者去了日本。

他还是想让北条时宗臣服于自己。

第八章

神风相助，日本击溃元朝入侵

建治元年（公元 1275 年），第七批元朝使者来到了日本。

话说这次的使节团核心有五人，正使叫杜世忠，官居礼部侍郎，虽然他是个蒙古人，但却无限热爱汉文化，偶像是佩六国相印的苏秦，临出发之前还自信满满地跟元世祖表示，自己一定用三寸不烂之舌说得东邻拱手来降。

然后一行人坐船过海，在今天山口县这个位置登了陆，接着当地的日本官员很热情地接待了他们，问这五人渡海而来有何贵干？

杜世忠说我是奉了我们大皇帝的命令来日本送国书的。

国书？什么国书？该不会是让我们日本对你们蒙古称臣吧？

日本官员问道。

杜世忠并未否认，但却跟了一句，大意是识时务者为俊杰之类，总之元朝跟日本的差距是人都看得明白，何必作无用的挣扎呢。

日本人听了也没多说话，只是表示兹事体大，容我禀报了镰仓的幕府之后再作计较。

大概过了两三个星期左右，镰仓那边来信了，说是请杜大人劳驾，走一趟关东。

杜世忠以为北条时宗要见他，便高高兴兴地领着手下随着日本人一块儿上了路。

当年九月，他们被带到了镰仓附近，但是没有见到任何幕府高官，而是被直接拉去了一个叫龙之口的地方。

龙之口就是如今神奈川县的江之岛，如果看过太宰治的《狂言之神》就应该知道那个地方。

而在镰仓时代，那儿还是一个有名的行刑之地，闻名关东八省的龙口刑场就在那里。

北条时宗压根就没想见元朝使者，而且还下了杀令，他准备跟忽必烈抗争到底。

说起来这杜世忠也是条汉子，刀架在脖子上了却毫无惧色，只是先吟了一首辞世诗，然后对刀斧手说道："转告你们的北条大人，我这次来，是有心想救日本。"

说完，慨然赴死。

由于那个年头通讯极为不发达，再加上幕府灭口工作做得好，以至于杜世忠的死讯一连好几年都没传回大都，而忽必烈还以为那家伙在海上沉船了。为了不耽误事儿，他又加派了一拨使者过去。

这次的使节团团长叫周福。

周福出海的时间是公元1279年，差不多就在他走的同时，发生了一件大事。

这一年五月，在中国南海岸爆发了宋元之间的最后一战——崖山之战。此战中，左丞相陆秀夫抱着年仅七岁的大宋末代皇帝赵昺跳海自尽。至此，日本人民的老朋友南宋帝国，虽经多年抗战但终究无法力敌，被元朝灭了。

有野史称北条时宗闻讯后悲怆不已，亲自全身缟素以表哀痛。

虽然这事很不可考，但此时日本人的心情想来也的确不会太好，毕竟大家伙都知道，这南宋一走，接下来就该轮着自己了。

再说周福他们上岸的地方是博多，接待的日本官员轻车熟路地就猜到了他的来意，在确认之后，非但没有什么太大的反应，还客客气气地给他安排了住处，表示等镰仓来了消息就立刻带他去见将军。数日后，博多方面还特地安排了筵席，说是给元朝使节团接风。

宴会上，日本人一边吃一边表示，你们大元太客气了，派那么多人过来，上次那拨还没走呢，这回一拨又来了。

对了，上回那个，是你们礼部的侍郎吧？

周福一听连连点头，对对对，您也知道杜世忠杜侍郎哪？他自从去了日本之后就没回来，大家还以为碰上海难了呢，这不，皇上就让我代替他接着来和你们幕府谈了。

说着，还把随身携带的文书交给了日本官员，上面果然是忽必烈写的信，要求北条时宗即刻称臣。

日本官员读完，很真诚地对周福表示，我奉了幕府的命令，这就带你们去见杜世忠大人。

不得不说这人相当守信用，话音刚落，一群五大三粗的武士就全副武装地冲了进来，不由分说就将周福等人捆了起来。

然后就地斩首。

这一回消息走得挺快，没几天就传回大都了，结果当然是天下震惊。

据说忽必烈当时就三尸神暴跳，五灵豪气飞，怒目圆睁眼角都快裂了。

那年头敢这么招蒙古人的，说实话，没有。

其实杜世忠、周福两拨人这次来，尽管确实是要日本俯首称臣，可也还没有到一锤定音的程度，仍是可以讨价还价的。外交这种事情，实际上本质跟小菜场买卖没甚差别，你开三块钱一斤我觉得不满意还到两块五，你要觉得你日本跟我大元称臣亏得慌，那光纳个贡也行啊。

虽然这只是推测，但不可否认的是，如果当时不杀杜世忠和周福，那至少还有商量的余地，毕竟上一回打仗蒙古人是无果而回，这多少算是个筹码。可现在人一杀，那就真的什么都没的说了。

而且还连杀两回，你这是摆明了欺负元朝没发明长途电话啊。

这到底是为什么？

原因应该有两个。

首先，北条时宗压根就不承认元朝。

在他眼里，这个由蒙古人建立的帝国别说称霸了亚欧，就算南北两极都归了他们管那也是蛮夷之邦，想要日本臣服，不可能。在当时日本人的心目中，能代表正统中华的，只有大宋。哪怕是只剩下半壁江南甚至是一个孤岛了，可大哥还是大哥。

更何况南宋新灭，此时各地都在搞着各种反元复宋的活动，谁知道赵家王朝会不会东山再起死灰复燃。

那么多年下来，周边那么多国家里头，也就日本跟中国的友谊才算得上是真正的友谊，因为这是一种出自平等的交往，不称臣不纳贡，但却互相认可。虽然打过不少主意干过不少缺德昧良的事儿，但到底还是要远胜过那些朝秦暮楚只想占便宜的主儿。

其实这跟人与人交往的道理是一样的，没有谁会把一个自己发达了就跟在屁股后面唤大爷，自己落魄了立刻翻脸当不认识的家伙认作朋友。反而是那些不卑不亢一直把你当对手，同时彼此之间孽缘不断的家伙，倒真有可能跟你成为兄弟，而且真的到了危难时刻，肯出手相帮的，往往还就是这种人。

其次的一个原因是，时宗根本就不怕蒙古人。

这里的不怕，是在对各种情报分析之后作出的理性判断。

还是那句话，千万别低估了日本人对中国的了解。

其实虽然当时元朝看着很强，但实际上水分不少。比如南宋灭亡后，各地反元动乱此起彼伏，局势相当不稳；再比如高丽虽然早十几年前就称臣了，可不久之后他们国内就爆发了反元起义，称“三别抄起义”，这股反抗力量直到文永十年（公元1273年）才被完全镇压下去，而且民间也一直存在着各种反蒙情绪；再比如安南，也就是越南，虽然地方不大，可短小而精悍，同时处处效仿中华，非常不把蒙古放在眼里。

总而言之，元朝的处境未必有传说中的那么强，而且蒙古大军虽然强悍，可毕竟他们的水战不擅长，渡海而来本来就已经输人一筹了，再加上经过上次的那场文永之役，日本人已经对蒙古军的战略战术有了一定的了解。所以北条时宗自信，如果蒙古人敢再来，那就再在博多湾会他一会，争个高下。

中国人打仗，习惯三军未动粮草先行，而日本人打仗，粮草可以不动，但情报必须得先行。

不过这回运气不大好，碰上的是忽必烈。

忽必烈是一个很自信的人，他坚信即便国内局势还未能完全稳定，但腾出手来打个日本应该不算什么大问题，更何况这位东面的邻居接二连三地欺人太甚，不给点教训实在是太说不过去了。

所以在南宋灭亡后的第二个月，他就命令高丽造战船九百艘，接着又下旨，征调原先南宋土地上的船工船匠，在江南各地的造船厂里赶制军用船只。

弘安三年（公元1280年），元朝方面设立了日本行省，做好了正式将列岛纳入版图的准备。

弘安四年（公元1281年）春，忽必烈一声令下，十五万大军挥师东进，目标日本。

元军总共分两路，一路叫东路军，从朝鲜半岛出发，人数五万，战船九百艘，由高丽士兵、蒙古士兵以及北方汉人士兵组成，领兵大将是我们认识的：忻都、洪茶丘以及金方庆。

另一路叫江南军，自宁波出发，共十万人，战船三千五百艘，全都是南宋的降军。领兵大将阿拉罕、范文虎，其中，阿拉罕是全军主帅，南宋降将范文虎则是江南军的实际总指挥。

江南军除了打仗之外，还有一个艰巨的任务，那就是在战后继续驻军日本，一边充当占领军，一边还要屯田，所以他们除了身携打仗必需的武器之外，还带了锄头镰刀等生产工具，一看就是要准备扎根日本，轰轰烈烈地在那广阔天地大有作为一番。

其实忽必烈考虑得还是挺周到的：你日本不是跟南宋好么，那就让南宋的士兵来管着你们吧。

当年五月，东路军熟门熟路地跨过了对马海峡，先登对马岛，再过壹岐屿，虽然结果跟上次没差别，这两个岛都被顺利地拿了下来，但大军所碰到的抵抗程度，却较之七年前要强了许多，尤其在对马岛，打了整整快一个星期才打下来，而且还战死了好几名部将。

拿下壹岐之后，根据元世祖忽必烈的作战计划，东路军应该是稍作停歇，等路途较远的江南军到了之后，合并一处共同攻打九州本岛。

但忻都觉得没必要。这地方他七年前就来过，不敢夸了如指掌的海口，但至少是熟门熟路，而且当年他带着蒙古子弟兵短短数日就打到了大宰府门口，现如今实在没必要把唾手可得的军功章分给那些南宋降兵一半。

所以，忻将军当场作出了将在外君命有所不受的决定：不等江南军，直接开赴博多湾，以最快的速度打进九州本岛。

这一天，忻都站在船前豪情万丈。

可当大军突入博多湾后，他傻眼了。

出现在自己跟前的，不再是七年前的那一片辽阔的海滩，而是一堵高高耸起的石墙。

这正是镰仓幕府准备了多年的破敌之策。

话说文永之役后，深知蒙古人必然会来第二次的北条时宗便作出了最高指示：在下一次决战中，一定不能让元军上岸，务必要在海上消灭敌军。

因为他知道，一旦天下无敌的蒙古铁骑踏上了陆地，那么兴许日本从此便再无见天日的机会了，但若是在海上开打的话，鹿死谁手可就难说了。

而要想不让敌军上岸，那么最直接的办法就是在岸边围上一圈坚壁，等到打起来的时候再辅以各种远程武器，如此一来，敌船连靠近恐怕都很难做到了。

就这样，日本人在九州北海岸每一处可能成为对方登陆点的地方修建起了石墙，这些石墙最长处延绵二十多公里，高三米，厚两米，就那个时代的生产水平而言，算是了不得的防御工事了。

果然，当元军五万大军上千艘战船浩浩荡荡开到博多湾时，面对那又长又厚的石墙，当真是狗咬刺猬无处下口，虽然也曾硬着头皮强攻了数次，但回回都被站在高墙之上的日本弓弩手给射得死伤一片，只得偃旗息鼓鸣金收兵。

考虑到长此下去也不是个办法，六月六日，主帅忻都决定，放弃自九州本岛登陆，全军调头，将目标改为志贺岛。

志贺岛位于博多湾北部，面积不足六平方公里，之所以要打这个小岛，是因为每当海水退潮的时候，那里会露出一段陆地连接九州本岛，而此时又恰逢退潮期，故而忻都瞄准了机会，准备就此打开突破口。

可事情远没有他想象的那么顺利，这主要由于链接志贺岛跟九州本岛之间的那条路非常狭窄，只能同时并排走三四个人，这显然不适合习惯大集团作战的蒙古人，相反倒是大大便宜了爱好单打独斗的镰仓武士，所以几场仗打下来元军死伤上千，就连副帅洪茶丘都被逼得弃马而逃，只躲在船上再也不敢出战。

不仅如此，每到深更半夜时，日本人还会敲锣打鼓摇旗呐喊举着火把来搞偷袭，也不在乎多大战果，每回就是放几把火，杀几个人便算完，但一晚上能来好几次，弄得元军根本没法睡觉。

不得已，忻都只好下令五万大军退回船上，为了防止日本人得寸进尺开船来夜袭，他还想出了个办法，就是将大船在外围上一圈权当城墙，以保护圈内的诸小船，同时再安排人日夜巡逻，稍有风吹草动就死命放箭。

虽说这么一来倒是没人偷袭了，可当时已经进入盛夏，四五万人就这么挤在船舱里，空气不流通不说，而且水土又不服，因此很快就流行起了疫病，瞬间就夺走了三四千人的性命。

事情到了这一步，忻都也不得不认了栽，率军退回壹岐岛，准备静静地等到江南军到来之后再另行打算。

然而，意外又发生了。

按照原先的计划，东路军和江南军的会师最晚应该是六月十五日，可一直到六月二十日，这十万大军都不曾出现在壹岐的海域附近。

这下可急坏了忻都，不为别的，只因为他从朝鲜出发的时候，只带了三个月的军粮，现在已经快俩月了，他们要再不来，那自己就该断炊了。

其实这倒也不能怪江南军，迟迟不来的主要原因是他们那边死人了。

话说先前被任命的那位侵略军总大将阿拉罕，在临行之前突然就得了急病，扛了几天没扛住，撒手人寰了。这么一来大元上下又是办丧事又是找新主帅，凭空多出来一大堆事儿，好不容易等忙完了重新开拔了，已经是六月二十日左右了。

对于这样的情况，忻都虽是心焦，却也别无他法，只得伸长着脖子嗷嗷待哺地耐心等候。

然而，正所谓祸不单行，就在东路大伙等着江南那边送军粮的时候，日本方面展开了对壹岐岛的反击，九州的各路诸侯土豪如萨摩的岛津家，肥前（今佐贺县）的龙造寺一族等，都各自率着家臣郎党纷纷杀向壹岐，双方经过大半个月的苦战之后，付出了沉痛代价的大元东路军不得已撤出了壹岐。

幸而就在此时，十万江南军带着干粮赶到了，于是两军合并一处，驻兵于九州西北部的一个叫做鹰岛的小岛上。

胜利会师之后的元军原本准备休息两天之后便再度向九州发起进攻，以十五万大军之力一举攻破围海石墙，拿下大宰府，可万万没想到，就在他们还在休息的当儿，日本人主动找上门来了。

七月二十七日，日军舰队兵陈鹰岛海面，双方激战一天一夜。元军虽勉强打退对方进攻，却也伤亡惨重，招讨使忽都哈思也战死在了乱军之中。

同时，又有一个不好的消息传了过来：一支人数超过六万的大军，已从京都近畿出发，正马不停蹄地朝着北九州赶来。

至此，无论是江南军的范文虎还是东路军的忻都明白，这仗似乎是很难再打下去了。

要说还是范文虎识时务，当下就跟忻都提议，说是不是我们干脆就撤了？

忻都点点头表示同意：撤吧，再不撤等着老死在这汪洋大海之中吗？

不过由于刚刚经历了大战，所以两人还是决定，再休息几天，等大家的体力都恢复过来了，再行撤退。

历史的经验教训告诉我们，拖延症不尽早治疗，是要出人命的。

七月三十日，一场百年难遇的台风席卷了九州北部海面，狂风整整肆虐了五天，将鹰岛海域停泊的蒙古军船几乎卷了个干净。这便是至今仍为日本人所津津乐道的真正意义上的“神风”了。

神风的突然出现让元军蒙受了难以想象的惨重损失，除了人员伤亡外，更要命的是船都被吹沉了，东路军还好些，几百艘船剩了差不多五分之一，而江南军三千五百艘船则基本全灭，好在当时大多数士兵都驻扎在鹰岛，所以也不像有的书上说的那样全员葬身海底。

不过这样的大难不死却并不意味着必有后福。

鹰岛的面积大约在十六平方公里，是个孤岛，十来万人马带着只够吃小半年的粮食困在那地方，想想也能知道不会有什么好下场。

所以识时务的范文虎在第一时间便想到了逃走。

就在台风过去后的第二天，也就是当年的闰七月初五，范文虎带着少数士兵抢先跳上了一艘侥幸未沉并且看上去还算牢固的军船，然后头也不回地就朝着西面驶去。

而忻都、金方庆等人一看居然还有这一手，于是也纷纷效仿。各高级将领争先恐后地爬上了尚且浮于海面上的军船，接着一路向西，直奔本土。

此时鹰岛上剩下的已经基本上全是当兵的或是中下级军官，虽说这些人地位低下，可怎么讲也是爹生娘养的血肉之躯，终归是有求生欲的。在明白了自己当下的处境后，他们拿起手中的武器工具，来到山林砍树伐木，准备造船回家。

但日本人却并不打算给他们这个机会。

闰七月初七，镰仓武士攻入了鹰岛的元军营地，虽然在一开始这些元军们还进行了比较激烈的抵抗，但很快就彻底丧失了斗志，沦为了被屠杀的对象。

因为元朝的第二次侵日发生在日本的弘安四年（公元 1281 年），故而史称“弘安之役”，而这场鹰岛扫荡战，则是弘安之役的收尾。

到底有多少元军士兵在这次战斗乃至整场战争中丧生，至今已经不能得出确切的数字了，比较夸张的说法是十五万大军生还的只有三人，较为保守的，则认为至少有个一两万人回到了中国，但无论是夸张还是保守，至少有一个地方两者的观点是一致的，那便是元军惨败。

鹰岛扫荡战持续了大约一个星期，光是俘虏，就抓了两万多人。

战后，日军将擒获的那两万多名俘虏带回了博多，接着，将其中的蒙古人、高丽人以及北方汉人全部杀死，只留下南宋遗民，将他们安置在了当地，以弥补因战争而损耗的劳动力。

插一句，现在很多历史读物都认为，那些侥幸在日本活下来的南宋人，都被强行当作了奴隶。这种说法源于《元史》，但却并不正确，事实上这些南宋遗民中，有很多以前都是熟练的工匠或是经验老到的农民，甚至还有粗通文墨者，对于这些人，日本怎么舍得只把他们当奴隶？

实际的情况是，为了安顿他们，镰仓幕府专门在博多开辟了一个唐人町，也就是类似于唐人街的地方，专门供南宋俘虏居住。

此外，幕府还曾经有过一个惊天设想，那就是趁着元军大败的当口，派奇兵突袭高丽，以朝鲜半岛为桥头堡逆袭大元。

不过因为该计划过于耸人听闻，而且实际操作起来难度太大，最终还是被放弃了。

而另一方面，在惊闻第二次征讨日本又遭惨败后的忽必烈再发雷霆，当场就准备起了第三次征日计划，要求江浙船坞即刻开工造船，并且在那里招募水手船夫。不过这很快就遭到了当地的激烈抵制，地方和中央的各级官员也纷纷上奏表示不可。因为连年的征战早已让原本富庶的南方苦不堪言，不仅治安恶化盗贼蜂起，甚至有南宋复国势力趁此还打算借机率众起事，所以时任礼部尚书刘宣在奏章中明确表示，希望圣上能在攻打日本的事情上多多考虑，吸取当年隋炀帝东征高句丽的教训。

隋朝二代而亡，很大原因是由于久攻高句丽不下同时耗费了大量的民财民力，这才使得天下大乱群雄四起。刘宣用这个典故来劝谏忽必烈，也足以说明事情已经到了一个相当严重的地步了。

纵然是元世祖，也不得不妥协。然后自欺欺人地昭告天下，表示日本不过是个蕞尔小国海外荒岛，不值得朕花费民力大举用兵，所以，就当是上天有好生之德，放过他们吧。

消息传到江南沿海，据说是“欢声雷动”。

大都的忽必烈知道后，也只能摇了摇头，一声叹息。

赢了，终于赢了。这是日本立国一千多年来第一次在战场上打败了中国，也是当时为数绝对不多的，能从蒙古大军铁蹄下保全自己安然续存的例子，称一声伟大兴许都不过分。

可是正是这场伟大的胜利，一千多年来却遭到无数人的嗤之以鼻，觉得日本之所以能战胜元军，除了因为那两场被称作“神风”的台风之外，再也没了别的原因。

真的是这样吗？

当然不是了。

虽然从客观上来讲，台风确实让侵略军损失惨重，尤其是弘安之役，直接把人给吹了个全灭。但是，日本人能够取得胜利，却绝非单靠刮风下雨。

这次胜利，有内因也有外因。

内因有二：一曰情报，二曰精神。

情报就不用多说了，日本人多年来的强项。从忽必烈的国书送到镰仓的那天起，他们就做好了跟蒙古开打的准备。七八年来，不断地往来于蒙古和日本之间刺探着各种情报，之前说的出访大都的使节团那只是其中之一，更多的情报，则是从跟蒙古做贸易的日本商人以及朝鲜半岛的三别抄起义军那儿得来的——尤其是后者。

再说那文永之役的时候，虽然日本人是吃了大亏，可也正因为这场战役，让他们熟悉了蒙古人的战略战术，知晓了武器的情报，因此才能在经过几年准备之后，在弘安之役中实打实地战胜了元军。

反观元朝那边，对日本的事情几乎是一无所知，只把大海当草原以为能任由自己驰骋，所以尽管有忽必烈在大都坐镇，还设了个日本行省，可最终还是落了个大败而还、地图开疆的结局。

在全盘掌握了敌军情报的同时，日本人在战场上所迸发出的精神也是元军所不具备的。

哪怕是只有一个人，也敢拼了命地朝着几千甚至上万人的敌阵冲去，即便是战术不如人，武器不如人，即便是箭如雨下，炸雷一个个地在脚边上开花，镰仓的武士也毫无惧色，踏着同伴的尸体，挥着手中的钢刀，朝着天下无敌的蒙古大军杀将过去。

因为对于他们而言，脚下所踏的土地，就是自己的全部。这里有自己的主君，有自己的同伴，有自己的家人，还有自己的生计。当人在保护自己最重要的东西的时候，他会变得很强大。“蒙古来，吾不怖。吾怖关东令如山，直前斫贼不许顾。倒吾樯，登虏舰，擒虏将，吾军喊。可恨东风一驱附大涛，不使膻血尽膏日本刀！”

说完了内因接着来说外因。

可能有人会说外因还用扯么，不就是神风吗？即便镰仓武士是靠自己的奋战打退元军的，但要不是那场台风，元军也不至于全军覆没，兴许就会来第三次呢。

应该讲，这话只说对了一半。

不得不承认的是，但凡弘安之役后元军还能剩下点人，哪怕只留个四分之一甚至五分之一，这伙人也必然会接着打第三次战争，别忘了，那可是不达目的誓不罢休的蒙古人啊。

可他们到底还是折戟沉沙了，究其原因，不仅仅因为“神风庇佑我皇国日本”，更因为兄弟的出手相帮。

所谓兄弟，就是南宋遗民。

蒙古沉船的最大根源，其实是船造得不对。从现有的出土文物来看，可以发现当时所有的运兵船都是平底船，这种船在内河湖泊里走走还没什么大问题，一旦拿到海面上那根本就经不起风浪，稍有个风吹草动很容易直接翻船。说得不好听些，元军能坐着这种船跑到日本都实属不易了，再碰上那么大的风，不沉才新鲜。

那么，既然风险那么高，为什么蒙古大军还要选择平底船出海？

这是因为管事儿的蒙古人压根就不懂航海，而士兵们虽说有南方出身的，可小兵的话没人听，只能是船坞里造什么船他们就坐什么。

众所周知，宋朝的造船技术在那年头是世界最强的，事实上元朝侵日所用船只，几乎清一色都是南宋遗民设计出来的，这些人本来就对元朝有一百个不满意，更别提逼着他们造军船了，更何况这军船还是用来打日本的。当时南宋和日本的关系之密切，且看那么多士子，宁可跑去日本当遗民，也不肯留在元朝混饭吃就知道了，所以那些人私底下一合计，直接就把船给造成了不适合在海上航行的平底。

不仅如此，南路军那三千五百艘战船也全都是在原先南宋领地打造的。造船的不用说，也是南宋遗民，这帮人特意在做工方面能省则省，把那本身沉没率就已经很高的船，再雪上加霜地弄成了“豆腐渣”——说穿了，那么多元军实际上是坐着棺材去打日本的。

虽然那些偷工减料、乱改船型的汉人工匠们八成想不到这一行动居然拯救了整个日本，而且当时的日本人也绝对琢磨不到这茬儿，但从结果来看，日本能逃过此劫确实多亏了兄弟之邦南宋。这事儿说白了就是南宋大哥被灭了，蒙古要接着打日本小弟，南宋的遗民们背地里搞了一堆破船应付蒙古，然后蒙古军坐上船一路向东就再也没能回来……

此外，当忽必烈准备第三次侵日的时候，拼命反对死活不肯从的，大多还是南宋的遗民，尽管他们的本意未必是为了拯救日本。

或许这就是叫“冥冥之中，自有天意”吧。

第九章
从《聪明的一休》说起

公元1368年，朱元璋手下大将徐达攻陷了元朝首都大都，这意味着蒙古人在中国长达九十七年的政权正式宣告终结。

取而代之的，是由朱元璋一手创立的大明王朝。

而差不多就在元末明初那会儿，海对面的日本也发生了巨变。

首先是镰仓幕府的解散。正庆二年（公元1333年），因为长期积累的怨恨，后醍醐天皇发起了轰轰烈烈的倒幕运动，一时间天下英雄云集，人人都迈出一条腿，踩向已然风雨飘摇的镰仓北条家。仅仅数月，幕府就被推翻，末代幕府执权北条守时自刃而亡，政权一度又重新回到了天皇的手里，史称“建武新政”。

没想到好花不常开，在延元元年（公元1336年）又发生了一桩大事，那就是好不容易夺回政权的日本皇室，被分裂成了南北两块，北方是执掌京都朝廷的光严天皇，而南方则是退守吉野（奈良县南部）的后醍醐天皇。双方都自称正统，理应拥有天下，为此还进行了数度的战争，这一时期，被称之为日本的“南北朝”。

就在南北分裂的当年，一个叫足利尊氏的人出任了征夷大将军，建立了室町幕府，然后辅佐北朝的光明天皇对抗南朝，经过足利家三代人五十多年的努力，终于在元中九年（公元1392年）的时候逼得南方朝廷拱手让出宝座，完成了对日本的统一。

此时的天皇称号“后小松”，将军则是第三代足利义满。

在后小松天皇的宫里，有一位妃子叫伊予局，因为长得漂亮而且性格温柔贤淑，所以深得皇上的宠幸。美中不足的是，这个女孩的父亲曾经是南朝的重臣，不过天皇当时正和她打得火热，也就顾不了那么多了。

然而，在这深宫之中，受宠的伊予局理所当然地受到了来自各方面的嫉妒。一个相当可怕的谣言开始流传了起来：伊予局是南朝出身的女儿，她心怀复兴南朝之志，并想伺机刺杀天皇。

一开始后小松就没怎么把它当一回事儿，可后来发现事情有点不对，似乎走哪儿到处都在说伊予局想杀天皇，正所谓谎话说上两千遍就成了真理，所以时间一长，天皇心里就发了毛，觉得自己人生无限宽广，实在不能断送在一个女人手里。于是在明德四年（公元1393年）的某一天，他以“有南志”为借口，下了一道圣旨将已经怀有数月身孕的伊予局赶出了皇宫。 面对诬陷，伊予局没有任何辩解，而是非常顺从天命地收拾起了东西，然后去了京都乡下的一个小村落住了下来。在那里，她于明德五年的第二年，生下了腹中的孩子，取名为千菊丸。

在伊予局和乳母玉江的照料下，小千菊丸成长得非常健康活泼而且可爱，人也非常聪明，五岁不到就能作和歌。人称“学问之神”的日本第一大儒菅原道真初次写和歌，也不过是这个年龄。

除了两个女人之外，还有很多不认识的叔叔也经常给千菊丸送钱送粮，每次送完东西，还要跟伊予局单独聊上几句。

这些叔叔不是别人，是足利幕府派来的。对于一个有翻天嫌疑的女人和拥有南朝血统的皇子，幕府自然不可能不闻不问，就此让他们安居郊外。送东西是假，探听虚实是真。

不过长此以往也不是办法，所以在应永六年（公元1399年），时任将军足利义满下了一道命令，让千菊丸出家做和尚去，具体的皈依地点，是位于京都的安国寺。

如果你已经迅速地猜出了这个小和尚究竟是谁，那么恭喜你，你暴露了自己的年龄。

不错，他就是家喻户晓的一休和尚。

应该讲中国七〇、八〇后的这两代人没看过《聪明的一休》这部动画的绝对是稀有，该片曾经在日本、中国乃至全亚洲反复播放，如果真要论历史人物知名度的话，那么丰臣秀吉、德川家康这类人加起来，那也是比不过一个一休师傅的。

然后肯定有人会问：一休和尚本人或是《聪明的一休》这部动画，跟中日两国的恩怨有关系吗？

当然有。

《聪明的一休》其实并非是一部纯粹的儿童动画，在教育孩子们凡事要多动脑，要不畏强权的同时，还隐藏着一个惊天的大秘密。

在这部动画片里，有三个相当著名的配角：一个是本该充当皇室私生子一休的监视人，却被对方智慧所折服，沦为其跟班的新右卫门，他那句“一休大人，大事不好啦！”的招牌叫声，一度让人印象深刻；还有一个则是那位笑得阴险猥琐，却经常被一休在智商上羞辱的小胡子将军；最后一位就是那个一脸憨厚，其实满肚子坏水的黑心商人桔梗店老板，尽管他每次都想证明自己比一休聪明，但每次都以失败告终。

在真实的历史中，这三个人都有原型，而且都是大人物。

新右卫门全名叫蜷川新右卫门亲当，在动画片里担任的职务是寺社奉行，就是代表幕府掌管天下宗教事宜。不过这个职务的真正出现年代，应该是距室町幕府数百年后的江户幕府，实际上这人的工作是幕府的政所主管，主要负责全国的财政以及京都地区的法治诉讼等事务，属于将军下面的直属高官，此外，他的真正主公也并非足利义满，而是室町幕府第六代将军足利义教。

小胡子将军其实就是足利义满，他是室町幕府的第三代将军，这个前面说过。在当年南北争霸的年代，此人亲率大军，以武力击破楠木家、结城家以及北畠家等南朝方面的武力顽抗派，接着又用政治手腕打压了那些不敢明着动家伙，却在背地里搞政权的山名家和大内家，独掌全国大权，并确立了将军独裁体制；在文化方面，他建造了花之御所以及今天闻名世界的金阁寺，可谓是真正的文治武功之君。

不过，足利义满真正登峰造极的地方，体现在其政治地位上。

除了征夷大将军之外，足利义满还担任过内大臣、左大臣乃至太政大臣，太政大臣就是天皇的师傅，这个职位在日本历史上只有 94 个人担任过。其中，能够做到既当过将军又当过太政的，除足利义满外，仅德川家康、德川秀忠以及德川家齐三人而已。

不仅如此，他们足利家还享有准三宫的地位。就是说，足利义满的妻子、母亲以及祖母，分别享有与皇后、皇太后、太皇太后同等的待遇，他的后代也一样，换言之，即给予足利义满之后所有的足利家将军皇族待遇。

还有更厉害的。

应永十五年（公元 1408 年），足利义满病逝，朝廷追认其为太上天皇，足利义满却是唯一一个非皇族出身的太上天皇。

不过因为担心树大招风，这个称号最后还是被当时的室町幕府给婉拒送回了。

可以这么说，从有日本列岛的那天开始算起一直到今天，除了历代吃人饭干人事儿却愣是要把自己当神的天皇外，地位最高且手中权力最大的，当属足利义满。现在的日本首相也绝对比不上他，你见过今上天皇拜小泉纯一郎当爹的吗？你见过明治天皇叫伊藤博文爸爸的吗？没有吧？

最后是那个桔梗店老板，这人在动画里的身份就是一开杂货铺子的，并没有什么特殊的背景。

可越是乍看之下平淡无奇，就越是会让人起疑——那蜷川新右卫门再怎么也是幕府大将军直属的高级武士，凭什么就会被一个卖锅碗瓢盆的老头儿欺负得到处乱窜频频呼救？而且贵为征夷大将军，足利义满为什么会时常跟一做小生意的家伙混在一起喝茶赏花？

唯一的原因就是，桔梗店老板绝非一般人。

那么他是谁？

这个问题我们暂且放一放，先重新回到历史主线，从明朝刚建立那会儿开始说起。

当年明太祖朱元璋定都南京，创建了大明之后，四海之内焕然一新，到处是一幅幅安居乐业歌舞升平的景象。然而美中不足的是，海外情况不容乐观，说得具体一点就是沿海不太平，这主要是因为倭寇。

倭寇，就是日本来的海盗，主要活跃于朝鲜以及中国沿海。在明朝建立初期，倭寇干的清一色是杀人放火的勾当，而且极能打，就算是刚刚赶走了蒙古人的明朝正规军，也很难在他们身上讨到便宜，所以让朱元璋非常头大。

头大之余，他想到了以倭制倭的计策，于是便仗着大国威风，写了一道口气极为严厉的文书给日本，表示倭寇是从你们家跑来害人的，所以你们有义务收编，若是不从，我即刻就派天兵渡海，踏平你那日本列岛。

当时日本正好南北分裂，这封手书被送到了南朝朝廷的手里，接信人是时任镇西将军的怀良亲王。

自从忽必烈两次征日都大败而回之后，日本对中国的态度较之以往也有了极大的转变，至少不会像前朝那样，把中国当作高不可攀的天朝大国了。所以在读完朱元璋的那封气焰嚣张的亲笔信后，从来就不是什么善茬儿的怀良亲王即刻回帖一封，口气相当地不卑不亢，大致内容是这样的：自古以来，不是只有你中华帝国才有皇帝，蛮夷部落也是可以有首领有大王的，所谓天下，也不是一个人的天下，你看我们倭国，方圆不过三千里，城池加起来也就五六十，尚能安居乐业，你们泱泱中华，明明方圆数百万，为什么还要跟我们这么个弹丸小邦过不去？再说了，你们中国古代有那么多仁君贤王，你们何不学学他们？我知道，大明朝有雄兵百万，能攻城略地，可我倭国也不是没有勇士和城墙；论文的，我们学过你们的孔孟之道；说武的，我们也会你们的孙子吴子；你们真的要来，我们是绝对不会轻易投降的。不过，你发兵之前可得想清楚，打赢了我们，那叫胜之不武，可若是万一不幸步了前朝的后尘呢？那可就丢人丢大了。顺您之意未必生，逆您之旨也不见得亡。反正，万事以和为贵，大家过太平日子，岂不是更好？

信送到南京，朱元璋一边念一边气得手抖。

可冷静下来仔细一想，似乎还真是那么一回事儿。当年蒙古人如日中天，眼瞅着都要统一全球了，却也没那能耐把日本给打下来，更何况自己刚刚开张，根基尚且不稳的大明王朝，还远没到顺我者昌逆我者亡的地步。

于是就只能先忍着了。

明洪武七年（公元1374年），太祖朱元璋下令撤销自唐朝以来就设立的负责海外贸易的福建泉州、浙江明州、广东广州三市舶司，这就标志着中国自行了断了本国的对外官贸；洪武十四年（公元1381年），朱元璋再次重申，严禁沿海官民跟外国接触；洪武二十年（公元1394年），明太祖下令，禁止民间使用外国货，等于是彻底取缔了中国的对外贸易。

这便是著名的“大明禁海令”，其严格程度令人发指，用当时的话来讲，叫“寸板不许下海”，最狠的时候连渔民下海捕鱼都不让。

朱元璋要搞海禁的动机，除了坚壁清野、严阵以待，不让倭寇有可乘之机外，还有一个普及率较广的说法认为，他是个典型的重农轻商之人，在他眼里，农业就是生产力，唯有种地才是王道，因此出海商贸全然是不必要的。

这应该算是污蔑了吧。

其实明太祖搞海禁的最大原因是保家卫国，不光从倭寇手里保国，还为了关门抵制当时已经进入航海时代，并在五大洋上乘风破浪的西方列强，姑且不论这方法对还是不对，至少动机如此不会有错。

事实上明朝绝非是一个因排外而自我封闭的朝代，不然也不会有郑和下西洋、玉米番薯的引进以及白银大量流入等等这些事情的发生，大明正是察觉到了当时世界的巨变，敏锐地感觉到了即将到来的危险，这才采取了闭门谢客的做法。

当然话也得说回来，自以为关起家门就万事大吉，这仍是小农思想。

有必要插一句的是，大明海禁，对于日本而言是一道具有划时代意义的政令，这意味着日本立国数千年来，第一次因为自己的存在，而严重影响到了中国的政策走向——虽然并非良性的。

元中九年（公元1392年），足利义满结束了日本的南北对峙，重新统一列岛。

随后，他立刻开始和大明王朝套起了近乎。

应永八年（公元1401年），足利义满以准三宫的身份派出了特使祖阿和尚，带着国书和贡品来到了南京，几乎把能说的好话都给说了一遍，然后向明朝皇帝表示，我日本愿意跟你大明共进退。

当时朱元璋已经驾崩了，接班的是其孙子建文帝朱允炆，这人比起他爷爷来，性格要温和得多，自然也好说话。一看日本人那么诚心诚意地来进贡了，他就大发慈悲地以宗主国的名义册封足利义满为日本国王。

足利义满在收到了建文帝的册封文书后，明面上回信一封以表谢恩，但实际上直接就把那东西拿去压了箱底，生怕让人给瞅见——自己无论如何也不可能打天皇的主意，这一大和民族的光荣传统，朱允炆或许不明白，但足利义满却时刻牢记在心。

朱允炆是个老实人，见日本人那么亲热，只当他们是真心实意，于是便说那好，既然你这么有心，就帮我把那些成天在海上飘荡的倭寇给消灭了吧。

足利义满一口答应，表示你的事儿就是我的事儿。

当然，这话说过也就当剿过了，毕竟倭寇活跃在中国的沿海一带，足利义满要真带着大军跑江浙沪闵去剿匪打仗，那明朝人该不干了。

但不管怎么说，义满的行为至少让中国人感到了诚意。

这是自遣唐使被废除以来，日本对中国最亲热的一次。当时日本方面满朝文武都觉得足利义满挺不是东西的，更有比较激进点的，在背后直接就说他是个“日奸”。

对此，足利义满全然不在乎，继续着自己跟大明的套近乎事业，这让很多人在唾骂之余也心生疑虑——为什么？

难道真的是害怕大明威武之师而做出的讨好之举？还是对中华文化情有独钟爱屋及乌？

都不是。

正确的答案是：因为钱。

虽说明朝方面规定了寸板不许下海，但在实际操作中倒也不是铁板一块。出于恩泽四方的考虑，大明皇帝还是允许周围小国以朝贡的形式来中国做点小生意的，这叫做“朝贡贸易”。

明朝的朝贡体系最巅峰的时候，周围给自己纳贡的国家一度超过六十个。但这六十几个国家并非全都愿意诚心诚意地服从朱氏皇朝，大多数只是冲着“厚往薄来”这四个字去的。

自古以来天朝上国搞朝贡的核心目的就是为了施展大国威风，这个我们讲过很多次了，明朝也不例外，往往周围国家只是送来点不值钱的贡品，但我们却会还以丰厚的回馈，久而久之大家伙都觉得这有利可图，于是纷纷来称臣给贡品朝贡了——反正舌头打个滚也不吃亏，真金白银到手了那才叫实在。

在海禁时代，诸小国往往会借着来中国上贡的机会，带上一些自家的土特产在街头贩卖，然后再把明朝给的还礼带回家再出售，等于是两边牟利。对此，大明朝也是睁眼闭眼随他去，到后来甚至还会直接抽个税什么的。

当然，不是每个国家都有资格来中国朝贡的，除了该国必须是大明所认可的友好邻邦之外，前来朝贡的使节团，也必须拥有大明王朝所发放的勘合。

勘合，就是允许外国人进入大明地界的许可证，说得通俗些就是营业执照，故而朝贡贸易有时候也叫做“勘合贸易”。

足利义满看重的就是这个，一手掌控一个国家的人，不缺钱是不可能的，所以他才会整天在建文帝跟前讨好，为的就是能拿一张营业执照。

应永四年（公元1404年），在接见询问朝贡事宜的日本使者时，已经取建文帝而代之的明成祖朱棣表示，大明决定恢复和日本的正常外交，并且同意日本前来搞朝贡贸易。

同时，还发放了勘合——而且只发给了足利义满一人。

也就是说，此时日本的对华贸易之权，都在足利义满一人的手里。

或许有人会觉得这话的口气听起来有些小题大做，赚钱的法子多了去了，又何必吊死在跟中国搞贸易的这一棵树上。

平心而论，赚钱的方法的确有很多，但论油水，却真没有哪样能跟和中国做生意相比。

举两个例子：明朝一代，从中国购入五百文的丝绸，回到日本至少能卖出一万文（合十贯），获利二十倍；而在日本价值一万文的铜，一踏上中国的地界，转眼就至少能涨到四万（合四十贯）。

换言之，假如一个商人自中国出发，带着五百文的丝绸上日本转上一圈，那就能获得三万五千文的毛利，翻了七十倍。

什么叫暴利？这就叫暴利。

不过尽管两国贸易利润巨大，可这并不代表只要拿着勘合挥一挥，天上就能掉金子了。生意是要靠脚踏实地，风里来雨里去地给做出来的，可毕竟足利义满是将军，不能提着篮子挑着扁担地亲自去当倒爷，所以他得需要代理人，而这代理人，就是桔梗店老板。

其实一休里的桔梗店老板，历史上虽说是没有具体的人物，但原型却在，而且还不是一个，是一帮。他们就是掌控着足利幕府时代日本经济世界的豪商们。

当时日本和大明之间的贸易，在实际操作过程上都是承包给各豪商的。也就是说由商人从幕府那里得到勘合，然后负责准备船、船员和货物，进行航海和对明贸易，所得利润上交一部分给幕府。

虽然幕府得到的只是一部分利润，但已经是非常庞大的数字了。而那些豪商们要雇佣、统领大量的船员，并进行危险的航海，其动员力可以说是已经胜过一般大名了，再加上这些做生意的确实对国家而言至关重要，因此他们说话的分量极重，参政议政的程度也颇高——这也就是为什么动画片里，小胡子将军每每要开什么茶会、赏花会，都会叫上黑心商人一同参加。而且当时武士和商人间的区分还不明确，所以桔梗店老板的地位，放到今天的日本，有可能就是某大财团主席，兼大藏大臣，再兼自卫队高级干部。

这样的人，当然够资格随便欺负新右卫门了。

中日之间巨大的贸易利润，让很多日本商人都很羡慕眼红嫉妒恨，可无奈的是他们弄不到勘合，只能咬着手帕在那里望天流泪羡慕了。事实上就算有勘合也不可能让你一直两头跑着赚钱，根据统计，从公元1401年到1549年这148年里，中日两国之间正规的勘合贸易次数，只有十九次。

因此我们最终可以得出一个结论：在明朝，对于绝大多数日本商人而言，想要靠日中贸易这条路来赚钱，那么唯一的办法就是走私。

于是，倭寇出现了。

中国人有一句老话，叫“此一时彼一时也”，倭寇也一样，也是会与时俱进的。

当时的亚洲，海域其实并不太平，既有日本的海盗，也有中国的海盗，偶尔还会碰上朝鲜海盗；此外，还有不少中国的正规海军，用于严防外国船只走私偷渡。

在这种形势下，如果一个日本的商人领着一支日本的商船队，只带货物不带枪地开往中国干走私，那是一件很不负责任的事情——对自己的生命不负责。

为了避免自己的商队在海面上被海盗抢个精光，或是遭到大明海军的拦截擒获，许多往来于中日两国之间的贸易商人会选择雇佣一支武装力量护航，生意做大了就干脆自己组建武装力量，作为私人卫队。

对于这种游走于中日两国，且自带人马的走私商队，中国和日本两国一律将他们和海盗归为一类，称之为倭寇。

诚然，走私是一件不体面的事情，但还是那句话，此一时彼一时，当时的大明王朝寸板不许下海，每十来年就那么蜻蜓点水地搞几回贡贸，你让吃这碗饭的商人们怎么活？

更何况贸易对两国都有好处，不然也不会跨海之后行价翻个几十倍。所以我们完全可以说，在这种闭关锁国的情况下，走私即便不是什么好事，可你也真没理由说他是罪大恶极。

事实上倭寇这个东西，主要还是被那一部分真正打砸抢的海盗坏了名声。

不过截止到15世纪中叶，走私的也好，打劫的也好，倭寇基本都是由日本人所组成的。

但到了应仁元年（公元1467年），这种情况就开始有了质的转变。

那一年，日本发生了惊天巨变，因为幕府权力被削弱以及地方势力的崛起，国家翻开了崭新的一页——战国时代。

所谓战国，其实说难听点就是战乱。全日本被分化成几十个小国，以国为单位，在各路大名的带领下，互相之间为了土地、权力，不惜用尽一切手段，尔虞我诈互相开战，打胜的占了对方的地盘，打输的要么投降要么死。没有秩序，没有等级，也没有法律，到了后来连基本的道德亲情都荡然无存了，变成了彻头彻尾的黑社会。早上结盟，或许第二天就会反悔，白天还是你的部将，可你刚吃了晚饭就会看到他提刀上来，一脚踢翻你的餐桌，将饭菜汤扣在你头上，然后白刀子进红刀子出，并且告诉你，从此以后这里的老大是他了。甚至连父子相残、兄弟互攻的事情也时有发生。总之是人人都胸怀大志。

而战国时代出现的根本原因，是土地。

日本土地制度的变化过程前面已经说过了，无非就是国家允许私人垦田以及私人拥有土地，而私人拥有了土地之后，为了保护自己的财产而雇佣了武装力量充当打手。

可是随着历史的前进，日子一长，打手多了，吃饭的人自然也就多了，于是饭也就显得不够吃了。

要吃饭，那就得多种庄稼，而种庄稼得要土地，获得土地的方法大致有两种：第一是开发新的，第二是抢别人开发好的。

由于朝廷制定了那条谁开发就归谁的政策，导致日本国内土地被近似疯狂地开发，要想找到一两块没被开发过的地方比较困难，只有去抢。

抢谁？这年头谁都有打手，你家打手三十个，隔壁太郎二十八个，你跟他一阵乱打之后他死二十个你还剩十个，回去接着看家都嫌人手紧张，还抢个什么劲？

很显然，各领主之间互抢肯定是一种高成本的行为，所以至少在一开始的时候并没有被大伙所采用，之前所说的那种父子相残兄弟互杀的惨象，是战国中后期进入白热状态后才有的情景。在战国初期，众领主那冒着绿光的狼眼，看中的是国司。

所谓国司，就是由中央政府直接任命去地方上任管辖的地方官，也就是这些领主的上司，被称为“守护大名”，一国一个，尾张国的叫尾张守，美浓国的叫美浓守，守护之下，设副官三职，分别叫做“介”“尉”和“曹”。

比如尾张国最大的，叫尾张守，而次官则叫做尾张介，再次的叫尾张尉，最次的叫尾张曹。

顺便一说，后来日本军队的军官职位，也大致沿用这种名称。将军之下，叫佐，比如大佐、中佐之类，因为“佐”的发音跟“介”相同；

佐之下，叫尉，即大尉、上尉什么的；最基层的军官，叫曹，比如军曹、曹长。

之所以要抢国司，理由也很简单。首先，国司手里有土地，而且是中央直接划拨的上好土地，粮食产量很高；其次，国司很弱。要知道，众开发领主为了保护自家领地，都养有武士，并且无时无刻不死命地训练部队，然后盯着别人，生怕哪天别人来打自己。拥有这种警惕性，怎么可能被轻易地夺走资产？反倒是那些中央过来的地方大员，心存无比的优越感，总觉得自己是上头来的没人敢把自己怎么样，而手底下的士兵也是疏于锻炼松散不堪，这样的人不抢他抢谁啊？

下面的开发领主赶走中央派遣的地方官，然后自己一跃成为“战国大名”，这种行为叫做“以下克上”。克完了上之后大家发现土地依然不够，于是也顾不得别人的警惕性了，领主或者说大名之间，为了兼并土地而开打，从小规模的冲突发展到大规模的战争，这种情况日益频繁，最终进入了“大打三六九，小打天天有”的时代，这便是日本的战国时代。

事实上，战国时代的本质，说穿了就是新兴地主与老地主之间，就土地所有权问题而引发的战乱。

随着战乱的扩大和加深，受到影响的也不再是仅仅日本一国了。

第十章
王直与日本：明朝海盗传奇

大永三年（公元1523年），因国内战乱，幕府权力被大大削弱，以至于得到这一年与大明朝贡贸易勘合的，是日本的有力大名——大内家。

由于那会儿的日本还没到完全混乱的地步，因此拥有足以媲美幕府将军的大名也不多，粗略数来就两家：一家姓大内，一家姓细川，而明朝的贸易勘合也基本在这两家手里流转。

虽然老话说“十年风水轮流转”，可毕竟事关赚钱大业，因此细川家也不能由着他这么转去，在得知大内家拿了勘合之后，他们立刻决定也派出商队，前往中国参加朝贡贸易。

肯定有人会问，那么细川家没勘合怎么办？

没事儿，其实勘合是有的，只不过过期了而已。此时明朝在位的是明武宗朱厚照，而细川家手头上的勘合是之前明孝宗朱祐樘时代发放的，理论上是不能再用了。

但是细川家并不这么看，他们觉得这张勘合可以用，只是看怎么个用法了。

在说过期勘合的用法之前，我们先来简单介绍一下明代中日勘合贸易的一些情况。

这事儿的大致流程是这样的：首先，日本人带着勘合，领着船队自日本出发，在宁波登陆，然后由宁波的市舶司验过勘合跟货物之后，再北上去北京朝贡以及贩卖。

换言之，只要想办法让市舶司认可了这张过期勘合，那么就能顺利地进行贸易了。

至于认可的办法也很简单，行贿呗。

当时宁波市舶司主管叫赖恩，是个太监，爱财之名远播海内，所以细川家投其所好，派出家臣宋素卿前去塞钱。

宋素卿，原名朱缟，自幼能歌善舞长相出众，是个远近闻名的美少年。他有个叔叔叫朱澄，跟日本人做生意做亏了，没钱赔，于是就把漂亮侄子抵押给了对方，算是抵债。就这样，到了日本之后的朱缟改名宋素卿，还成了细川家的家臣，同时因为长相华美做事得体，还颇受重用。

说起来宋素卿代表细川家跟明朝打交道，那也不是第一次了，早在永正七年（公元1510年），他就以细川家特使的身份前往北京，谒见了当时权倾大明的“站皇帝”刘瑾，同时还赠上黄金千两，刘皇帝一高兴，还赏了他飞鱼服一套。

飞鱼服，就是明朝正服的一种，隆重程度仅次于蟒袍，一般只用于够一定级别的武官和锦衣卫。将飞鱼服赐予外国使者，绝对是开了前所未有的一个先例，但也由此可见这位宋素卿的外交能力的确不一般。

果然，在宋素卿的一番沟通和贿赂之下，宁波市舶司主管太监赖恩一口承应，表示别说你们细川家的勘合过期了，哪怕是没勘合，咱家也让你带着货物上北京。

于是到了朝贡的那一天，细川家和大内家的商船同时出现在了浙江的海域。

开始大内家的人还挺纳闷，互相之间议论说怎么那帮家伙也来了。等到上岸之后，更让他们看不懂的情况也发生了，那就是明明没有勘合的细川家，不仅顺利过了市舶司的开仓验货，而且在例行接待外国使臣的宴会上，他们的座位还在大内家之上。

大内商团的团长叫谦道宗设，是个很聪明的和尚，一下子就明白了问题所在，知道肯定是细川家使了钱。不过本着先礼后兵的规矩，他并没有当场发作，而是暗示市舶司主管赖恩，意思就是，赖公公我知道你收了钱了，也能理解你让没有勘合的细川家和我们一起去北京卖东西的行为，可毕竟我们才是有勘合的正主儿，你不能那么亏待我们吧？

赖公公还没发话，细川商团团长鸾冈端佐却开始冷嘲热讽了起来，说哎哟喂，你们大内家还真把自己当成名正言顺的使节团了？别忘了真正该拿着勘合来做生意的是足利将军家，咱俩说穿了都是一路人。

谦道宗设一下子就怒了，拍案而起。

鸾冈端佐毫不示弱，一脚踢翻了眼前的小桌子。

赖恩则一边喝着酒，一边表示你们要打出去打，外面地方大。然后还给细川家发还了武器——按照当时惯例，朝贡使节团所携带的武器，需由市舶司保管。

虽然这拉偏手拉得太明显，但谦道宗设丝毫不怵，因为保管武器对日本人根本没用，他们卖的商品里就有武士刀。

接下来的事情就简单多了，双方在门外拉开了场子，上演了一出全武行，因为大内家人多势众，所以细川家没打赢，逃了。

杀得兴起的谦道宗设一边下令全员追击，一边顺手点了一把火，把市舶司的宴会厅给烧了。

最后细川家众人一路逃到绍兴，然后躲进城里死活不肯露面，而闻讯追杀过来的大内家，考虑到强行攻城实在不可取，于是只好在城下大肆劫掠枪杀了一番后扬长而去。

在抢杀的过程中，他们还打死了前来追捕的大明备倭都指挥刘锦、千户张镗、执指挥袁班、百户刘恩以及士兵百姓若干。

这就是著名的“宁波争贡事件”。

事情发生之后，整个浙江为之震撼，明朝政府也极为重视，在查明原委之后，判了宋素卿死罪，然后又照会日本方面，要求他们交出在浙江撒野但已逃回国内的谦道宗设。

结果是可想而知的，战国乱世，足利将军家连勘合都被人冒领了，哪还有本事去抓大内家的人？于是也只能不了了之。

此次事件的后果应该讲是相当严重的，它直接导致了明朝方面作出废除浙江、福建两处市舶司的决定，接着又一口气停了日本之后十几年的朝贡贸易。

这又是一次因日本而影响到中国政府决策的事例。

可那又怎样？

虽然几乎所有人都觉得，宁波争贡是一起性质极为恶劣，后果极为严重的外交事件，可总体来讲这不过是一起无关痛痒的小插曲罢了，因为在明代，中日两国之间绝大多数的买卖都是靠走私来完成的。说难听点，几百年里的明日贸易本质上就是走私贸易，朝贡贸易废不废除，市舶司关不关门，都与大局无干，真要指望那十年等一回的勘合，还不如去喝西北风来得爽快。

不过凡事都有两面性，日本那边的战国时代对中国来说多少还是有点好处的。

比方让倭寇的战斗力大大减弱了。

早期的倭寇主要由日本人组成，这个之前说过，而要按出身成分划分的话，那么大致可以分为失地农民、破产商人以及失业武士——俗称“浪人”。

其中，失业武士象征着整个倭寇集团的最高战斗力，曾经有五十多个浪人出身的倭寇自浙江上岸，一路向北烧杀劫掠，导致中国数千军民死伤，一直打到南京城下，最后明朝方面实在是没了办法，不得已出动大炮，才将其镇压下来。

说实话这样的人要是来一千个，会发生什么就真的说不定了。不过好在自战国时代之后，因为日本国内战斗力和生产力日益紧缺，从而使得大批搞走私或打家劫舍的日本人纷纷回国，正儿八经地开始奔起了自己的前程。

可是这并不意味着就此天下无贼了，尽管日本人走了一大片，但大明东南沿海依然是匪患不绝，照样有人大规模地抢东西、放火、走私、掳人。

为什么日本人走了倭寇却还在？既然日本人都走了，那留下来作乱的是谁？

答案是中国人，以及包括日本人在内的其他一些外国人，如朝鲜人、葡萄牙人等等，但这些人所占的比例非常小，比方说日本人，若用《明史》的话来讲，就是："真倭十之三，从者十之七。"

真倭，即真日本人；从者，则是其余的，其实就是中国人，你一定要觉得剩下那"十之七"是不远千里从欧罗巴赶来的葡萄牙人，那我也没辙。

也就是说，16 世纪之后的倭寇，尤其是烧杀劫掠的那一批，绝大多数都是华夏同胞。

这并非瞎说。

话说有一位昆山人，被倭寇掳走，在船上当苦力，五十多天后逃走，跑到官府报案说遭倭寇绑架。

衙门老爷问他，倭寇人数多少，真倭几何？

回曰：倭寇两百余人，真倭十几个，其余的都是同胞。

两百个人里日本人二十个都不到，看来"真倭十之三"的说法还真是给了面子。

那么，到底是怎样的中国人才会去当倭寇呢？

有个姓郑的明朝书生是这样记载的："凶徒、逸囚、罢吏、黠僧，及衣冠失职、书生不得志、群不逞者。"

从中我们可以看出，当时去参加倭寇的，主要都是些地痞流氓、市井恶霸、逃犯、被罢免的官员，还有不得志不合群的书生，乃至宗教界败类。

比如倭寇界著名代表徐海，当年就是虎跑寺的和尚。

然而就是这群人，却把东南沿海闹得鸡犬不宁、怨声载道，几乎是所到之处无人生还。

最糟糕的是，因为倭寇杀得太狠了，所以很多受害者都觉得，与其自己天天这么被抢被烧，不如跟着他们一块儿大块吃肉、大碗喝酒，于是纷纷加入其中，这就使得倭寇的队伍迅速壮大，而当受害者成为加害者的时候，其手段往往更加残酷无道。

当时的东南沿海，基本上可以用这样一个词来形容，那就是“绝望”。曾有一个叫谢杰的人说过：“海滨人人皆贼，有诛之不可胜诛者。”

而时任南京刑部尚书的《金瓶梅》作者王世贞把话说得更绝：“自节帅而有司，一身之外皆寇也！”

什么意思？就是说除了总督巡抚之类的高官，之外全都可以认为是倭寇。

此外，他还用了“民寇一家”来形容当时的情况。

说到这里我们其实可以得出一个令人痛心的结论，那就是长期以来，被很多人当作抗日英雄崇拜的那些抗倭名将，诸如戚继光、俞大猷等人，他们的对手实际上大多是自己的同胞。

不过，话又得说回来，杀人放火的倭寇，毕竟是倭寇中的少数，大多数顶着这个名号的，不管中国人日本人，还是以干武装走私为主。

若是要在这些人里头找出一个值得一说的角色的话，那我想最合适的应该是一个叫王直的人。

对于这个人，评价趋向两极：喜欢的将其尊为毫不逊色于大航海时代任何一名冒险家的海贼王；而讨厌的，则直接以汉奸二字一言蔽之。

但世人认为王直是汉奸的唯一根据，仅仅只是因为他在做海贼的同时也跟日本人走得很近，可要是因为这个就把人当汉奸，那汉奸未免也太廉价了些。

王直，生于中国安徽，据说出生时，他娘梦见天上有星星陨落怀中。他年轻的时候虽然过得很落魄，但却一身侠气，乐善好施，仗义疏财，又文武兼备，所以深受周围人的信任，威望也很高。

自明朝嘉靖十九年（公元1540年）起，王直就跟着同乡徐惟学（徐海的叔叔）、叶宗满等人搞起了走私。一帮人先是在广东打造海船，然后再坐船游走于日本、泰国以及东南亚国家，走私贩卖硝黄丝绵等物品，赚了不少钱。

于是这就成了倭寇了。

或许是天生头脑好，会经营，再加上仗义疏财、有情有义的侠客性格，使得王直很快就在这个圈子里越做越大。数年工夫，他就成了东亚海域说一不二的大哥级人物，当时要想在亚洲海面上做生意，那就必须得按照王直定下的游戏规则玩，不然压根就不可能有立足之地。

虽然日子是过得风风火火，但这终究是不为大明朝所容的勾当，所以明嘉靖二十一年（公元1541年），王直应当时日本北九州大名松浦隆信之邀请，将大本营移至了肥前国的平户，也就是今日的长崎县平户市，这样至少不会隔三岔五地被明朝的剿倭部队围剿，好歹也能得个清静。

尽管在明朝那帮人眼里，王直堪称罪大恶极，但在日本人的眼里他却是一个不折不扣的名人。

这当然是因为王直会做生意。

当时正值战国乱世，到处都在打仗，打得日本都没富余劳动力当倭寇了，结果天降这么一号人物，不光一手掌控着中日两国之间绝大部分的走私市场，而且手底下还有一支强大的武装商队，要是能为己所用，一年能赚多少钱哪？

说实话，松浦隆信之所以肯把自古以来就是日本重要港口的平户让给王直做据点，其动机正是在于想让对方帮自己走私挣钱，也正因为王直在日本人提供的根据地搞走私，才会被后世的一些人认为是汉奸。

平心而论，这是王直的错吗？他倒是想给大明王朝赚外汇升 GDP，可大明朝是怎么对他的？三番五次出兵剿杀也就罢了，还派人抓了他留在中国的家人。

不过王直被日本人铭记于心的最大原因，倒还不是因为他是海贼王，而是因为他和一件改变了日本历史的大事件有着莫大的关联。

这件事发生在天文十二年（公元 1543 年）夏天的种子岛上。

种子岛位于萨摩（鹿儿岛）东部，因为这个岛自镰仓时代起，就是掌管着萨摩的豪族岛津家家臣——种子岛氏的领地，故而得名种子岛。

此时种子岛家的当主，是一个叫种子岛惠时的人。

某日，种子岛惠时正在家中办公，突然有人前来报告，说岛上来了一条船。

种子岛惠时觉得很莫名，对于一个在大海中的小岛来说，岸边有船靠岸是再正常不过的事情了，有什么好来特地报告的？

家臣说这船倒是不怪，就是上面走下来的两个人，浑身是毛、满面凶光不说，而且这毛还是红的，鼻子长得宛若天狗。

自种子岛有人居住以来，各种海中的生物倒是见过不少，但像这位家臣这么描述的家伙却还是第一次听到，于是种子岛惠时当即就决定，亲自前去看个究竟。

当然，由于听起来似乎有些危险，他带上了十几名家臣同往。

他们跑到岸边，只见几艘怪模怪样的船像是搁浅了一样斜靠在岸边，船上的人也已经走了下来，站在沙滩上叽里咕噜地不知道说些什么。为首的二人穿着有蕾丝和刺绣装饰的怪模怪样的衣服，活像是身上套了几个南瓜。两人的手背上都长着绒毛，毛发浓密卷曲，胡子和头发都是绛红色的，皮肤白里透着赤红，长鼻子高鼻梁，确实如同传说中的妖怪天狗。

种子岛惠时自守此岛以来，见过的人，碰上的船可谓是不计其数，不过这副模样的人倒还真是第一次看到，心里面不禁有点毛毛的，脚步也不由得停了下来。对方倒是很坦然，一看到来了人，便一面微笑一面走了过来。

面对这群相貌怪异宛若妖怪的家伙，种子岛惠时也不知道到底是该和他们一起微笑，还是拔刀斩妖除魔。正在他站在那儿寻思的当口，船上又走下来一个约摸40岁，穿着大明服饰的男子。模样倒和日本人并无区别，只见他轻轻地和那两位怪客说了几句之后，便径直朝着日本人的方向走来。

正在众人心生疑惑，都在猜疑这人是谁的时候，来人却蹲下了身子，伸出手指，在沙滩上写下四个汉字：大明五峰。

五峰这个名字，简单而言就是王直的代号，在日本九州岛那一片，往往比他的真名更有知名度。

所以种子岛惠时连忙行礼说久仰久仰，王直也赶忙还礼说哪里哪里。

寒暄过后双方进入正题，王直告诉惠时，自己的这几艘船是商船，装的都是西洋玩意儿，准备去长崎贩卖，没想到从南往北走的时候碰上了风暴，搁浅了。

至于那几个长相怪异的家伙，也不是什么妖魔鬼怪，而都是南蛮人，来自葡国。

当时日本习惯把西洋各国称为南蛮，葡国就是葡萄牙。

“既是如此，就请不必客气。在敝处多住些时日，需要修复船只也可尽管开口。”种子岛惠时在听说了他们的情况后表现得很热情，还专门安排了家臣西村织部负责照顾他们的饮食起居。

于是这帮外国人就在种子岛上住了下来。

几天后，船修好了，风浪也过了，那就该继续走路做生意去了。

临走之前，兴许是觉得麻烦人家那么几天有些不好意思，所以那几个葡萄牙人决定给点什么以示感谢。

只见他们从船舱里拿出两根色泽黝黑的铁杆递了过来，那铁杆后边是个小角度弯曲的手把，前边是个中空的的铁管，模样和它的主人一样古怪。

“这是要做些什么？”惠时不解地问道。

“此物在我大明国被称之为火龙枪。只要填上火药和弹丸，扣动扳机，无需高超武技，即使是妇孺也可轻易杀伤敌人。”王直从葡萄牙人手中拿过其中一根边比划边说着，“就像这样倒入火药、铅丸，用下边的小棒捅进去……”

他说着单手托起枪托的前半部，身子微微倾斜，瞄住远处二十步开外一块巨大礁石的隆起部位。随着扣动扳机的机械声，众人只听见“砰”的巨响，面前一阵灰烟飘过。再看那块礁石，原先隆起的位置，现在只留下一块刚刚暴露出来的青灰色伤痕。种子岛的人们不禁瞠目结舌，连见多识广的惠时也整个人愣在了一边。

“怎么样，东西不错吧？”王直问道。

种子岛惠时点头表示不错。

“阁下要吗？”

萨摩那地方挺穷的，因为土地质量不好的关系，同样大小的土地，收成只有日本其他地方的六成左右。所以种子岛惠时小声问，要多少钱。

王直表示，既然你款待了我们那么久，我们再抬你的价也实在是显得不够意思，多少钱你随便开，这边绝没二话，哪怕你就说一文钱，只要拿出那枚铜板，两支枪连着火药子弹你拿走，没事儿。

种子岛惠时陷入了深深的沉思中。

大概想了约有五分钟，他开口了：“黄金千两一杆，如何？”

王直顿时傻了，他之所以会说价格你随便开，其实等于就是想把这两杆枪送给对方，结果没想到居然会有这种结果，一时间他本人也不知道该如何应对。

“我留你们，本是尽地主之谊的分内之事。”种子岛惠时说道，“所以也并没有什么收取谢礼的打算，你这两杆东西，我是真心想要，故而才平心估价，倒不是我钱多，只不过若是给少了，实在是有愧这么好的东西。”

王直无话可说，当场拍板成交。

这就是著名的“铁炮传来事件”。

铁炮被传入日本之后，很快就在列岛掀起了一股军事革命，这种武器被大量仿制改良然后投入到战争中，因为其不容置疑的杀伤力，从而在很大程度上直接改变了战国时代的历史进程，甚至连后来整个亚洲的局势也因此而发生了巨大的变化。

这或许是连王直本人都未必能想得到的吧。

同时让他没想到的，还有自己的命运。

明嘉靖三十三年（公元1554年）四月，胡宗宪受命出任浙江巡按监察御史，总督南直隶、浙、福等处军务，负责东南沿海的抗倭重任。和前几任大不相同的是，胡宗宪上台之后，一改之前以剿为主的抗倭政策，搞起了宽抚和劝降。

对象有且只有一个，那便是王直。

曾有幕僚质疑，说我们当年费了那么大工夫都没能把他怎么样，现在却叫他来投降，这可能吗？

胡宗宪点点头，表示此人必然来降。

原因是胡宗宪明白，王直骨子里其实还是一个商人，即便是被大家唤作海贼王，可说良心话，自打出道以来，这人几乎就没干过烧杀抢掠的海贼勾当。他的唯一梦想就是做生意赚大钱，虽然是自称“徽王”，可真要说他想铁了心和大明朝对抗似乎也不太现实，因为真要打起来，王直耗费多年心血积累下来的巨大财富，必定会毁于战火，这绝非是他想看到的。

明嘉靖三十四年（公元1555年），胡宗宪派出特使蒋洲、陈可愿前往日本，游说王直。

正如他所料想的那样，在为期数日的会谈之后，王直果然答应了投降，而他开出的条件大致只有两个：一是理所当然地要求明朝方面给出免罪承诺；二是“乞贡互市”。就是希望能够开放市场，大家一起做生意。

他确实是个商人，而且是一个为自己国家着想的爱国商人。

对于王直提出的那两个条件，胡宗宪几乎没有任何犹豫就答应了——其实胡宗宪也是安徽人，因为出身，使得他和当时明朝著名的走私团伙——徽商集团有着说不清道不明的瓜葛。从这个角度出发，他又何尝不希望开放海禁，让商人们放开手脚做生意，让百姓们太太平平地过日子？

于是在嘉靖三十六年（公元1557年），王直兑现承诺，前来投降。他先是率千余人的船队来到了舟山群岛的岑港，接着只带两名心腹，只身离船上岸，以示诚意。

再接着，被当场擒获于杭州。

毁约诱捕，这当然不是胡宗宪的本意，只不过来自于朝廷的压力实在太大了，北京的阁老们只知道王直是个恶贯满盈的大海盗，拥兵自重自立为王不说，还屡屡犯我大明海禁，实在是罪不可恕，本该千刀万剐。

虽然这些大人们从来都没考虑过海禁对于老百姓所造成的苦难，而胡宗宪也曾试图顶住压力留王直一条性命，但还没开口就听得谣言四起，说他收了倭寇白银十万两的贿赂，有通倭之嫌，所以他只得罢手。

嘉靖三十八年（公元1559年），经过两年的唇枪舌剑，胡宗宪最终没能保住王直。在杭州法场，等待王直的，是一柄明晃晃的鬼头大刀。生命即将结束的那一刻，王直将头上的金簪交给了自己的儿子，然后爷俩相拥而泣。

一代海贼王，最终却落得个跪地受戮的结局，不可谓不凄惨。

据说王直在杭州被抓的时候，就知道自己可能难逃一死了。当时他仰天长叹，说其实我死了不要紧，只可惜东南沿海从此要永无宁日了。原话是："吾死无碍，只苦了两浙百姓。"

然后在场的一个明朝官员听完，愤愤然地说你也不要自我感觉太良好了，兴许你死了之后，你的那些党徒们就群龙无首一哄而散了呢。

王直听了这话就苦笑了，说你们如果真那么想要他们散去倒也不难，不过不是杀我，而是解除大明的海禁。

海禁在那时属基本国策，说解除海禁几乎就等同于反动言论，但毕竟考虑到对方人之将死，所以那官员也没有太过激的反应，只是问了一句：何以见得？

“解除海禁，寇就会变商；不解海禁，那么商也会变寇。”

听过此言，爱国官员无言以对，默然不语。

试想，如果王直没有生在中国，而是生在了那个时代的葡萄牙或是荷兰等西洋列国，那么将会是怎样的结局？

算了，不想也罢。

第十一章
入侵朝鲜：丰臣秀吉的野心

日本的战国时代，在差不多公元16世纪中叶的时候开始进入中盘，其中的状况可以用四个字来概括，那就是“乱上加乱”。

不过，乱世其实在哪里都是差不多的，除去刀光剑影你死我活，剩下的便是所谓的“英雄辈出”了。

时至今日，即便是不甚熟悉日本的人，也能说上几个名字，比如上杉谦信，比如武田信玄，比如岛津义弘，比如伊达政宗……无不都是活跃于战国时代的弄潮儿，甚至连一休和尚，因为实在活得太长了，有幸在人生的尾处赶上了战国的开端，于是也勉强算战国之人。

到底是“英雄造时势”还是“时势造英雄”，那倒是只能智者见智仁者见仁了。而在那一系列战国豪杰里头，最为人熟知的，当属三人：织田信长、丰臣秀吉和德川家康。

三人合称“战国三杰”。

三人中需要在此细说一番的，是丰臣秀吉。

丰臣秀吉，人称“战国第一风云儿”或“日本第一出头儿”。

“出头”就是“出人头地”的简称。

他出生在尾张国爱知郡（今爱知县）的一个小山村里。父亲叫木下弥右卫门，原本在织田家当小兵，后来因为在战场上受了伤，不得已回家去种地，生了个一儿一女，儿子叫日吉，也就是日后的秀吉了。

或许是因为那次受的伤实在太重，所以在日吉 7 岁的时候，弥右卫门就离开了人世，之后，母亲带着两个孩子改嫁给了同村的老乡竹阿弥，但是日吉和继父的关系相当不好，所以在他 15 岁的时候，便带了几块钱离开了那个家，从此再也没有回来过。

出走之后的日吉究竟干了些什么，至今没有人能完全知道。不过有一点能够肯定，那就是干的不是什么太正经的事儿。尽管他也做过买卖针线之类的小本生意，但是大多数时间还是跟一群看着就不太像好人的家伙混在一起，比如山贼游寇之类。在这个过程中，他认识了很多身份低下但对自己后来的发展起到关键作用的人，像尾张地区的野武士头领——蜂须贺小六。

野武士就是没有主君但又不甘做浪人的武士。他们打仗的时候受雇于各诸侯，不打仗的时候在那里占山为王，做一些“此路我开此树我栽”的勾当。

在外流浪了十多年后，日吉于天文二十三年（公元 1554 年）投靠了织田信长，成为了织田家的一名小者。

很多人都曾错把“小者”当作“小姓”，在此有必要作个说明。

小姓，也称侍童，通常由诸侯或者有权有势的人从家臣中的男孩里挑选，用于服侍自己的起居。

小者，其实就是打杂的下人，通常出身低微，做的事情也微不足道。不过，也不见得做小者都没前途，日本首任总理大臣伊藤博文当年也干过这活儿。

成了小者之后，日吉把自己的名字改成木下藤吉郎，他干的第一份工作是为信长提鞋，日本人在室内通常不穿鞋，现在也是如此，因为信长住的地方大，出门时往往会忘了把鞋放哪儿，所以若是叫一声“鞋来”，鞋就真的来了的话，那就很方便了。

有一年冬天，天上下着鹅毛大雪，信长从屋里走了出来想要出门办事，刚要吼一嗓子“鞋来”，就发现藤吉郎正坐在廊下，于是便走上前去：“猴子，把鞋给我。”

“猴子”是藤吉郎的外号，他还有个花名叫“秃鼠”，光看着两个名字就能明白，这绝对是个卑微的主儿。

“是。”藤吉郎一边说着一边拿出了一双草鞋，信长见了顿时惊呆了。

因为他发现这双鞋是藤吉郎从自己屁股底下抽出来的。

虽说屁股压着和脚丫子踩着，本质上没甚区别，但毕竟主从有别，这就是那时候的规矩。但藤吉郎似乎并不觉得自己犯了大忌，还满脸堆笑地把草鞋双手奉上：“主公，您的鞋。”

“猴子……你……”信长很无语。

“主公，您先穿上再说吧。”藤吉郎依然笑容满面，还亲手为信长穿起了鞋。

当脚入鞋的那一瞬间，信长的表情变了：“猴子……这……”

“如何，主公，比以前要舒服多了吧？嘿嘿。”藤吉郎笑得很憨厚。

他坐在信长的鞋上，不是为了别的，而是在暖鞋。

后来丰臣秀吉发达了，有人给他立传了，由于考虑到这么一位大人物用屁股坐鞋的方式实在不太雅观，于是便改成了放在胸口，看起来既美感又温馨。当然，只是拍马之作而已。

不过这次暖鞋事件也成了藤吉郎的一个转折点。发现其是个有心人之后，信长便开始让他去处理一些内务，比如计算一下织田家本城清州城里的木柴数量、粮食吨位以及统计一些其他数据，尽管在以战为主的战国时代，这些要通过计算才能完成的任务多为武士们不屑，但对于秀吉而言，怎么说也是一大进步了，至少，他大小也算是个官儿了。

永禄四年（公元 1561 年），24 岁的藤吉郎和 14 岁的宁宁结为夫妻，据说前者追后者追了很久。这场婚礼在当时轰动一时，不仅是因为秀吉本不过一介农夫，而宁宁却是武士之女，更重要的是，在当时男女之间的婚姻几乎都是包办，像他们这样自由恋爱能终成眷属的，基本上是不存在的。

婚后，藤吉郎还是依然在织田家当内务官，这样的日子一过就是五年，直到永禄九年(公元1566年)，他才迎来了自己人生中的又一转折点。

当时织田家正在和美浓（今岐阜县）的斋藤家开战，斋藤家的原首领斋藤义龙活着的时候，织田信长连半毛钱便宜都没占着，义龙死后，他儿子龙兴即位，虽说他不太聪明，可因为他们斋藤家有一座易守难攻的稻叶山城做大本营，城墙厚地势好，故而即便是信长亲自前去指挥作战，也是无功而返。

吃了几次亏之后，信长想明白了，觉得自己如果能在稻叶山城附近造一个据点当作桥头堡的话，或许能攻下城池。经过一番挑选，他看中了位于今天岐阜县长良川右岸堤防下游的一个叫墨俣的地方。可问题是斋藤家也不是真傻，所以每次信长派人去造城，木桩子刚刚竖起来，还没等砌墙，斋藤家便攻了过来，一阵厮杀，自然也就没工夫造碉堡了。

一连好几次，好几年都是这样，信长已经有些绝望了。

就在此时，木下藤吉郎主动请缨："主公，让我去吧！"

信长想了想，该派的人都派出去过了，现在也就剩下这只猴子了，横竖也是个能干活的，那就让他去试试看吧。

来到墨俣的藤吉郎在观察了地形之后，首先判明了最重要的事情，那就是时间差。之前几次之所以无法成功，那是因为造城的速度太慢，让斋藤家钻了空子。只要这次能在对方作出反应之前把城造好就行了。

明确了大方向，接下来就是细则了。在分析了前几次的失败之后，藤吉郎得出了结论：之所以没法快速造城，原因是因为运输材料过于消耗时间，只要解决了这个问题，那么其余的也就能一并解决了。

对此，他想到了一个非常完美的解决方案。

数日之后，藤吉郎找到了当年的野武士首领蜂须贺小六，希望他能够帮助自己完成此次的筑城任务。

具体的方法是，让野武士们准备好材料，然后于夜间从长良川上游投入，自己再率人于下游将其截获，并就地展开搭建。如此一来，依靠河流的运动，便能轻松快速地将木材送到了。

事实证明，这个方法确实相当不错，仅用了一晚上，墨俣城就被成功地造了起来，人称“一夜之城”。

从此，这个当年谁都不待见的猴子，一跃成为了织田统治集团核心小组周边的一分子，并有向核心靠拢的趋势。

趁着这个机会，藤吉郎把名字改成了木下秀吉。数年之后，随着织田信长的势力扩大，他也当上了一国一城之主，接着又把名字改成了羽柴秀吉，这个姓是从织田家的另外两名核心成员——柴田胜家以及丹羽长秀的姓氏中各取一字。

如果说用屁股暖鞋是秀吉从一个下人变为织田家正式家臣的转折点，墨俣城是他从普通家臣变为织田家重臣的序曲，那么接下来发生的事情，则是秀吉由家臣一跃而成为天下霸主的关键一步了。

天正十年（公元 1582 年）六月二日，当时已经统一了大半个日本并且占据了所有黄金地段的织田信长，在京都的本能寺遭到了部将明智光秀的倒戈一击，因寡不敌众而被迫自尽，史称“本能寺之变”。

之后，明智光秀立刻向京都朝廷方面送去了大量的金钱，想要天皇的认可来证明自己这次行动的合法性，他很快就被任命为了新一代的征夷大将军。

不过，这并不代表就此没事儿了，因为光秀明白，尽管织田信长已死，可他手下的其他重臣，如柴田胜家丹羽长秀以及羽柴秀吉等人依然健在，他们只不过是事发当时来不及往回赶而已，一旦收到自己在京都犯上作乱的消息之后，必定率军前来讨伐，到时候肯定是吃不了兜着走，所以一定得早作准备。

此时的秀吉正在备中国（冈山县内）奉命攻打毛利家，主攻目标是高松城，敌方守将叫清水宗治。

秀吉是个很不喜欢打硬仗的人，所以采取了水攻的方式——利用城池所在的低地势将附近的河水给倒灌了过来，打算就这样把对方给困死。

不过清水宗治也是条汉子，眼瞅着都要水漫金山做甲鱼了还是不肯服软。于是双方就只能这么干耗着大眼瞪小眼。

一直到六月四日，秀吉方面截获了光秀派去给毛利家送信的人，信上说要搞明智家和毛利家的强强联手，共得天下。

当天下午，羽柴方面主动和毛利家展开了高调和谈，在摆出一副“我是可怜你才跟你谈”的极高姿态后，终于将对手压倒，达成了协议。

六月六日，秀吉带头，率全军朝着京都方面展开日均八十公里以上的急行军。

六月十一日，此刻的光秀尚在东拉西扯地找朋友一起干，织田家的大多数其他家臣还在各自的领地里沉痛哀悼，羽柴家的军队已经来到了明智家领地的跟前了，同时一起的，还有本来就在附近的织田信长三子织田信孝以及家臣丹羽长秀。

六月十二日，双方开打于京都边上的天王山。

当天就分出了个子丑寅卯，胜者，羽柴秀吉。

明智光秀在逃跑的途中被人截杀，重伤后情知大势已去，故而就地自尽，享年 55 岁。

从开幕府当将军到兵败身亡，前后历时不过一个星期左右，所以光秀的短命政权一般也被称为“三日天下”。

消灭了明智光秀之后，秀吉凭借此战功成功晋升为织田家遗老中最有话语权的人，并且在分遗产大会上成功击败其他家臣，获得了最大的利益。

此后，他又在贱岳（今滋贺县内）和当时遗老内实力排行第二的柴田胜家狭路相逢，在双方展开了一场生死争斗后，秀吉再次取得了胜果。

在这场被称为贱岳合战的大战中，秀吉一方有七个人战功卓越，他们分别是福岛正则、加藤清正、胁坂安治、糟屋武则、片桐且元、平野长泰以及加藤嘉明，合称贱岳七本枪，本是日语，做量词用，换成中文就是贱岳七杆枪。

搞定了柴田胜家后的秀吉，等于是继承了百分之八十以上的原织田信长领地，说他是当时的日本一哥也不为过。

做了老大，自然得要有派头。秀吉原先的居城姬路城（兵库县内）和现在自己的身份相比，显然显得有些寒酸，所以他决定另谋宝地，新开山头，怎么着也得造一座日本第一城来搞一回登基大典什么的。

选来选去，最终敲定了石山本愿寺。

石山本愿寺就是本愿寺家族的大本营，那家当年的第十一代掌门显如和尚曾经跟织田信长公开叫过板，而且连扛魔王十多年，最后虽说力竭而不得已开城投降以求太平，但那里作为天下第一难攻不落之城的美名，也就此传遍了整个日本。

再加上地理位置又非常优越，西面是濑户内海，边上是日本最大的港口堺，东面不远处就是京都，走过去也就小半日，放眼当时秀吉所辖的所有领地，最有大本营样子的地方也就属那儿了。

天正十一年（公元 1583 年），羽柴秀吉下令在原本石山本愿寺的旧址上造一座新城，并取名为大阪城。

这座号称天下第一城的要塞总共耗时三年，共用了民夫十万才得以完工，现在还在，你有空去大阪旅游的时候可以专程去看看。

秀吉是个攻城的高手，所以也深知如何将城池造得难以攻破。这座大阪城正是他破城无数后的心血所得，在当时，无论是其本人眼中还是外人心目里，都是永远无法攻破的金汤之城。

在之后的数年里，羽柴秀吉以大阪城为根据地，对全日本展开了东征西讨，他要完成自己的主公织田信长所未能完成的伟业——统一全日本，结束自应仁元年（公元 1467 年）以来日益混乱的战国时代。

事情进行得相当顺利，不过短短七八年，秀吉就将不愿臣服于他的诸侯们一个个尽数消灭，将整个日本掌控于手中，同时，他再一次改了姓，受天皇之赐取名丰臣秀吉，并且拜官关白，成为了万人之上的统治者。

天正十八年（公元1590年），丰臣秀吉率天下诸侯共计二十万军，发动小田原征伐，消灭了盘踞在关东地区的最后一家不肯臣服于自己的大名北条家，就此完成了对日本的基本统一，全日本的大名都向他表示了效忠。至此，自应仁元年（公元1467年）开始的战乱时代，便差不多算是告一段落了。

有时候想想也都会觉得相当讽刺，一场新地主与老地主之间所引发的战乱岁月，搞了一百多年居然被一个家无三亩地的农民给终结了。

其实这也就是战国时代的本质——不需要血统家世，不需要出身地域，只要你有能力，只要你能抓住机遇，那么要饭的一样也能做人王。

丰臣秀吉统一日本之后，几乎所有的人都以为那久违的和平女神终于又一次降临到日本列岛，从今以后自己可以不用再过那种枕戈待旦的日子了。

天真，真是太天真了。

天正十九年（公元1591年），丰臣秀吉将关白之位让给了养子丰臣秀次，自己称太阁。

太阁，一般指的是退休的摄政，即隐退的关白。不过在今天的日本，通常是秀吉一人的专用称呼。

当然，让位不等于让权，关白可以换人，但日本的实际统治者，却丝毫未曾变过。

同年十月，在大明帝国皇宫的文案上，出现了一封浙江巡抚的上奏，上面称，据可靠情报，发现大洋彼岸的日本国在一个叫做名护屋的地方造城。

造城的，并非是诸侯大名，而是国家首脑丰臣秀吉。

当时的明朝皇帝是明神宗朱翊钧，也就是万历皇帝，这位仁兄出了名的懒，不上朝似乎是大明王朝的一个悠久传统，比如万历的爷爷嘉靖帝朱厚熜也是个不爱上朝的家伙，只不过这祖孙俩之间最大的区别在于，嘉靖不上朝，却对朝内朝外的事情几乎了如指掌，属幕后掌控一切的角色，而万历不上朝，就真的是在那里旷工了。

万历皇帝自不上朝以来，国家大事基本都丢给了内阁来管，而日理万机的内阁诸大爷对于这封从浙江送来的国际新闻一丝兴趣都没有，遭到同样待遇的，还有一封两个月前从福建送来的快报，内容是根据琉球使节反映，近日突然出现上百来历不明者，前往琉球朝鲜一带收购海图以及船只草图，并大量收购木材火药，用途不明。

中国人一般不太爱管家门外的事儿，即便做到了中枢魁阁也是如此，而且内阁大佬们也确实不明白，浙江福建两省干吗送这种报告过来，日本不正在战国时代吗？造几座城买几袋火药有什么值得大惊小怪的？

而奏章中的那座“名护屋城”，位于北九州，大致地点在今天的佐贺县唐津市。

说得再具体点，这座城在一座叫胜男山的山顶上，标高八十米。也就是当地豪族名护屋氏的居城垣添城的所在地。工事由九州各大名如加藤清正、寺泽广高等人来分担，十月开工，每天至少有四万人聚集在一起突击工作，仅用了五个月就完成了工程，第二年也就是文禄元年（公元1592年），秀吉还亲自来到城中视察。

整个城池面海而立，并在海边建设了城下町，五层七重的天守阁，带有本丸、二之丸、三之丸、山里丸、水之手曲轮、游击丸、东出丸、台所丸等城郭，结构宏伟壮观至极，总面积达到了十四万平方米。

不仅如此，城外方圆八公里，坐落着以德川家康为首的几十上百家大名阵屋。所谓阵屋，就是行宫。而周围不仅布满了商家旅店，也不乏游廊酒家，极为繁华。

换句话讲，这是一座兼备行宫和驻扎士兵的远征基地。

远征的目标，是北方对海岸的朝鲜。

秀吉打算发动一场国际战争。

第十二章

十五万大军兵临城下

此时的朝鲜已经不是原先的高丽了，在公元1388年的时候，高丽大将李成桂于奉旨出兵攻打辽东的途中突然翻脸，调转枪头回家发动了政变，把持朝政四年之久后，干脆更进一步篡位登基，定国号为朝鲜，然后还成为了大明帝国的藩属。

就是这么一个国家，丰臣秀吉却在统一日本后的第一时间里动了发兵侵略的念头，为什么？

一般认为，是秀吉想以朝鲜为跳板，接着征服全球。

持这种观点的人，还为丰臣太阁编排出了一个极为响亮，且极具近现代战略眼光的口号，那就是："欲征服世界，必先征服亚洲；欲征服亚洲，必先征服中国；欲征服中国，则必先征服朝鲜。"

保守一点的，则觉得秀吉打朝鲜的主要目的，是为了借道北上，然后打中国。

说穿了，这家伙出兵的最终目标都和中国有关——要么是直接拿下中国，要么是拿下包括中国在内的整个地球。

而他之所以会有这么一个天真但并不美好的梦想，动机也是多种多样的，比较主流的有两个。

其一，他为了继承先主织田信长的遗志，真正做到天下布武。

所谓天下布武，是一代豪杰织田信长提出的一个理论，简而言之就是让武士阶级来统治天下，其实这里的天下指的应该是日本，但因为信长这人相当没谱，所以就有人认为他嘴里的天下，搞不好是全世界。

这种想法倒也不是毫无根据，当年日本耶稣会的欧洲人曾经给信长送去了一个地球仪，信长非常喜爱，经常把玩在手。久而久之，他看着地球仪不禁深情地表示，世界那么大，日本却那么小，当自己统一全日本之后，一定要出兵海外看看。

于是就有人认为，自诩继承信长遗志的秀吉，在统一日本之后，出兵朝鲜明国，便成了他完成先主遗志的一个手段了。

不得不说，这种调调着实很扯。暂且不说秀吉是否真的是那种为了完成信长遗愿，就敢去摸明朝老虎屁股的大忠臣，单从信长本人来说，作为一个极致现实主义者，他也是绝对不可能拥有这种不切实际的梦想的。

因为他清楚，自己不具备这个实力。

说完了其一，我们来说其二。秀吉得到了自认为很可靠的情报，说明国是个大而软的烂柿子，正是下手的好时候，所以便决定征讨之。

情报来源是一些去过明国打家劫舍的倭寇——真倭假倭都有。

那些人在秀吉面前夸夸其谈，说明朝吏治腐败，兵马虽多，但跟日本国内历经百年战争锤炼的武士相比，简直就算不上什么……说到最后，其中的某位仁兄还用上了四字成语来总结自己刚才的演讲，说日本打中国，可谓是：“大水崩沙，利刀破竹，无坚不摧。”

于是秀吉大喜，一拍大腿当下就下令发兵了。

可是，这种说法完全是低估了日本人一直以来对中国的了解程度。

平心而论，丰臣秀吉从来就没有过想将大明帝国划入自家版图的打算，原因是他知道这压根就是一件做不到的事儿。

和先辈一样，秀吉所得到的关于中国的情报，也是相当精准也非常严肃的。情报的来源，绝非是那些在日本和中国都混不下去的社会败类，而是常年以来一直从事中日朝三国贸易的走私商人们。从这些豪商的口中，秀吉知道了相当多的关于明国的信息，对于明帝国的强大也有了比较清晰的认识。他明白，自己面前的这个庞大帝国，尽管是有着这样那样的毛病，国力也较之当年最盛时期衰退了很多，但却依然雄风犹存，仍是当之无愧的亚洲霸主，别说以现在日本的兵力，哪怕是再加上四五十万人马，也未必能够将其拿下。

不过，不跟大明朝打，并不代表不打别人。

在了解了明朝强大的同时，秀吉也间接接触到了当时的天下第一旷工王——万历皇帝，对于他多年不上朝、不干正事儿，以及懒得管各种闲事儿的情况做了比较充分的了解，得出了一个看似正确，实际上却最终坑害了自己的结论，那就是如果只是打朝鲜的话，明朝不会出兵。

那么，就只打朝鲜吧。

文禄元年（公元 1592 年）的三月，随着丰臣秀吉的一声令下，全日本的大名们都陆陆续续按照指标带上人马赶赴名护屋，雄赳赳气昂昂地准备迎接即将到来的战争。

当然，怨言是肯定少不了的。

比如织田信长的女婿蒲生氏乡，就非常直接地表达了他的怨恨之情："这只猴子，好好的日子不过，想找死吗？"

其实也不光是他，几乎所有被动员远征的大名们都不明白，这好不容易安定了日本，太平日子才过了一年刚出头，怎么又要开始打仗了？

确实，根据我们刚才的分析，秀吉出兵朝鲜的动机似乎成了一个谜，仿佛朝鲜李家王朝的某位统治者跟他有着血海深仇一般。

其实真相只有一个，那就是日本快完蛋了。

或许你会觉得，这刚刚统一了日本，全国人民正斗志昂扬地要建设新日本，可谓形势一片大好，怎么就快完蛋了？

原因很简单。因为没有了战争，所以上到盔甲下到草鞋，订单逐渐减少，甚至有消失的迹象。至于铁炮、大炮、刀枪剑戟等兵器的贩卖，那更是因秀吉提出的“狩刀令”而几乎绝迹。运输事业也变得后继无人，马商人、造城工、木材商人、铁炮制造等原本属于热门的行业，现在也纷纷出现了失业者，变得无人问津。

当然，最大的失业群体还是那些手里拿着刀的职业军人——武士。

而商人们的处境自然也是一团糟，原以为终于迎来了太平盛世，可以和气生财的生意人，很快就发现自己放出去的债，都收不回来了。

这是当然的。

原本在战国时代，尽管被借走了大额的军资，可是一旦打了胜仗拿到了封赏的金钱和领地，就能立刻归还，现在一下子没仗打了，自然也就不存在类似投机式的领地盈利，那么那些已经被放出去的贷款，别说是本金了，就连利息的索取都变得渺茫了。

最糟糕的还不在这里。

失业率的上涨导致了无所事事的人增多，虽说这些人尽管整天没事儿干，看起来蛮幸福的，可与此同时他们也必须得饿肚子了。当然，有很多人是不甘心自己就这么饿着的，于是又形成了一个新的社会问题，那就是治安的恶化。

对于一个新政权，治安恶化是一个大问题，因为搞得不好就会触动新生政权的根基。所以，面对日益恶化的形势，秀吉以及其家臣们，不得不开始认真思考对策了。

然而，这些只有在和平时代才会出现的不景气，是经历了百年战乱的日本没碰到过的，谁都没有这个能力或者说这个经验去面对它。除了一个人。

这个人的名字叫做石田三成。

石田三成，虽然当年不过三十出头，但却已然是整个丰臣政权之下的头号文官了。

丰臣家政权建立之后所出现的种种社会问题，一直都由三成在解决，虽然在刚开始的时候，他也是头痛医头，脚痛医脚，有灾赈灾，有贼抓贼，可没过多久他就觉得自己很有可能在做无用功，哪怕活活累死，都不可能根治眼下的问题。

在一番苦思冥想之后，三成终于得出了一个结论，那就是要想迅速摆脱现在的困境，唯一的办法就是发动一场战争，夺取新的领地。

其实这是一个比较浅显易懂的道理，失业的都是吃战争饭的，发动战争就等于让这群人重新有了活儿干，自然也就不会整天想着挖丰臣家政权的墙角了。

而夺取领地，也就是当时以及后来在欧洲世界非常流行的一种行为——开拓殖民地。总的来说，夺取的殖民地的财富物产，只需一部分便能清算和大商家的残留贷款，剩下的资金可以让日本彻底摆脱靠战争过日子的局面，也就是工矿业、农业、商业变成和平产业的转换。

最后要做的，就是选一块合适的目标，作为自己战争的对象。

选来选去，选中了朝鲜。

当年放眼整个亚洲，南洋诸国早就有成为欧洲列强势力范围的趋势，动不得；即便侥幸有几个还没被插上欧罗巴旗帜的，那也多住着生产力低下，且不文明、未开化的土著原始人。

最后只能看西北方向了，正西面，是当时世界第一强大的明帝国，秀吉是不会想到去主动侵略明王朝来给自己作殖民地的。

唯独能欺负的，也就朝鲜了。

当时的朝鲜，已经历经和平时光两百余年，举国普遍重文轻武。据说如果一家有两个孩子，一个学文一个学武的话，学文的那个会受到全家的疼爱；而学武的，只能如仆人一般为自己的兄弟端茶送水。

如此一来，那些因种种原因不得不去当兵的家伙，自然也就是图个混饭，素质极差，打仗基本不行。

不过朝鲜人搞政治斗争，那倒还真有一套。国家不大，但小朝廷里分成了东人党和西人党，东西对战一段时间后，从东人党内又分裂出了南人党和北人党，着实有将朝廷变成麻将馆的趋势。

而且，在数百年来中土大唐的熏陶下，朝鲜也算是个比较富裕的小国了。总的来说，还是有点家底可供打劫的，更何况日朝两国相邻相近，真的殖民起来，也方便不少。

方针既定，那就行动吧。

公元1592年，春夏交替之际，丰臣秀吉动员整整三十万大军，陆续赶到了远征基地名护屋，不过要渡海打仗的只有一半，剩下的一半是后备力量，留守就行。

同时，日本人还准备了十二字作战口号：“水陆并进，以强凌弱，速战速决。”

这是德川家康说的。

渡海的大军有十五万人左右，分成九个军团。

现在，让我们来认识一下这九个军团的大致情况，并简单介绍一下他们的军团长。

第一军团，总共一万八千七百人，军团长叫小西行长，此人亦是这场战争的先锋兼任总指挥。

行长不是武士出身，他们家原先是做药材生意的，比较少见的是，他还是一个天主教徒，并且有个教名叫做奥古斯都。

因为家庭出身，使得行长对于粮草计算、金钱调配等工作非常上手，但行军打仗，则完全是个门外汉。

不仅如此，整个第一军团除了行长外，还有五名辅佐的副将大名，分别是宗义智、松浦镇信、有马晴信、大村喜前和五岛纯玄，这些人基本上都是不会打仗的，但也有一个共同的特点，那就是他们在战国时代，都跟朝鲜有着或多或少的贸易往来。

之所以将这群门外汉编在一起，组成军团之首，显然是为了考虑今后能够方便地殖民朝鲜而已。

这也是证明秀吉只准备打朝鲜，而没打算动中国的证据之一。因为九个军团里，没有哪个军团的军团长或是部队长是精通中文的。

第二军团，总共两万两千八百人。军团长是贱岳七本枪之一的加藤清正；此外还有副将一人，叫做锅岛直茂。

这两个人是属于比较能打的，特别是锅岛直茂。在战国时代，他作为九州豪强龙造寺家的家臣，数次辅佐家主龙造寺隆信击退来犯的另一家九州诸侯大友家侵略势力，在元龟元年（公元1570年）四月，曾以五千寡兵夜袭大友家六万人，并且取得了歼灭两千人的战绩，轰动了整个九州岛。

有必要提一下的是，加藤清正跟小西行长的领地相邻，同时也是一对大冤家。

第三军团，总共一万一千人，军团长叫黑田长政，他爹是黑田官兵卫，早在丰臣还姓羽柴的那时候，便是秀吉麾下著名军师了，和另一名天才智将竹中半兵卫并称为“天下的两兵卫”。

而就谋略和器量而言，长政完全不能和他爹相提并论。

第四军团，共计一万四千人，军团长是一个叫做毛利胜信的人。这个人在当时属于名不见经传，虽说是尾张出身，担任过秀吉的侧近，但是军功却鲜有耳闻。之所以让他担任军团长，那真是不得已，因为原定的那个军团长迟到了，当大家高唱军歌准备出发的时候，他还在自己的领国内处理家务。

这位迟到的仁兄名字叫岛津义弘，萨摩的大名。

第五军团总计两万五千人，军团长是贱岳七本枪之首的福岛正则。在这个军团中，副将比较多，总共有六名，分别是蜂须贺家政、户田胜隆、长宗我部元亲、生驹亲正和来岛通之、通总父子。

简单评述的话，那就是除了福岛正则本人和长宗我部元亲，其他的人基本上都不怎么能打。

第六军团共一万五千七百人，是整个征朝九军团中将领平均水平最高的一个。总大将是号称“日本战国第一智将”毛利元就的儿子小早川隆景。这位小早川隆景，因为被他爹送给了中国（日本中部地区）豪族小早川家当养子，所以才改姓了小早川。

虽说隆景打仗还没到百战百胜、炉火纯青的地步，但也算得上是一把好手，而且这人还拥有极强的水战、外交以及洞察能力，堪称是战国时代难得一见的人才。

此外，六军团还有副将一名，叫做立花宗茂。此人是整个征朝日军中，仅有的两个属于"很能打"级别的大名将领之一。

立花宗茂，原名高桥统虎，是九州大友家猛将高桥绍运的儿子。立花这个姓，是因为他后来做了立花道雪的女婿兼养子后改的。

他的养父立花道雪，也是一位战国时代的传奇人物。此人一生征战无数，却从未有过一败，几乎比"传说中的军神"上杉谦信还要上杉谦信，更不可思议的是，道雪还是下半身瘫痪的。

这个瘫痪是他自己搞的。道雪年轻的时候，有一次走在路上恰逢雷阵雨，望着一声接着一声的雷鸣，一道接着一道的闪电，他突发奇想，打算用手中的刀将这闪电给劈断了试试。

说干就干，道雪来到一处空旷地带，看准了一道闪电便将早已拔出的武士刀高高举了起来……

或许是运气好，遭到了雷劈的道雪并没有丧生，仅仅是下半身瘫痪而已。所以从此以后，打仗的时候他就坐在一块木板上，由数人扛着冲入战阵中亲临指挥，倒也无往不胜。

比起养父来，宗茂本人则从小就展现出了一种神童般的天赋。他的身子骨特别强壮，而且据说 4 岁的时候就跟普通的 8 岁孩子一样了，6 岁的时候开始学习剑道，不久之后便异常精通，往往能将十二三岁的大孩子打得满街乱跑。

到了大概 10 岁的时候，有一次他爹绍运出去打仗，半开玩笑地问儿子是不是要跟着一起去。在当时，几乎所有的武士子弟都被教育要勇敢地上战场，宁可被打死也不能怕死，这也成了当时的世俗评判一个武士是否合格的依据之一。

原本以为自己的儿子会跟其他孩子一样，嚷嚷着要一起上战场，不想小宗茂略一沉思，作答道："如果我现在跟着您一起去战场，多半会像一条野狗一般被杀死。与其这样，还不如等我再练个两三年，那时一定会成为一个不输给您的武士。"

本想拿儿子开玩笑的绍运听了，不禁也肃然起敬。

长大后的宗茂，成为了大友家的主要干将，驰骋于整个九州岛。在秀吉征讨九州后，他率军攻入岛津领内，击败并包围了岛津家重臣新纳忠元。之后，被秀吉提拔为十三万石领地的大名，并且赐予其光荣称号：刚勇镇西一。解释起来就是西日本第一刚勇之士。

第七军团总共三万人，总大将是毛利家的当家人毛利辉元，同时他也是战国第一智将毛利元就的孙子，小早川隆景的侄子。

第八军团的一万人由秀吉的养子宇喜多秀家率领。秀家时年二十未满，用今天的日本法律来看，还是一个少年。他上朝鲜，那纯粹是开阔眼界，长长见识的。虽然是来长见识的，可这家伙的来头着实不小，除了八军团团长加秀吉养子之外，他还有另一个身份，那便是全军团总大将。

第九军团那一万一千五百人的军团长，是一个不折不扣的"极不能打"级别的家伙，他叫做羽柴秀胜，听名字便知道是秀吉家的亲戚，具体说来，是秀吉的外甥。秀胜和秀吉另一个外甥——当时的关白丰臣秀次是亲兄弟。这次来朝鲜也是纯粹来看看的。

不过比较悲剧的是，这位仁兄到朝鲜之后就因水土不服而生了重病，不久后便吹灯拔蜡了。

此外，秀吉还安排了以九鬼嘉隆、藤堂高虎为首的大名，率领海军九千两百人以及船只七百艘从海路进军。

说到这里，我们有必要介绍一下当时的日本海军。

从后来的历史看，无论是甲午海战、日俄战争以及太平洋海战，日本的海军都表现出了相当高的作战能力和素质。然而，在战国时代，他们的能力概括起来也就一句话八个字：内战内行，外战外行。

当时代表了日本海上最强作战水准的，是这个叫九鬼嘉隆的人所率领的舰队。

九鬼嘉隆，外号“海贼大名”，自织田信长时代就活跃于日本的濑户内海海域，他的招牌武器是天下闻名的铁甲船。

这种船从外形上来看，就是普通的大船上包着一层数厘米厚的铁皮，再安上几门大炮，如同一个铁匣子。

这玩意儿在相对风小浪平的濑户内海，或许还能称王称霸，可到了真正的浩瀚大洋之上，铁匣子就立刻成为了铁棺材，不需要什么炮击枪打，只要风浪一大，便立刻沉底了。

所以，非常有自知之明的九鬼嘉隆所带的海军里，只有安宅船，没有铁甲船。

安宅船，就是普遍在战国时代各路大名所使用的战船，长二三十米宽十来米，载重百吨左右。

对于这场战争，作为日本最高的实际统治者丰臣秀吉，其实并没有过多地为此操心，真正在背后运筹粮草、准备船只、计算预算甚至分摊兵数的，是石田三成。

很多人觉得，这九个军团的军团长，都代表着日本当时的最高作战水平，都是精英中的精英，名将中的名将，他们的名字，至少在日本，那是如雷贯耳的。

但客观地说，他们中的绝大多数人，在当时的日本，是绝对够不着“精英”这个头衔的。

因为战国最精彩的时代早已过去，那些真正的超一流精英大腕儿，如武田信玄、上杉谦信、毛利元就等人，早已经驾鹤西去好多年，剩下的除极少数外，都只是一些二流三流的货色。

至于名将，这个倒是真的，他们都很有名。不过有名的原因并非其他，而是这些人大多都有一个真正精英级别的爹。

黑田长政他爹，黑田官兵卫。

福岛正则、加藤清正的养父，以及羽柴秀胜的舅父，是丰臣秀吉。

毛利辉元和小早川隆景是毛利元就的孙儿。

宇喜多秀家的养父也是秀吉，而他的生父，则是被誉为日本第一阴毒之人的大名——宇喜多直家。

如此等等。说得难听一点，这就是一个二世祖军团。

第十三章
朝鲜告急，大明出兵

二世祖军团的正式出发日期是文禄元年（公元1592年）四月十二日。

两天后，大军正式登陆釜山。

两个小时后，釜山被攻克。

之后，日军全面出击，对朝鲜进行了如同汹涌波涛一般的侵略，面对如此虎狼之势，朝鲜的处境只有四个字——举国崩溃。

五月初二，朝鲜首都汉城被攻陷，国王李昖奔逃至平壤。

接着，不依不饶的日本人又于五月二十七日攻破了平壤的门户开城，眼看着平壤也待不下去了，李昖于六月中旬再次出逃。

这一次，他眼光放得很远，逃也逃得很远，一口气到了中朝边界，鸭绿江南岸的义州，并且向自己的宗主国大明王朝发去了求救信。

而在此同时，包括平壤在内的几乎所有朝鲜国土都被日本占领，基本上算是亡国了。

平心而论，远征军在这两个月里，并没有超常发挥，之前怎么打仗，现在还是怎么打仗。比如以话痨而著称的小早川隆景，在攻打已经摇摇欲坠，城里士兵都几乎逃了个精光的汉城之前，还发扬了当年在毛利家的传统爱好——开了个把小时的会。

虽说经过百年战乱的锤炼，日军的兵员作战素质确实相当过硬，但这次的大胜主要原因还是朝鲜太弱。

而另一方面，明帝国的内阁，也收到了来自朝鲜方面的求救信，以及国王李昖的个人请求：希望来明朝躲躲，避避风头。

阁老们第一个反应是不可思议。

这好歹也是我们大中华带了好几百年的小弟，怎么说灭就灭了？

接着就是怀疑：莫非，朝鲜跟日本合伙来要蒙骗我天朝？

在阁老们看来，朝鲜向来是小而彪悍的代表国家，这次短短两个月八道被占了七道半，实在有些难以置信，仔细想想，非常有可能跟日本方面联了手，假装引诱明军驰援朝鲜，再在朝鲜境内将其歼灭。

听到这种声音后，李昖快疯了。

心急如焚的他一边哭丧着脸四处解释，一边派使者到处联系明王朝的内阁阁老以及六部机要官员，请求他们帮忙通路子，早日派出援军帮助自己复国，以便结束这难民生活。

不仅如此，李昖还拿出了早些时候丰臣秀吉写给他的一封信，信上说，自己将要假道朝鲜攻打明国，所以希望朝鲜王李昖届时能行个方便。

这封信是个人都能看出来，是劝说朝鲜投降的劝降信，然而李昖却将其作为秀吉要攻打明朝的证据递交给了大明内阁，其目的不言而喻，希望庞大的明帝国与朝鲜同舟共济，完成自己的复国大业。

当然，内阁的大臣们是断然没可能上这个当的。因为大家都看过《三国志》，当年曹操说要来东吴打猎，其最终目的不是打猎，而是东吴，现在秀吉要过朝鲜打明国，很明显，他的目的是朝鲜。

拉我上船？还早了几百年呢。

于是，在朝堂之上，以往那种吵成一团的景象不复存在，大臣们几乎众口一词地表示，如果日本人敢攻入我天朝境内，那就打得他们不敢再犯，可若只是在朝鲜闹腾，那就让他闹腾去。

不过反对的声音终究还是响了起来："我们得出兵。"

此言一出，无人反对。

说话的不是别人，正是万历皇帝朱翊钧。

最终就是这样的一句话，决定了三个国家之后几十年的历史走势。

不过话又说回来，万历之所以决定出兵援朝，至少决断的那一瞬间，其实应该并没有做什么过多的深思熟虑，他的想法很简单，几个日本强盗而已，出兵赶走了不就是了？也省得李昖这家伙天天在边境一把鼻涕一把泪地转悠。

不管在哪个朝代，中国对日本的了解总不如日本对中国的了解。

当年七月，大明王朝的第一波援军出发，带队将领为副总兵祖承训，目标是平壤。

一个月后他恼羞成怒地战败归来。

千言万语化成一句话：这仗没法打。

这不能怪他。

首先，祖承训只带了五千不到的兵马，而日军总人数在十五万左右。即便是直接和他面对面的小西行长，军队也在将近两万。

虽说明朝的兵马调动起来比较麻烦，大军开赴前线需要花时间，但也不至于拿着五千人往那十五万人的阵地里砸，再怎么说万把人还是拿得出手的，之所以会出现这种情况，全都要归功于朝鲜同志们出色的情报工作。

他们信誓旦旦地告诉祖副总，平壤日军总数在一千左右。

祖承训还真信了。于是他带着五千骑兵向着平壤开拔。这天正赶着下雨，道路泥泞，走着异常艰辛，然而值得欣慰的是，一直打到平壤城下，日本人都没有进行过任何有效的抵抗，连城门口都没见几个活人。

祖副总也毫不在意，毕竟对方只有一千人，一定是龟缩在城里不敢出来，也没多想就下令入城。

事实证明，他的判断非常正确，日军确实全部都窝在了城内，但是并非一千人，而是将近二十个一千人，并且还配有了大量的铁炮。

接下来的情节大家比较熟悉了，无非就是一声令下枪炮大作，打得明军晕头转向很长时间都分不出东南西北。

此战中，副将游击史儒战死，祖承训孤身率残兵数人侥幸逃出。

被人打得都亡国了，却连敌人的大致人数都不知道，怎叫人不光火？

其次，祖承训原本压根就不想在这鬼天气进攻平壤。

前面我们说过，他的五千人马是骑兵，骑兵走泥泞道儿，那是兵家的大忌。事实上多亏是小西行长太谨慎，才在城内设伏，如果他要真的出城搞圈套，在这样的天气里估计也是一打一个准。

这些兵法常识祖副总兵当然是具备的，可问题是朝鲜却是一窍不通。一窍不通也就算了，还偏偏爱专权，他们很擅自地表示，即便是天朝来的兵马，在朝鲜的土地上，那也该听朝鲜的指挥。

面对这种胡闹，祖承训自然没去搭理他们一下。可接下来，朝鲜人就开始反复催促祖承训出兵攻打平壤，估计是给弄烦了，祖副总头脑一热，就干了傻事儿。

这还不是最让人光火的。

在攻打平壤之前，朝鲜方面为了表现出和天朝士兵同甘苦共奋斗的热情，特地凑了一支五百人的军队协同作战。祖承训自然没有理由拒绝。

可当两国联军开进平壤城，日军出现的瞬间，这五百朝鲜人就逃走了四百多，剩下的倒也干脆不逃，直接投降。

别急，这还不是最让人恼火的。

在混战中，祖承训发现，很多身边的将士都是被射来的弓箭所杀伤。这本来没什么，但事后仔细甄别，发现了一件比较严重的事情——这弓箭是朝鲜制造。

这和明军已知的情报相吻合，那就是小西行长军的远程武器里，没有弓箭，只有铁炮。

说白了，这些中国人去救朝鲜人，结果却被朝鲜人杀死了。

真的过分了。

面对大明举朝的愤怒，李昖忙不迭地解释道，朝鲜的军事过于落后，无法进行有效的侦察反侦察；士兵逃走那也是因为两百多年的太平日子过习惯了，一下子不能适应现在的战争生活；至于“鲜奸”的问题，他一口咬定，自己的国民个个淳朴善良忠勇老实，这一定是日本人的胁迫才让他们迫不得已，将罪恶之箭射向明朝军队。

朱翊钧终于明白，这仗如果还想接着再打下去，朝鲜人是肯定指望不上了，于是他找来了兵部侍郎宋应昌，表示自己这次是认真要跟日本打上一两个回合了，你怎么看?

宋应昌很明确地表示，皇上你再认真也没用，得等。

具体等的是两样东西：第一是火炮，第二就是得计算一下到底需要多少人马。

好在祖承训的埋伏没被白打，他上报了一个极为重要的情报，那就是日军的火器已经达到了一个相当发达的程度了，不客气地说，已经在大明之上了。

这应该算是托了王直的福吧。

所以，宋应昌决定从南方调来大明帝国专门的火枪部队，以此来和日本人抗衡。

至于人数，明朝方面到底还是没敢相信朝鲜人的情报，在一番调查计算后，最终决定派遣总数为四万余的军队作为援军，并且对外号称十万，带队大将叫做李如松。

一切工作搞定后，大军就准备雄赳赳气昂昂跨过鸭绿江了。

与此同时，明朝派出了一个特使来义州面见李昖，他的名字叫做薛潘。

薛特使的目的只有一个，就是想让朝鲜方面准备军粮。

这倒也是情理之中，我帮着你打仗，你不给钱，饭总得管吧?

然而，大明帝国就是大明帝国，虽说管饭是分内事，但薛特使非常高姿态地表示，我们明国军队是自愿来朝鲜帮助你们的，不求任何回报，这次要你们出粮实在是因为运输方面太耗时间和成本，也不白拿，你们给我们多少粮食，我们就按照现价折算金银还给你们。

面对如此够义气的盟友，李昖却脸色异常难看地支支吾吾了一阵，接着告诉薛潘，自己国家的老百姓都是未开化的土民，所以大家都不认识什么黄金白银，也不知道这些玩意儿比粮食宝贵，所以应该都不会换粮给明军。史书上的原话是："小邦土地偏小，人民贫瘠，且国俗不认货银之利，虽有银两，不得换米为军粮矣。"

薛潘当场就傻了，一再追问下，李昖不得不道出一个残酷的事实：朝鲜境内，能够由自己人掌握的军粮全部加起来，只够得上一万军队消耗一个月，至于一个月过后怎么办，还没想过。

得了，那就自带军粮吧。

估计万历帝也挺无奈的，摊上这么个倒霉藩国。不过好在大明朝地大物博，几万人的军粮那是绰绰有余，最多也就是南粮北调、西米东输费些日子。况且，李如松虽然在接到命令之后就立刻从西北开拔出发，但毕竟路途遥远，还是需要花费相当时日才能到达。

在此之前，怎么办呢？

朝鲜还差一口气就要被全灭了，日军自然不会安静地等待明朝援军的到来，所以就需要拖延时间，而在战争中最好的拖时间的办法，就是和谈。

这个艰巨而又光荣的任务，交给了兵部尚书石星。

不过石部长到底是当惯了领导，人脉极广，他很快就找到了一个他认为非常适合这次谈判的人——沈惟敬。

沈惟敬，祖籍浙江，家中经商，用今天的话来讲，是搞国际贸易的。

他的出生地，是在堺（现大阪府），自幼跟随其父往来于中日两国，所以说着一口不错的日语。而且此人生性油滑，兴趣爱好是钱，擅长且习惯忽悠。

派他去，算是派对了人。

石星以明帝国国防部的名义，给沈惟敬一个游击的军衔，便让他带着随从赶赴朝鲜了。

现在，石部长唯一担心的只有一件事，那就是朝鲜还没等沈惟敬赶到就已经被全灭。

他多虑了。

事实上朝鲜虽然被打得国不成国，但离彻底灭亡还有一段距离，那是因为一个人和一个组织的存在。

首先我们来说人，他的名字叫李舜臣。

李舜臣，可说是整个朝鲜半岛有史以来都难得一见的军事人才。他的籍贯是著名的高丽参产地——京畿开丰，不过出生地点却是在汉城的乾川洞。

他的父亲叫做李贞，生有四个儿子，从大到小分别叫做羲臣、尧臣、舜臣、禹臣，在中国传说中的帝王名字中各取一字。

李舜臣从小开始，就是朝鲜的非主流，因为他压根就不爱读书，爱练武。

于是，他开始了一边伺候兄弟一边练武的生活，终于在二十岁那年，走上了武科举的考场，然后……他没通过。

落榜的阿舜并没有灰心，他意气风发地第二次迈向了考场，依然失败了。

就这样，一直考了十二年，终于在公元1576年的时候考上了。

尽管考上了，但并不代表他的幸福生活已经来临，迎接他的，是去中朝边境当一名下级军官，主要任务是严防当时还基本属于蛮族部落的女真人。

这倒也没什么奇怪，因为虽然合格，但李舜臣的成绩很差。

朝鲜的武科举成绩，分为合格与不合格，而合格之中，还分三等，从上到下分别是甲乙丙，李舜臣考出的成绩是丙。

更糟糕的是，李舜臣不但不会应试，还不会做人。

他一上任，就得罪了上司，没几天便被撤销职务，成为了一名普通边防士兵。

然而，令所有人都感到惊讶的是，在扛了几个月的长矛后，李舜臣如同坐了火箭一般蹿了上去，荣升为全罗道水军节度使，也就是全罗道地区的水军司令。

虽然意外，但也算事出有因。

因为一个人，他叫柳成龙，时任朝鲜领议政，相当于今天的总理。

柳成龙跟李舜臣的关系用一句话来讲，叫做发小。

这种破格的火箭式提升引起了很多人的不满，其中最为不满的是一个叫做元均的节度使。当然，这一切不满，都被柳成龙给压了下去。

终于，在这个职位上，李舜臣找到了自己真正擅长的东西，也找到了自己的归宿。同时，他也在这个职位上，迎来了日本的侵略军。

面对来势汹涌，装备相对良好的日本海军，李舜臣挖遍了整个全罗道，也就弄到军用船三十九艘。不得已，他又开始征用起了民船，最终在文禄元年（公元 1592 年）的五月，凑出了一支包括渔船在内总船数九十一艘的队伍。

他的敌人，是藤堂高虎率领的七十余艘大型舰船。

这种仗如果光明正大地在大海上开打，那么李舜臣就得改名李瞬沉了。

为了保证自己不沉，他决定玩阴的。

五月初七早上，李舜臣率领船队偷偷地摸到了巨济岛玉浦港的藤堂高虎军泊船处，对停泊在那里的五十余艘军舰发起了突击，毫无准备的日军纷纷开船逃走，混乱中，被击沉了十一艘。

当天晚上，朝鲜船队在游走之中再次发现了五艘落单的日军舰船，一阵围殴后，击沉对方四艘。

次日早上，李舜臣得到可靠情报，称在不远处赤珍浦发现了加藤嘉明部的十三艘日本军船。于是他下令全军再次出动，很快就找到了情报里说的那十三艘倒霉的日舰，一阵围攻后，日本只剩下两艘侥幸突围逃出。

连续两天的打闷棍，使得日本方面损失军舰二十五艘，伤亡人数更是过千，与此相对的是，朝鲜方面连一艘渔船都没沉。

看着胜果，李司令决定再接再厉。

当月二十九日，他于泗川湾攻击了日本的泊船，烧沉打沉日舰十二艘。

六月初二，在唐浦，朝鲜海军围攻了正在停泊的二十余艘日本军舰，击沉了其中的绝大部分，并且还打死了日本海军方面重要指挥官——来岛通之。

面对这种无耻的行为，九鬼嘉隆恼羞成怒。

九鬼嘉隆决定知耻而后勇，他下令手下各部，加强日夜巡逻，提高警惕，并且在六月十四日，召集了另外两名海军指挥官——加藤嘉明和胁坂安治和他们的部队，打算集合兵力一举拿下李舜臣。

加藤嘉明跟胁坂安治都是当年贱岳七本枪成员，好歹也能算是战国名将了，所以得到消息后，两人摩拳擦掌跃跃欲试，准备一举搞定朝鲜残存的水军力量。

遗憾的是，李舜臣之所以选择了偷袭，完全是因为手头上能用的船实在太少，不得已而为之，他真正擅长的，正是正儿八经的海战。

同月，李舜臣和庆尚道海军顺利会师。就此，他拥有了一支六十艘军舰规模的船队，其中，有三艘比较特殊的船，它们被叫做龟船。

龟船在当时的朝鲜，是一种失传数百年，近乎传说的武器。

它的起源可以追溯到公元1410年，当时也被称之为“戈船”，用来抵御猖獗一时的倭寇和女真人。可在此之后，朝鲜进入了将近两百年的和平期，这种造起来又麻烦又费钱的玩意儿，也就渐渐被废弃了。一直到公元1591年，李舜臣担任了全罗道水军节度使后，他决定为海军事业做点贡献，比如将传说中的龟船重新造出来。经过一年多的苦心钻研，李舜臣和他的手下终于制造出了当时第一艘龟船，并且顺利通过试航。

该船全长在三十米以上，船首树立着龙头，该头能散发出硫黄气体，用来扰乱敌人的视线，方便自己穿梭于敌阵。另外，龙头的开口处还搭载了一门射程在三百到五百米的大炮，并且在它的下面，还附带了用于撞击的武器。不仅如此，在船的四周分布着七十多个火枪口，用来对外发射火枪，从远处打击敌人。

全船有两支桅和一对帆，并同时也利用了桨来加快速度。这就意味着和日军的舰船相比，龟船的速度更快，更灵活。

在防御方面，龟船从船身到船顶，都有铁甲覆盖，并且，为了防止被人登船实行攻击，李舜臣还非常周到地在铁甲上安装了大量的铁钩铁刺，目的只有一个：谁碰扎死谁。

总而言之，这种东西能轰大炮，能放火枪，能撞，浑身上下带刺，见势不妙还能吐烟逃跑，的确对得起“传说中的武器”这个称号。

当然，也不是说就完美无缺了。

事实上，一旦碰到大风大浪，龟船依然是铁棺材一副，最多外形独特了点，是乌龟状的棺材。所以李舜臣自己都很少坐这玩意儿，一般情况下他的专用舰是朝鲜传统的板船。

好在上天还是站在了他那边，在这次行动中，并没有出现什么恶劣的天气。

反倒是日军方面，当得知李舜臣和友军会师之后，急于立功的胁坂安治不顾九鬼嘉隆的劝阻，执意带着所辖的七十余艘舰船开赴战场，准备过一把孤胆英雄的瘾。却不料他的船队到达巨济岛和加德岛之间的见乃梁时，碰到了强逆风，从而无法有效前进，不得不在唐浦暂时停靠。

由于李舜臣一直非常注意有效利用情报，所以，他很快就知道了敌人的踪迹以及船数。

该是下决断的时候了。随行的元均表示，自己愿意作先锋，突击这股停泊的日本海军。

但是李舜臣表示反对。

他告诉元均，自己早已定下了计划，决定先派出小股部队引诱日军继续前行，然后再包围歼灭。

元均对此表示强烈反对。

李舜臣则更加坚定的表示：反对无效。

元均只得附议，但是梁子就此结下。

再说胁坂安治，他正在抬头望天，等待强风过去自己好继续赶路，眼前却突然就出现了好几艘朝鲜船只，以为是李舜臣前来偷袭。他立刻跳了起来，指挥船队全力攻击对方，但出乎意料的是，这些朝鲜船并没有做任何进攻或者反击，只是在他眼前晃了一圈便走了。

于是胁坂安治断定，李舜臣是个除了偷袭捞便宜之外一概不会的家伙，一看偷袭失败，便立刻灰溜溜地逃走了。

他自然不能放弃这次绝好的机会，再次下令全军，顶着强风开始追击。当日军追到了一个叫做闲山岛的地方时，被包围了。

接下来是朝鲜海军痛打侵略者的时间。

面对激烈的进攻，被打得连头都抬不起来的日本人决定逃走，他们的七十艘船被击沉了五十九艘，而朝鲜方面的损失仅仅为四艘。

这就是差距。

这场惨败，惊动了在日本的丰臣秀吉。

他在仔细听取了各方面传来的详细经过后，对九鬼嘉隆下达了以下命令；放弃和朝鲜海军的作战。

从此，九鬼嘉隆的海军作战总司令变成了补给线运输负责人，除了给朝鲜的其他远征军送点粮食兵器之外，尽一切可能避免和对手，也就是李舜臣发生军事冲突。

但这并不意味着他的太平日子就这么来临了。

在李舜臣的率领下，朝鲜海军不断骚扰着日军的补给线，这种情况一直到整场战争结束都没有中断过。

他的出现，使得日本方面原定的水陆齐下的作战计划彻底破灭。

说完了人，我们再来说组织，组织的名字叫做“朝鲜义军”。

简单说来就是发动组织群众。组织的定义也很广泛，只要在当时的朝鲜，自发拿起武器团结在一起打击侵略者的朝鲜人，都能叫义军。

刚开始，日本人对此很是不屑一顾。

正规军都被打得满地找牙了，找几个老百姓组成的游击队还想翻天了不成？

事实上，这年六月中旬，第七军团的安国寺惠琼，被原光州节度使权朴率两千残兵偷袭成功，日军损失五百人；七月上旬，福岛正则在进军途中被权应铢组织起来的游击队打了埋伏，慌乱之中丢下了大量的兵械物资逃走；同月，第七兵团的毛利辉元和安国寺惠琼再次遭到了民军首领黄璞及其所辖部队的袭击，伤亡惨重；其他的如黑田长政、小早川隆景等人，也不同程度地遭到了义军的攻击，受到了相当大的损失。

可以说，因为有了李舜臣和朝鲜义军，日本才无法完全掌控整个朝鲜，虽然纵观整个战场，李舜臣的影响只在海上，朝鲜义军更是不过小打小闹，但他们依然为挽救朝鲜不被彻底灭亡起到了相当大的作用。

然而此时的朝鲜，虽说没死，但也差不多瘫了。

危难时刻，天朝使者降临了。

就是前面提到过的沈惟敬。

第十四章
沈惟敬与小西行长的无间道

明朝万历二十年，日本文禄元年，公元1592年的7月末，沈惟敬到达了日本侵朝远征军第一军团的阵地，并且见到了军团长小西行长。

两人见面后的感觉可以用四个字来形容：一见如故。

出身相同，小时候待的环境也相同，理念也差不多，又曾经是同行（小西行长曾经做过商人），这些原因使得两人聊得非常投机。投机之余，行长也确定了一件事：明朝真的要出手了。

虽说前不久他打败祖承训的时候，已经有了这样的预感，但是这次并非感觉，而是确信。

这仗，看来是不能打了。

于是他决定谈判。

而沈惟敬则是来拖时间的。

两人从七月末开始，一直谈到了十二月。

最终的结果是，李如松到了。

同时带到的，还有辽东铁骑以及戚家军。

辽东铁骑是当时明王朝所辖范围内实力最为强劲的骑兵部队，由李如松的父亲——明朝名将李成梁一手打造，部队的核心成员不是李家的亲戚，就是李家的嫡系，总而言之一句话，那是自己人，干活绝对靠谱。

顺便一说，这支部队还是后来大名鼎鼎的关宁铁骑的前身。

至于戚家军，那更是威震江湖了。

这支部队由著名的抗倭名将戚继光开创，虽说当时戚继光本人已经不在人世了，但部队还是在的。此外，尽管我们在前面说倭寇的时候就已经讲过，戚将军打的倭寇其实多为中国人，可不管怎么讲，戚家军的战斗力却都是有目共睹的，实属当之无愧的精锐之师。

据说要进戚家军，必须要满足以下条件：臂膀强壮，肌肉结实，双目有神，为人老实，手脚比较长且害怕官府。

同时也绝对不能有以下任何一条：有市井混混背景，有官府背景，胆子小，长得白以及心态有问题。这支部队里的每一个人，都具备如下的素质：头脑简单，四肢发达，遵纪守法，心态良好。

再加以训练，想不打胜仗也难。

正当李如松见过李昖以及朝鲜各大小官员后，准备跟部下商量如何开打时，下面有人来报说，沈惟敬求见。

来朝鲜之前，李如松已从宋应昌这里了解了沈惟敬的那些事儿，自然也知道他去朝鲜干什么，现在来见，想必是有些什么情报要告诉自己吧？

于是他大手一挥，招之入内。

然而，沈惟敬带来的并非是日军的情报，而是关于谈判的结果。

这就奇怪了，让你沈惟敬去拖时间的，为何还真把自己当成了外交官，跟小西行长正儿八经地搞起了外交谈判？

沈惟敬确实假戏真做了——想利用谈判的机会，把这场战争平息了。

要问原因的话，首先一个是这家伙收了钱了。

收了小西行长的钱。

作为一个混迹市井的老油子，沈惟敬并不怎么具备一颗高尚的心灵，在他眼里，这个世界上什么都是虚的，唯独白花花的银子才是真的。

另一方面，对于小西行长来说，自打他知道了大明派出援军的消息之后，就立刻通知了国内的丰臣秀吉，两人一合计，得出了一个非常英明的结论，那就是不到万不得已，千万别去招惹明朝。

所以当他看到明朝和谈使者沈惟敬时，便下定决心要促成这次谈判，以保整个日本的太平。

于是，他向沈惟敬提出了和谈条件：以朝鲜的大东江为界，包括平壤城在内的以西土地，全部归还给朝鲜，并且将已经俘虏的朝鲜国王子也平安送还。

提完条件后，行长给了沈惟敬一笔钱，意思自然不言而明：回去多说点好话，争取早日敲定，实现和平。

此时的沈惟敬不但是外交官，更是一个商人，而小西行长则成了他的客户。

客户给钱了，自然要给予一流的服务。

他决定，通过自己的三寸不烂之舌，让李如松甚至是宋应昌接纳日本方面提出的和平条件。

在听完了沈惟敬的讲演后，李如松轻轻地问了三个字：说完了？

说完了。

那就去死吧。

随着一声令下，周围的士兵拉起沈惟敬就往外拖，迎接他的将是一把明晃晃的鬼头斩首刀。

很显然，李如松对于世界和平并没有多大的兴趣，即便有，那也是打算用自己手头上的刀枪来实现的。

就在这生死当口，一位叫做李应试的军参站了出来，挡住了士兵，并且对李如松表示，可以将计就计，假意同意跟小西行长谈判，伺机以图平壤城和小西行长的性命。

李如松表示同意。

他派人以沈惟敬的名义告诉行长，自己作为明朝方面援军的总大将，非常乐意接受他的和谈条件。

小西行长自然非常高兴，为表诚意，他派出家臣小西如安来到李如松的大营，表示愿意在数日内，将平壤城交出。

约定的日子是文禄二年（公元1593年）元月初六。

这天，平壤城城门大开，日军将领夹道迎接明军的到来，而李如松也慢慢悠悠地率部做起了接收大员。

就在快到门口的时候，他下达了进攻的命令，目标是所有日本人的脑袋。

然而，小西行长虽说不会打仗，脑子还是有的。

他事先就派人做了详细的调查，知道李如松来朝鲜之前正在宁夏平叛，并且杀掉了已经投降的叛军将领全族。

所以他认定，此人的话不能当真。

早有一手的行长一看大事不妙，立刻下令将城门全部关闭，并且让预先准备好的部队登上城门进入作战状态。

无奈之下，李如松只好撕破脸皮下令攻城，结果打了一小会儿，知道没希望了只得回家。

当然，他还会回来的。

两天后，李如松带领所辖部五万人来到，对平壤城发起了进攻。

平壤城东有大同、长庆二门，南有芦门、含毬二门，西有普通、七星二门，北有密台门，有牡丹峰高耸，地形险要。

而李如松的部署如下：蓟镇游击吴惟忠率领步兵（戚家军）当先，辽东副总兵查大受率领骑兵居后，攻击北部要塞牡丹峰；中军杨元、右军张世爵领兵进攻城西七星门；左军李如柏（李成梁次子），参将李芳春领兵进攻城西普通门。

之后，他又让祖承训所辖部换上朝鲜军的衣服，以去南面的芦门招摇撞骗麻痹对手。

比较戏剧的是，担任芦门防守的，正是投降日本的五千朝军。

最后的东门，李如松表示放弃，留下来给日军作为逃生通道。

为了确保战役胜利的万无一失，李如松还扛上了当时在日本非常罕见的大炮。

既然啥都准备好了，那就开打吧。

当天上午，平壤争夺战正式打响。

面对两倍于己的对手，小西行长进行了相当顽强的抵抗，李如松的大炮炮弹都快把城墙给轰塌了，日军却仍然站在墙头照着爬上来的明军乱砍。

一时间，谁也奈何不了谁，明军攻不破平壤，日军也赶不走对方，整个战场进入了一个胶着状态，南门除外。

尽管这场战争在朝鲜打起，尽管朝鲜都被打得快没了，但对于很多朝鲜人甚至是朝鲜军人来说，这天大的灾难跟他们没有丝毫的关系。

西北两口三门打得是头破血流，但这五千南芦门朝军依旧在看着城外的风景。

很快，他们就看到了祖承训所率领的部队，接着作出了第一反应——很高兴。

这也不奇怪，因为祖承训部清一色穿的都是朝鲜军装。

要知道，虽然朝鲜人打日本人没本事，但是吃吃自家人还是非常有一套的，南门的朝军误以为来了同胞，认定欺软凌弱的时刻到了，于是大家不顾一切地冲了出去，打算好好过一把战场砍人的瘾。

祖承训倒也不含糊，一挥手就下令冲锋。

要说朝鲜人脑子真的不错，才一接触就明白了那不是自己的同胞，而是大明王朝的军队。

那还说什么？散了吧。

这五千人就这么逃的逃，降的降，一点犹豫都没有。

此时的祖承训估计是哭笑不得，毫不客气地拿下了南芦门。

南芦门一失，等于是打开了一个缺口，明军纷纷涌入，开始对日军发起了里外夹攻，知道大势已去的小西行长在做了最后一阵抵抗后，不得不放弃了平壤城，下令撤退。

撤退的路线是李如松特意安排出来的东门，但当他们踏上逃跑之路才发现，这并非是一条逃生通道，而是一条死亡之路。

那里埋伏了数千军队。

又是一阵围攻后，丢下了数百具尸体的小西军才算突围成功。

行长打算先去平壤西南部的山城凤山城落脚，并且和那里的守将合并一处，一边抵抗明朝军队的攻击，一边等待汉城方面的援军。

凤山的守将叫大友义统，是叱咤战国的切支丹大名大友宗麟的长子。

切支丹就是天主教，在战国时代，信天主的大名也被叫做切支丹大名，不过这伙人里头真正肯为上帝献身的没几个，主要是打算利用宗教跟西洋人攀关系，以便从他们手里头弄到先进的武器顺便搞搞双边贸易。

不过大友宗麟是个异数，他既要洋人的东西，却也非常信仰上帝，虽然从整个战国历史的角度来看，这人也就是个普通的厉害角色，但在当时西洋人的记载中，他却是能够跟织田信长平起平坐的人物。

可是大友义统显然没他爹的那份能耐，这位仁兄一看到平壤的战火，立刻拔腿就跑，换句话说，小西行长还在平壤城内跟李如松拼命的时候，凤山城就已经人去城空了。

不得已，小西行长只能再退。

这一退，就退到了汉城，而李如松也趁机仅用了二十天不到，收复了凤山、延安（朝鲜地名）以及开城。

现在，朝鲜的首都就在他的眼前了。

虽然他非常想立刻攻下汉城，但李如松心里很明白，这是非常困难的。

攻平壤，他五万，行长两万，都打了老半天，还用上了那么多大炮，现在汉城内的日军有四万，人数大致相当，要想硬碰硬地拿下来，是几乎不可能的。

所以，李如松打算先停下脚步，好好考虑一下对策，思索一下战略。

这本是很正常，很正确，也很应该的做法，但终究没能做成。

原因出在柳成龙身上。

这位朝鲜时任领议政反复催促李如松尽快收复王京（今汉城），好让李昖早日回朝。

无奈之下，李如松下令由总兵查大受，副总兵祖承训率兵三千骑前去探路，暂时堵上了柳先生的嘴巴。

探路部队没走多久就来到了一个叫做碧蹄馆的地方，并在那里南部的砺石岭，遭遇了日军将领前野长康的部队一百余。

前野长康是丰臣家的老部下了，从秀吉还叫木下藤吉郎的时候就已经跟在了他的左右。

双方一阵激战后，日军败退，损失六十余人。查大受也不追赶，下令撤出此地，回到碧蹄馆驻扎过夜。

同时，李如松也接到了送来的汇报。汇报上称，探路部队碰到了日本的大军，小试牛刀打了几下，便斩首六百。

看了之后，李如松很高兴，随即他便率亲兵精锐一千，准备亲自去接应并支援查大受，同时又令李如柏、李如梅、张世爵各率军一千共往，最后，他还安排了总兵杨元率部五千作后随应援。

查大受也很高兴，他觉得虽然自己夸大了胜果，但日军确实不经打，如果日本人都是这种战斗力，那么光靠他这三千人，估计都能拿下汉城。

第二天大清早，下着蒙蒙细雨，查大受刚起床，正想打套军体拳然后去吃早饭，却听手下报说，有一股五百余人日军杀过来了。

没办法，早饭也没吃，也没有多作考虑他就率部出战了。

这股日军的带队大将，叫天野贞成，原名安田作兵卫。

天正十年（公元 1582 年）发生的那场震惊天下的本能寺之变中，织田信长的贴身小姓，有日本第一美少年之称的森兰丸，就是死在了这人的刀下。

本能寺之后，因为罪名太大，全日本都在通缉他，故而安田作兵卫只好改名换姓然后一路逃亡到了北九州，投靠了立花家。

当天野贞成一看到明军出战，二话没说当即带着大伙就开始跑路，而查总兵自然也不多废话，追着鬼子就杀了过去。

要说查大受真不是吃素的，才跑了没多久，他就率领三千人马将这五百日军追上给团团包围了起来，并且迅速发起了围攻，打算一口气全歼敌人。

巧倒也巧，追上的地方，正好是昨天他打前野长康的砺石岭。

正在查总兵包饺子的时候，又有一股日军出现了，这次的人数在八百左右，带队的也是立花家的家臣，叫小野镇幸。

包饺子正包得不亦乐乎的查大受，并不清楚这些人的出现意味着什么，此时在他的心里只有一个念头——日本人勿近，谁近砍死谁。

两军相交，又是一阵混战。

突然，在明军左翼响起了一阵呐喊声，一队约两千人的日军部队杀了出来，为首大将，正是立花宗茂。

查大受立刻醒悟了。

大清早的五百人，是传说中的诱饵，后来的这八百人，是为了将他牢牢地粘在砺石岭，现在这两千人，是上正餐，特地来料理他的。

只是有一点他还不知道，立花宗茂的两千人确实是来料理他的，但并非是正餐。

碰上这种事儿，是个明白人都知道该怎么做。

查大受就是这样的明白人。

他选择了撤退。

明军稍作抵抗后，摆脱了日军的缠杀，开始向北撤去，立花宗茂似乎并不打算就此罢休，他也亲自带了八百人，向着三千明军撤退的方向追赶了过去。

查总兵运气不错，很快就碰上了李如松的迎接部队，两人合兵一处，算是站住了脚跟。

立花宗茂见状也就此打住，在碧蹄馆的小丸山下布阵，然后下令开饭。

在战国时代，日本士兵上战场基本是不可能自备碗筷的，他们的一日三餐多是饭团，地位高的将领，饭团里大米饭多点，地位低的足轻，则多吃掺杂着粗粮的饭团，总之都是饭团。

宗茂拿到了自己的午饭饭团后，便带着个小板凳来到了明军阵地的前方，然后一屁股坐了下去，稳稳当当地吃了起来。

家臣们都吓坏了。

本来你带着八百人追着三千人乱打就够悬的了，现在人家变成了六千人，我们依旧是八百人，你非但不撤退，居然还敢大白天坐在别人家大门口吃午饭?

然而宗茂听闻这种担心后只是微微一笑，平静地说道："我知道，我们人少，对方人多，可打仗的时候，越是在人少的情况下，就越是要有必胜的信心，这样才能打胜。昔日军神上杉谦信公在攻打小田原城的时候，不也是如此吗？"

面对如此慷慨激昂且赤裸裸的挑衅，李如松选择了沉默。

倒也不是软弱，而是不知底细不敢轻易出战，再加上这时候挺忙的，没啥闲工夫。

他在骂人，骂查大受，顺便布阵。

查大受是该骂，但也得考虑到日军的进攻，毕竟这里离开日本人的大本营挺近，自己这么点人万一碰到敌人的大部队出动，那肯定是凶多吉少，但为了不让对方看出自己的底细，李如松决定暂时不动如山，静观其变。

缘此故，李如松在宗茂的北边，一个叫做望客砚的地方，摆出了鹤翼阵。

就这样，整个碧蹄馆恢复了平静。

这种短暂的和平维持了不到数小时便被打破。刚到下午，在望客砚的正面，出现了小早川隆景的部队大约两万人，向着望客砚逼近过来，在他的后面，还有黑田长政、宇喜多秀家以及特地来朝鲜视察的监军石田三成的部队共两万余。同时，吃完午饭结束午休的立花部队，也动了起来。

这才是正餐。

此刻的李如松面临着两种选择，要么赶紧走人，要么依山为托，等待后面杨元的救兵。

但是，李如松的选择却是第三种——进攻。

以六千人进攻四万三千人，看起来很傻很天真，但在此时，却是最好的办法。

走人，那是没可能的，碧蹄馆地形狭长，这天还下着雨，道路泥泞，怎么个逃法？

待援，那是不靠谱的，暂且不说杨元会不会放鸽子，你李如松那么多骑兵靠着一个山头打防御？能支撑多久？

唯一的办法就是冲过去，拼个鱼死网破。

虽然形势紧急，但还不至于绝望，因为前面我们说过，李如松手上的部队是他的亲兵精锐，也就是辽东铁骑。

一场大混战就此开始。

在这场混战中，大名黑田长政不知被谁一脚给踢到了河里，而边上路过的一位明将一见敌酋落水，也奋不顾身地拔出刀子跳下河准备痛宰落水狗。据目击者称："当时只看到河里若隐若现着一对水牛角，才知道是自家大人落水了。"

所谓水牛角，指的是黑田长政所带的水牛头盔。

后来为了跟福岛正则表示友谊，便用自己的头盔换了对方的一之谷兜。

又据知情者称，在长政落水的时候，有一位黑田家的武士站在那里袖手旁观，仿佛就是来朝鲜旅游的，边上小西家的一位家臣都看不下去了，对着他大喊说："那河里的是你们家的大人吧？都成这样了你咋还不去救呢？"

要说这位家臣真是泰山崩在跟前而面不改色，只是大声地回道：“真是我们家大人的话，他一定能自己爬上岸的。”

正在河里苦战的长政听闻此言，顿时怒气冲天，三下两下在水里夺过了明将的刀子然后反将其刺杀，这才狼狈不堪一身湿透地爬上了岸边，恶狠狠地瞪着那位说风凉话的家伙。

这位家臣的名字叫做后藤又兵卫基次。

另外，明朝方面的总大将李如松，也理所当然地遭到了日军的拼死围攻。

其中，立花家的小野成幸单身杀到了他的身边，正待举刀要砍，边上的李如梅弯弓搭箭，将其一击射杀。

成幸因为身着一身金色铠甲，故被称之为“金甲倭将”。

接着，李如松发现，自己的周围猛然又出现了十好几个金甲倭将，个个手拿刀枪，将其团团围住。

这些人都是立花家的侍大将，出国之前，宗茂为他手下将近两百名侍大将每人定制了一套金色铠甲，作为立花家的战服。

这边的李家军一看，砍死了一个冒出了一群，当场就慌了神，这一慌就不得了了，一下子被对方做掉了好几人，连李如松的贴身亲信李连升（裨将），也惨死在了乱刀之中，而他本人的坐骑，以及弟弟李如梅的头盔，都被日军的铁炮打中，其中李如松的那匹马被一枪击中头部毙命沙场。

正在此时，整整四万日军开始渐渐围了上来，打算慢慢将李如松部包饺子，就在这生死一线性命攸关的时候，杨元来了。

杨元带着他的五千后援，虽然慢是慢了点，但总算是到了，而且到的正是时候。

大家都打得累了，日军虽说围着对手一阵好打，但打了一整天却也没能把人家怎么着，反倒自己焦头烂额，无论是生理还是心理都快到极限了。

而明军虽说顽强抵抗，可怎么说也算是被人埋伏围殴了一整天，基本上就快崩溃了。

所以，当小早川隆景他们看到杨元的时候，一下子惊呆了，误以为明军的大部队援军来了，李如松他们看到杨元的时候，则如同看到了亲人，一下子士气高涨，大有掉过头来反咬日本人一口的架势。

但终究是忍住了，他知道，这是咬不得的。

毕竟到底多少人，李如松自己还是心知肚明的。

于是，面对主动撤退的日军，李如松虚情假意地追击了一番，便迅速撤退了。

然而，他并没有就此消停下来。

在一个月黑风高，伸手不见五指的夜晚，李如松派出了一支敢死队，来到了汉城附近的龙山，一把火将日军的粮仓给烧了个精光。

结果是，小西行长等率部不得已退出了汉城，朝鲜的首都总算是光复了。

但日本人还在，这把火并没有从根本上解决问题，而且似乎以后再也没什么机会这么干了。

而撤退后的小西行长，立刻率部牢牢地掌控了朝鲜半岛南部的土地，开始和李如松僵持起来。

这仗，在明朝方面，已经打不下去了。

要知道，从进入朝鲜之后的第一天起，明军的一切，包括军粮、军衣、武器、弹药等等，统统都由明朝政府买单，朝鲜人什么都不管，偶尔有了粮食，那也是卖给明朝军队，而且还是现钞经营，赊账免谈。

作为一支支援他国的兄弟部队，明军自然不能像日本人那样，看到粮食就抢，看到财物就夺，他们面对朝鲜人的粮摊儿布店，能做的除了乖乖付账之外还是乖乖付账，连讨价还价都不太可能，因为语言不通。

短短的几个月，李如松就已经花掉了几十万两白银，再这么弄下去，那估计就得砸锅卖铁了。

而且，因为李如松同志出身高级干部家庭，为人又比较叛逆，所以在朝中，特别是言官中的口碑相当的次，现在大家看到他在朝鲜花钱如流水，却依旧没能驱逐倭寇，顿时众言官纷纷提笔磨墨，递上一封封弹劾奏折，再加上朝鲜的柳成龙等人抱着“反正不是自己出兵，别人打死多少都随便”的心态，三番五次催促发兵，收复朝鲜其他失地，弄得李大人里外不是人，非常难堪。

同时，主和力量也应运而生，其中以兵部尚书石星为主的一群人，开始上奏万历帝，请求跟日议和。

万历表示同意，并且命令石星处理和谈相关事宜。

石部长则再次想到了沈惟敬。

此时的沈先生，已经在李如松的军营里，吃了有一段日子的牢饭了。

重见天日的他，又一次开始了自己的“外交生涯”，来到了小西行长的帐内。

行长看到沈惟敬，是非常高兴也非常兴奋的，他紧紧握着沈将军（沈惟敬被任命为游击将军）的手。

因为这仗，日本早就打不下去了，特别是小西行长，他所直辖的第一集团军，原来有一万八千七百人，可现如今，只剩下了六千五百人，减员几乎达到了三分之二，其他军团虽然没他减得那么厉害，但或多或少都有损失，况且在跟明军较量了数次之后，日军阵内普遍达成了这样一个共识：有生之年只要明朝还罩着朝鲜，自己就别想再在这半岛的土地上前进一步了。倒也不是说明朝的军队有多么厉害，而是明朝的国力实在是太过于强大了，强大到无法测算的地步，如果跟这样的国家交战，那么耗光整个日本，也不见得能赢。

那就和谈吧。

文禄二年（公元1593年）三月，小西行长和沈惟敬达成了初步的共识——决定由沈惟敬亲自带领明朝使节团去一次日本，和丰臣秀吉面谈。

同年五月，沈惟敬漂洋过海来到了名护屋，见到了秀吉。

秀吉提出了七点要求：第一，迎娶明朝的公主做自己的妻子；第二，发展双边贸易；第三，明日两国永结同盟；第四，朝鲜南部土地割让给日本；第五，朝鲜送王子一名到日本作为人质；第六，日本方面释放被抓获扣押的朝鲜王公贵族；第七，朝鲜方面承诺永不背叛日本。

凭良心讲，这七条真的是很过分的，几乎是要把朝鲜灭国了。

而对于明朝，虽说是并没有什么过多的要求，通商也好，结盟也罢，都是正常的国与国的交往，但依然存在着一条比较无耻无理的，那就是要个明朝的公主做老婆——还不是大老婆。

堂堂大明公主岂能嫁给下邦做小？

所以，当秀吉当场一口气说完了这七条后，忐忑不安地看着对面的沈惟敬，等待着他的讨价还价甚至是杀价砍价。

但是沈惟敬做出了一个他做梦都没想到的举动——全盘答应，毫不犹豫。

答应之后，沈将军还当即表示，口说无凭，你先把你那七条给写在纸上，我回去给我们家皇上敲个图章，就算完事儿了，大家都太平了。

秀吉一愣：沈先生你刚才说啥？

于是沈惟敬又不厌其烦地重复了一遍：您把您那七条写纸上，我回去给我大明皇帝盖章，咱这就算完了，天下太平了。

秀吉傻了。

他没想到，真没想到，天朝使者居然全盘答应了他提出的所有条件，无论合理不合理，全部接受，连眼睛都不带眨一下的。

这……该不是在忽悠我吧？

恭喜你，答对了。

沈惟敬就是来忽悠的，当然，忽悠的对象，并非单单秀吉一人。

更要命的是，参与这次忽悠的，竟然也并非沈惟敬一人。

数日后，他拿着日本方面开出的条件，带着日本的使者，小西行长的家臣小西如安来到了北京，见到了此次议和的负责人，石星。

对于日本的条件，石星没看，因为沈惟敬没告诉他日本人提条件了，其实就说告诉了也没用，因为石星不懂日语，朝中也没人会日语，除了沈惟敬。所以这条件怎么说，还得由着他乱忽悠。

面对不远千万里来到北京的日本使臣小西如安，石部长没有任何多余的废话和好脸色，直接开出了三个条件：第一，日本人必须全部撤出朝鲜；第二，明朝册封丰臣秀吉为日本国王，并且册封其他主要日本武将大名为明朝臣子；第三，日本必须答应永不侵犯朝鲜。

要说这条件也够厉害的，把日本在朝鲜厮杀了好几个月，丢下好几万条人命的奋斗成果一下子全给抹杀了，不过考虑到毕竟是谈判，所以石部长说完之后照惯例等着小西如安的讨价还价。

可结果没想到的是如安和沈惟敬在名护屋时的表现如出一辙，也当场将这三个条件全部给答应了下来，并且还告诉石星，自己连无条件的投降书都给带来了。

石星大惊，他压根就没料到事情居然能够如此顺利。在接过如安递来的降书仔细看了看后，发现内容并没有什么出格的地方，石部长立刻一改刚才冷冰冰的态度，对如安表示，兄弟你先歇着，我呈报给皇上，结果不几天就能下来了。

如安拜谢而去。

石部长做梦都没想到，这份交给大明王朝最高统治者的日本国投降书，是沈惟敬先生自己手工制作的。

看到这里，是个人都该明白了，沈惟敬跟小西行长串通了。

同时就这么出现了以下几个疑问：首先，沈惟敬为何要代表明朝政府欺骗丰臣秀吉？其次，小西行长又为何要跟沈惟敬串通一气？第三，作为这场在外交史中被留下重重一笔的闹剧的两位主要参与者，他们莫非真的就不计后果吗？

还是老样子，一个个来看吧。

沈惟敬，肯定是收钱了。收的是小西行长的钱，反正行长有钱，给个千八百万的也不成大问题。收了钱，就要为客户服务，满足客户的需求。行长希望的是，沈惟敬能够成功忽悠丰臣秀吉，让他停止这场战争。

沈惟敬是个商人，主要游走于中日朝三国，现在这三个国家都陷入了战火，那还做个屁生意？

只有和平，才能赚钱。

更何况，如果他能成为让世界重归和平的头等功臣的话，那么必然会受到三国高层的青睐和重用，这显然有助于自己以后的挣大钱事业。

顺便一说，小西行长和他的第一集团军各将领，其实都是跟中朝两国有着密切贸易往来的诸侯，所以也都盼着早日能够恢复和平接着赚钱。

就这样，一场拼死吃河豚的大戏上演了。

不过数日，石星就把降书给送到了万历的面前。

没能看出真伪的朱翊钧也很高兴，高兴之余，他又问小西如安要日本方面准备接受册封的大名名单。

如安说，名单没带，忘家里了，现在让人给送来。

万历很宽容地表示可以等待，但是要求日本人从现在开始陆续撤出朝鲜。

于是，从文禄二年（公元 1594 年）起，日本开始不断从朝鲜撤军，但依然留下了九州出身的诸大名，如岛津义弘等人，牢牢地守住了南部地带。

对此，并没有任何人多说什么。

至于明朝方面，则表现得更加积极了，早在文禄二年（公元 1593 年）七月，双方还在试探性谈判的时候，李如松就奉诏撤兵回国了。

想想也正常，好心支援了别人一年多，买斤青菜都要付现钞，这种鬼地方谁爱待？

和平终于来了，虽然有些假冒伪劣的感觉，但终究是让人看到了和平的模样。

文禄五年，也就是万历二十四年（公元1596年）九月，在经历了两三年的休战后，明朝的使者终于来到了日本。

为首两人，一个什么也不知道，名叫杨方亨；另一个什么都知道，名叫沈惟敬。

对于他们的到来，秀吉着实非常高兴，他在大阪城内设下了豪宴款待来访使臣，宴会上，杨方亨将明朝赐给秀吉的锦袍玉带当场交给了秀吉，将会场的气氛推向了高潮。

按照日程安排，第二天便是正式册封。

秀吉等这一天已经等了很久了，在他看来，自己的一切努力等待都没有白费，一旦到了明天，自己的侵略战争将被合法公认化，自己将名正言顺地拥有朝鲜南半部的土地。

虽然他还有一个疑问，按照小西行长他们的汇报，明朝方面将自己的七个条件全部都答应了，可为何明朝的公主这次没有来?

那当然是不会来了。

明朝方面，仅仅准备了册封秀吉为日本国王的诏书以及用来分发给诸大名的几十套明朝官服而已。

啥都不知道的杨方亨也很高兴，他意外地发现其实丰臣秀吉虽然脸长得跟传闻中一样，但性格却非常豪爽热情，看来明天的册封仪式一定会非常顺利的。

然而，沈惟敬却睡不着了。

三年来，他使足了劲，坑蒙拐骗，忽悠拖延，可都无济于事，这一天终究还是到来了。他知道，一旦到了明天的现场，他的这场惊天骗局将被彻底拆穿，等待自己的，将会是家破人亡。

同时辗转反侧的还有小西行长。

无论怎样，第二天的太阳终究还是和往常一样地升起了。

仪式上，秀吉本人自然不去说，连其他所有的陪坐大名，都穿上了明朝的官服，可见对此是极为重视的。

当念诏书的时候，大家都屏气凝听，心情异常激动，都觉得这次好歹也算是混出了个结果，受到了国际社会的广泛认可，然而，心里想是这么想，耳朵里听到的却是：

“兹特封尔为日本国王，赐之诰命。于戏龙贲芝函，袭冠裳于海表，风行卉服，固藩卫于天朝，尔其念臣职之当修。恪循要束，感皇恩之已渥。无替款诚，祗服纶言，永尊声教。钦哉！”

读完了，就这些，什么明朝公主、朝鲜土地，统统没有。

秀吉怒了。

他当场就冲上前去，将诏书从奉命朗读的和尚手里一把抢过，然后将其扯烂，丢在地上，之后还觉得不过瘾，又踩上了几脚，并且发了话：“老子掌握日本，要当国王直接就能当了，还用得着他明朝来册封？”

大家一看情形不妙，连忙站起身来拉的拉劝的劝，就在这混乱的当口，有位大名将掉在地上的破诏书给捡了起来，偷偷地藏在了怀里。

此人名叫龟井兹矩。

也因为这个举动，使得这份珍贵的历史文献流传至今。

发完火，秀吉当即开始算账。

首先就是沈惟敬和杨方亨，看在是外国人的份上，将这两人一顿好骂，赶了出去。

可怜的杨方亨，就这么莫名其妙地漂洋过海，莫名其妙地出国访问，现在又莫名其妙地被人给赶走了。

沈惟敬则心知肚明，他知道一旦回国，事情穿帮，自己就算是玩完了。

于是，他就近躲到了朝鲜。这样一来，身处国外，似乎就平安无事了——前提是万历帝不追究他。

那真的是不可能的。

得知了整件事情前因后果的万历，也是气得暴跳如雷拍桌子摔板凳的，当场下令立刻将国际大忽悠沈惟敬捉拿归案，严加处罚。

就这样，在朝鲜避风头的沈先生被人用绳子一套，拉回了国内，关进大牢。三年后，被处死。

同时遭到连累的还有石星。

虽然严格来讲，石部长其实也是受害人，可当时已经失去理智了的朱翊钧却非常偏执地认为他是忽悠同谋，也将其革职审查，最终他非常悲惨地死在了牢狱里。

话再说回大阪，这秀吉算账的第二个人，是小西行长。

正在火头上的他也没多作考虑，直接就下令将行长关入死牢，等待最后一刀。

好在行长平时虽然跟其他大名的关系还算一般般，但和前田利家却是走得非常近。于是，利家先是自己去求情，然后再找到了太阁夫人——北政所宁宁帮着一起说好话，这才算是不了了之。

前田利家是菅原道真的后裔，同时也是丰臣秀吉为数不多的好朋友之一，自年轻起两人就是至交，当年秀吉还是个给信长提鞋的穷小子，而利家则是尾张比较有名望的前田家四少爷，但即便如此，后者也并未看不起前者，仍是跟他走在一起，所以当前者飞黄腾达之后，也没忘记后者，不仅给了他百万石的领地，还依然把他当作自己的挚友。

一个老朋友，一个结发妻，这两人说的话秀吉多多少少还听得进去。就这样，小西行长总算是被留了一条命，但还是被狠狠地骂了一顿。

骂完之后，就是重新开战了。

庆长二年，也就是万历二十五年（公元 1597）正月，几乎还是原来的那几路人马，再度整兵渡海征讨朝鲜。

总人数号称十四万，至于真正的数字，其实也就七万多而已。

这是不难理解的，毕竟在之前数年里，派往朝鲜的诸大名几乎个个焦头烂额伤亡惨重，最要命的是，很多大名的战意也消减了不少。丰家面对这种情况，只能同意大家伙能少派点兵，每家派兵的数量分别在文禄之役的数量基础上减去三成到一半不等。

而作为战争发起者丰臣秀吉，对于战争已经不再那么热切关心了，这并不仅仅因为此时已陷入被动泥泽的日本军队，不再有文禄之役时的捷报连连，最主要的原因是——秀吉此时的健康状况已经非常差了，完全没有了之前的那个精力。

这场被称为庆长之役的战争和之前那场被叫做文禄之役的差不多，一开始仍旧是日本方面的一边倒，可怜的朝鲜眼看着又要再被灭一次，不得已，只能再向明朝发出了求援信。

明朝的回信很短，意思很简明："宜自防，不得专恃天朝。"

李昖快绝望了。

这要真能自防早防了，还用来找你吗?

万般无奈之下，朝鲜方面再次向明朝发出了多次援救请求。估计也是被催烦了，三月，明朝方面正式派出了援军，第一批总数在三万人，于当年二月开赴朝鲜。具体安排如下：总兵麻贵率一万七千人驻守汉城；杨元率辽东骑兵三千人，驻守南原；陈愚忠率骑兵三千人，屯兵全州；吴惟忠率三千人进至忠州，与南原军互相呼应；茅国器率兵三千人屯星州，控制岛岭、秋风岭；之后还有几万人，为第二批援军。

战略思想很明确，第一批先固守要塞，等待第二批，第二批一到，正式开打。

不过日军显然没有任何配合这个战略的打算，六月，日本驻兵釜山，开始逼近梁山（朝鲜地名）、熊川；七月，又分两路，左军小西行长四万多人进攻全罗道要害南原，右军加藤清正三万余进攻全州。

与此相对应，南原守将杨元，手下三千。

全州守将陈愚忠，部下三千三。

这是怎么也不可能守得住的。

然而杨元依旧死守了南原数日，给予了日军相当重的打击，最后在毫无办法的情况下，只得只身逃出，余部全员战死。

至于陈愚忠，则完全和自己的名字相反，一点也不愚，更加不忠，一看到加藤清正的大军，立刻率部逃跑，毫无损失。

陆地上被人打了，海面上也同样输得很惨。

在巨济岛，朝鲜水军被藤堂高虎等人打得人死船沉，几乎全军覆没。主将元均也同时战死。

而此时此刻，朝鲜海军的灵魂人物李舜臣，正在扛长矛。

这主要是因为先前战死的那位元将军的功劳。

第十五章
明朝联军大反击

在之前的几年里，由于日本海军充分领教了李舜臣的威力，以至于在庆长之役开战之前，秀吉就决定想个什么法子把这位海军天才从地球上抹杀了。

明面的打仗是没希望的，背后的暗杀也是不靠谱的，想来想去，只有政治陷害这一条路了。好在千百年来，朝鲜跟中国学了那么久，富国强兵没学会，政治斗争却是青出于蓝而胜于蓝。

于是，日本方面故意放出风去，说加藤清正会在全罗道登陆，听闻此言的朝鲜宫廷立刻下令李舜臣出海阻击，打算将加藤清正消灭于大洋之上。

然而李舜臣拒绝了。

原因有二：首先，加藤清正部总共有三万多人，上千艘战舰，李舜臣不过几千人外加数百条破船；其次，李舜臣是学过算术的。

所以，抗命了。

这种行为是正确且勇敢的，后果却是严重的。

当时朝廷上下就哗然了，大家认为李舜臣胆子太大了，才打了几个胜仗就公然不把王命放在眼里，实在是有些嚣张过头，再加上一批被日本收买的朝鲜人在民间四处散布李舜臣勾结日本，拿了日本好处费之类的无聊谣言，所以，李昖打算将其罢官。

不过，很快就有一些人提出了反对意见，为首的正是元均。

元将军的意思是：罢官是不够的，处死还差不多。

估计李舜臣平时做人实在做得太失败，在这个节骨眼上居然没一个人站出来公开反对这个提议。

所以，他就这么被关入了死牢。

不幸中的万幸是，李舜臣依然有一个朋友。

他就是柳成龙。

在这最危险的关头，柳成龙站了出来，为自己的发小辩护并且奔走相告，总算是让李舜臣从死牢里给放了出来。

不过，死罪能免，活罪难逃。出狱后的李舜臣变成了一介白衣，也就是普通的长枪小兵，并且还有红头文件，明确规定此人“永不录用”。

现在，元均死了，朝鲜的海军基本算是完了，朝廷总算是想起了李舜臣，连忙又将他从小兵帐篷里给解放了出来，重新任命为节度使，并且将一支船队交付于他指挥，让他带领着这支队伍全权负责抵御日本从海洋而来的进攻。

用来抵御日本海军的船队，总共只有十二艘船。

我没骗你，真的只有这些，其他的都被元均给败光了。

纵然是李舜臣，也没办法了。

在扑灭了朝鲜水上力量后，日军转而将矛头对准了汉城，不过在麻贵、解生两人的拼死防卫下，总算是守住了朝鲜的首都。

差不多也就在这个时候，明朝方面的援军终于如数全员开到了。

总大将邢玠以下，共分三路：东军指挥，麻贵；西军指挥，刘铤；中军指挥，董一元。

简单介绍一下这四个人吧。

邢玠是时任兵部尚书兼蓟辽总督，属于幕后指挥的级别，当时并不在朝鲜，对于不出场的人，我们就暂且忽略一下。

麻贵，大同人，回族，父亲麻禄，嘉靖年间的大同参将。他自年少参军，一路做到都指挥佥事，之后，又担任了大同的新堡参将。在此期间，发生了鞑靼入侵事件，边城山阴、怀柔等地相继如数被攻陷，唯独麻贵负责的右卫城丝毫不动，安然无恙，也因为此，战争一结束他便被提拔当上了副总兵。之后，他又相继担任了当时叛乱、入侵频发地区的宁夏以及大同的总兵。

明万历二十年（公元1592年），宁夏发生兵变，当地豪族哮拜起事作乱，时任宁夏总兵麻贵奉命出兵平叛，在那里，他碰上了一起来的李如松。

最后的结果是哮拜被两人联手打败，并且灭族。

从此，麻贵晋升到了“名将”的级别，而他们麻家，也成了赫赫有名的将门，跟李成梁的老李家被合称为“西麻东李”。

这次麻贵担任的职务是备倭总兵官，也就是三路大军的现场指挥总负责。

刘铤，南昌人，广东总兵刘显之子，自幼随父上战场，从缅甸一直打到贵州，被人称作刘大刀，作战时用一杆一百二十斤的镔铁大砍刀，根据史书记载，他能够拎着这杆大砍刀在马上“轮转如飞”。

这显然是夸张的修辞手法，事实上，刘铤之所以成了后世所称的“名将”，纯粹是因为这家伙运气好，死在了努尔哈赤的手里。偏偏明史是清朝人写的，清朝的史书自然要将自己的开山老祖努尔哈赤给尽量往高了抬，而抬高努尔哈赤的一个重要手段就是，将栽在他手里的敌人也抬高一下。

最后一个董一元，虽然比起前面两人，名声方面是低了不少，但是能力却一点都不差。他也是将门之后，父亲董旸在嘉靖年间为宣府游击将军。当时，蒙古部族首领俺答进犯滴水崖，董旸力战至死，朝廷对其追赠嘉勉。其兄董一奎，曾任都督佥事，先后镇守山西、延绥、宁夏三省边防，以勇猛著称。

而对于董一元，世间普遍的评价是，不但勇猛不输给哥哥一奎，而且在谋略上更是远远地将其超越。

嘉靖年间，董一元任蓟镇游击将军。当时土蛮、黑石炭等部一万余骑兵进犯，总兵官胡镇率兵抵抗，董一元功劳最高，升任石门寨参将。

明万历二十二年（公元 1594 年），董一元任辽东总兵。当时，蒙古部泰宁速把亥被官军杀死，他的次子把兔儿联合各部落声称要为父报仇，屡犯边疆，董一元率部在镇武设伏，击败了把兔儿，此战共歼灭敌军五百四十人，俘获骆驼马匹两千余，蒙古豪族伯言儿战死，把兔儿受伤逃亡。

万历帝闻后大喜，他亲自祭告郊庙，感谢他祖宗朱重八保佑他大明获得如此胜利，进封董一元为左都督，加封其太子太保衔，赐世袭本卫世指挥使。

然而，并不意味着这样就天下太平了，把兔儿虽然逃走，但本着一小撮境内外反动分裂分子毁我大明江山不死之心，依然在积蓄着力量准备下一步的反扑，对此，董一元决定先发制人。

当年冬天，董一元率领精兵踏冰渡河，直奔敌军老巢，过墨山时，天降大雪，大军急行四百里，三昼夜之后到达，斩首一百二十级，全师而还。

虽说人杀得不多，但造成的影响是非常大的，整个蒙古草原都震动了。

于是，原先跟着把兔儿一起作乱的各部落开始动摇，有的甚至主动要求和明朝重归于好，而把兔儿本人则彻底郁闷了，最后就这么郁郁而终。

值得一提的是，董一元当年曾任辽东总兵，任职期满后，万历找了一个人来继任他的位子，这个人便是李如松。

西麻也好，刘大刀也罢，说穿了纯粹是运气好，前者就压根没碰上几个能打的角色，所以不太打败仗，后者虽然碰上能打的还被人打死了，可人家偏偏喜欢抬高对手，因此，也就出现什么一百二十斤轮转如飞之类的了。

真正那个能打的，还真就运气不好了，碰上了更加能打的，一仗战败从此被掩埋在了历史的黄尘之中。

刚才的那三位是陆军三路指挥，接下来再说说大明海军。

鉴于朝鲜海军已经处在了名存实亡的状态，所以明朝政府决定加派海军部队开赴朝鲜。海军为首将领有两个，一个叫陈璘，另一个叫做邓子龙。

陈璘，广东人，性贪爱财，凡经手军饷经费一定要扒去一层，不然晚上睡不着觉。

就是这么一个人，偏偏军事天分相当高，从陆地到海上，从山贼到倭寇，就没有他打不过的，但是因为品行很差，还不会说官话（陈璘说的是一口当时很少有人能听明白的广东方言），所以升官升得很慢，因为无法沟通，这次实在是因为朝鲜情况紧急，不得已才任命他为明朝海军总司令。

至于邓子龙，则完全是一个慈眉善目的老大爷，他是江西人，出国参战的时候已经六十八岁了。他从一名普通的小校做起，多年来，奔波于广东、云南、缅甸、福建，东征西讨，战斗经验丰富，而且人品很好，待人宽厚，不搞歪门邪道，什么贪污军饷、克扣钱粮之类的事，在邓子龙这里是听都没有听说过。

总的来说，这两人给人的印象是截然相反的，陈璘就好比弄堂里面整天不务正业偷鸡摸狗的中年二流子，而邓子龙就是那个见谁有难都会帮一把的邻家大爷。

这是一个是人看了都会顿感不可思议的组合，却也是一个相当无敌的组合。

庆长二年(公元1597年),上述的几位将领率七万余人再次开赴朝鲜。

出发之前，麻贵特地交代陈璘，告诉他大明的海军并没有固定的目标，只要率领舰队游荡在大洋之上，看到日本船只直接击沉就可以了。

于是，陈璘从海军指挥摇身一变成为了朝鲜海域的海贼王，但凡过往船只就没有他不抢的，有时候甚至连朝鲜的商船队伍他也要上去揩一把油。

而此时的李舜臣，又开始奋斗了起来。他带着被元均基本败光了的朝鲜海军，在鸣梁大破藤堂高虎的舰队，并且和陈璘联手，共同打击日军的补给线，展开了海上的封锁。

与此同时，各地的朝鲜义军、正规军再度活跃起来，纷纷和明军联手，共同打击侵略者，而在规模上，朝鲜义军有了相当的长进，比起之前文禄之役几百数千的小打小闹来，在庆长之役后期，义军基本动辄就能达到万人，可谓是形势一片大好。

而日本人那边的日子，则比较难过了。

这批五年前意气风发渡海出国的二世祖军团，现在早已没了当年的豪气。继续进攻，那是没的可能，要想撤退，却又因没有命令而不敢擅专，更何况海上还有明、朝联军的封锁。

现在唯一能做的，就是固守，或者说死守现有的领地，拖上一天是一天。

于是，日本人开始在朝鲜大肆修山寨，造城池，加强防御以备不测，并且将自己的三路大军布成一个品字形阵线，以便互相呼应。

当然，麻贵并不打算坐视不管。

庆长二年（公元1597年）十二月二十一日，还处在修建中的蔚山城，突然迎来了以麻贵、权慄（朝鲜元帅）为首的将近六万明、朝联军。

这些人是来攻城的。

蔚山城，建造于蔚山之上，而蔚山，是釜山的最后屏障，战略位置极为重要，交通便利且可直达大海，一旦被人攻下，则意味着日军的后勤保障乃至回国退路被全部切断。

在这样的危急时刻，原本负责防守蔚山的两名主要日军将领——加藤清正和毛利秀元都不在现场，清正在离城不远的西生浦，秀元则去了釜山。

留在蔚山的，只有浅野长政为首的一万人。

二十二日，明军先头一千余人进行了突袭，日军措手不及，慌乱之中，毛利家家臣冷泉元满、阿曾沼元秀等人先后战死。

闻讯赶来的浅野长政立刻发兵追击，但是却中了对方的埋伏，一阵乱斗之后，日军损失五百余人，浅野率部退入城内龟缩不出。

同时，两国联军以最快的速度完成了蔚山城的三面包围。

好在这时候，总指挥加藤清正迅速从西生浦结束了出差工作赶到了城里，开始带领大家一起抵御来攻的两国联军。

二十四日，联军开始攻城，但是日军依托要塞和险要地形，利用铁炮将来攻之敌如数击退。

二十五日，明军休息，本来朝军也是休息的，但是朝鲜大将扬元对着元帅权慄大声疾呼道："明国人虽然休息，但是我们朝鲜人绝不休息！"

被感动了的权慄当即下令，由朝鲜人单独攻城。

于是，朝鲜人爬山，日本人打枪，明朝人围观。

结果是，一阵铁炮，朝鲜军争先恐后地逃下了山，开始和明军一起休息了起来。

二十六日，风雨大作，联军本着大无畏的精神顶风作战，但依旧无果。

二十七日，这一天虽然战场上依旧没有结果，但是麻贵想出了一个绝好的主意，那就是火攻，并且当下就准备齐全了各种可燃物，准备在第二天放火烧山。

但第二天却是大雨倾盆，放火计划顿时成了泡影。无奈之下，麻贵终于顿悟出了一条新计谋：既然打不死你，干吗不困死你？

连续做了快一个星期的无用功，麻将军的脑子总算是开窍了。

之前我们就提过，蔚山城还处在修建中，换言之，这就是一座烂尾楼工程，防御效果已经打上了一个折扣，而且，此刻城内的物资也极其匮乏，粮食暂且不提，都十二月末的大冬天了，炭薪、棉衣却是异常缺乏，甚至连饮水都严重不足，所以城池被攻破，那本身就只是一个时间问题。

对此，明军主将麻贵主动派使者前去谈判，要求加藤清正主动投降，只要交出城池，可以既往不咎，并且让全城大小安全地回日本。

当两名使者来到城内见到清正后，清正对于投降一事表示要考虑考虑，接着他又提出，希望能够先交换俘虏。

对于清正的提议，麻贵明确回答不行，并且认为是多此一举——你只要投降了，明朝的俘虏你自然要放，日本的俘虏留在我这儿当然也没用啊。

但是加藤清正似乎特别执著于俘虏一事，他三番五次地要求先交换俘虏，然后再投降，还强调说这是原则问题，违反原则的事情他是不会做的。

就这么来来回回地拉锯了好几次，麻贵又明白过来了，他们是在拖时间。

可还是慢了半拍。

庆长三年（公元1598年）一月三日，从西生浦来的日本援军终于出现了。分别由锅岛直茂盛、黑田长政、加藤嘉明、毛利秀元、长宗我部元亲等共率一万三千人马分四路从水陆两道开来。

元月初四，联军开始撤退。

这真的是一个很莫名的行为。毕竟日本人里外加起来不过两万余，而明、朝联军的人数至少仍在五万之上，这种情况下跑什么？

但还真就有人下命令让撤了，这个人叫做杨镐。

杨镐，河南人，万历年进士。他当时的职务，说得官方一点，叫做右佥都御史，说得白话一点，其实就是明朝援军的现场副指挥。名义上是麻贵的下级，但实际上，因为杨镐是文职，依照明律文高武一等，所以，他就是名誉总指挥。

在不久之前，杨镐还在蒙古打了个败仗，这次被派到朝鲜是戴罪立功来了。

可惜因为能力有限，所以功还没立，又戴上了新罪。

杨镐撤退的原因是因为他害怕日本援军将自己退路截断，然后两面夹击把自己歼灭。

其实他并不知道援军到底有多少人，只是看到了又是马又是船的，心理上退缩了。

这一退缩，就把原本的胜仗变成了败仗。

本来麻贵心里也不踏实，一看杨镐下令撤退，也顺坡下驴地开始具体安排起撤退计划了。

计划比较简单，明军分四路先后撤退，动作越快越好。

但是刚刚起步没走了多少路，日军就追过来了。

带头的是毛利家家臣吉川广家，小早川隆景的哥哥，战国名家吉川元春的儿子。

杨镐见状，立刻改变了行动模式，将原本的撤退模式自行转换为逃跑模式。

这下算是坏事儿了。

领导一跑，属下自然责无旁贷，纷纷效仿，终于，将原本唾手可得的胜利转化为了集体逃亡。

而日军方面自然也毫不客气，从一开始的吉田广家，到之后的黑田长政、锅岛直茂，都纷纷加入了追杀行列，到最后连原本被打得缩在城里伸头喘气都不敢的加藤清正，也带兵出来过了一把乘胜追击的瘾。

最终，明军大败，幸亏游击将军茅国器等人拼死殿后，才不至于全军覆没，但也造成了丧师万余的严重后果，根据日本方面首实检的报告来看，被割下头颅的联军共有一万零三百八十六人。

所谓首实检，就是日本人在打完仗后统计砍下敌军的人头数，因为战国时代，武士根据军功得领地或赏钱，而那军功，就是指你在战场上砍了多少人。

一般来讲，这种统计比较严谨——毕竟这世上并不存在心甘情愿给部下涨工资的领导。

战后，杨镐被众言官结结实实地参上了一本，然后万历下令撤销其在朝职务并且立刻回国。

接着，麻贵开始收拢残部，并且要求朝廷增援。

万历表示同意，于是，在朝明军达到了十万余。

这里需要说一下的是明军的人数。

关于这场援朝战争，明朝方面到底出动了多少人，历来众说纷纭，之前的文禄之役倒还好，基本上意见比较统一，总人数以李如松为首的四五万人，但后来的庆长之役就不同了，从五六万到七八万，一直到十五、二十万的说法都有。

根据最为正统的《明史》记载，明军在庆长之役中所派遣的人数基本上为八万。

但是，最正统的不见得就是最精确的。

《明史》这部史书，相对来说确实是比较严谨正统，这个没错，但问题是先天不足。因为清朝在修编此书之前，恰逢爆发了一系列的文字狱事件，使得大量的关于明朝的文献记录资料被销毁，所以在一些数字细节上，往往会出现或多或少的误差，此外，清朝的史学界虽然习惯通过抬敌人来达到抬自己的目的，但更多的则充斥着对前朝的人为贬低。整部《明史》中，贬低明朝国力的文字比比皆是，有意压低明朝军力财力的痕迹也不少见，所以，对于这八万人的数字，多半是缩水的。

实际上，关于赴朝的人数，在当时的朝鲜以及明朝都有记录，比如朝鲜的《宣祖实录》《神宗实录》《肃宗实录》《光海君日记》等书以及明朝的皇明经世文编等。根据这些史料，我们可以得出明朝先后两次出兵朝鲜的总人数为十六万五千人左右，去除文禄之役的那四五万人，剩下的就是庆长之役的参战人数，基本在十二三万上下。

援军到手之后，麻贵再次作出了部署。

东路军，明军两万四千，将领麻贵，朝鲜军五千五百，将领金应瑞，目标仍旧是蔚山。

西路军，明军两万一千九百人，将领刘铤，朝鲜军五千九百二十八人，将领权慄，目标顺天。

此外，为了配合陆军顺利拿下要塞顺天，麻贵还安排了联军水师协同作战，由陈璘带一万九千四百人和李舜臣的七千三百二十八人一起，水陆两道一起夹击顺天。

最后是中路军，由董一元率领的四万五千人外带朝鲜军队四千两百六十人，目标是泗川。

单从陆地上来看，泗川的战略位置最重要，一旦被攻下，那么蔚山和顺天两处的日军将被隔开，彼此不能呼应，联军也能顺顺当当地将其各个击破。因此，明军的中路军不但人数最多，指挥官也是最强的。

九月，大明左中右三路大军正式出征。

相比之下，日军在人数上占了很大的劣势，东面的蔚山城和西生浦城由加藤清正、黑田长政等人防守，人数在三万左右；而在釜山的基地，则停留着石田三成直辖的五百艘输送船；水军基地巨济的防务，则毫无疑问由九鬼嘉隆为首的一干人等来承担，他们的总人数大约在八千；西面的顺天光阳，屯守着小西行长、细川忠兴、大村喜前等一万三千人左右；至于中路要点泗川，只有岛津义弘的七千人。

事到如今，大家都已明白，这是最后的决战了。

对于明朝来说，胜，则能将侵略者一举赶走；败，则还得接着耗下去。

对于日本来说，胜，便有希望能活着离开这让他们做了整整六年噩梦的半岛；一旦失败，这噩梦之地，终将成为他们的坟墓。

正当双方鼓足了精神，做好了准备即将拼命的时候，日本的使者却出现在了朝鲜。

他们的主要目的只有一个——极力求和，万一求和不成，则准备全线撤退。

这是德川家康和石田三成的命令。

秀吉死了。

当年八月十八日，太阁丰臣秀吉病逝于伏见城，享年63岁。

早在数年前，秀吉就已经出现了浑身疼痛等症状，并且食欲消减，身体日渐消瘦，一直到庆长三年（公元1598年）春，病情突然开始恶化，短短数月，便已经到了食物不能下咽，腹部剧烈疼痛的痛苦境地。即便汇集了天下的名医为其诊断看病，却也毫无效果，就这样一直到死。

在生命即将终结的时候，秀吉将前田利家、毛利辉元、上杉景胜、德川家康和宇喜多秀家五人叫到病床跟前，一一嘱托他们，希望他们能够效忠自己尚且年幼的儿子丰臣秀赖。

尽管秀吉要这些人又是写保证书又是起血盟的，态度非常强硬，但口气却是非常柔和，让人感觉到的丝毫不是什么命令，而是一个临死的老人在哀求着什么。

“希望大家能够好好照顾秀赖，他还小。真的，拜托了，拜托了。”

这大概就是父亲吧。

之后，秀吉又决定，由德川家康担任秀赖的监护人。

安排了一切之后，他离开了人世，这个对他来说如同一场短暂的梦的世界。

“朝露消逝似我身，世事已成梦中梦。”

从一介农民出身，从为信长提鞋送饭开始，他每走一步靠的都是自己的努力，没有背景，没有后台，甚至在一开始连朋友都没有，但是他依旧做到了绝大多数人都无法做到的事情，他用自己的手亲自终结了百年的战乱。

这是一个当之无愧的一代豪杰。

而作为新一代日本领导人丰臣秀赖的监护人，德川家康首先意识到的一件事是，属于自己的时代终于降临了。

接下来，家康又发现了一个问题。在秀吉的遗命中，对于滞留朝鲜拼死拼活的那几万人马的处理，连一个字都没有提到。

当时他就郁闷了。

怎么说也是几万条人命，如果放任不管，恐怕没多久就都得陪着秀吉一起上天入地了。

在这时候再指责秀吉没头脑也无济于事，万般无奈之下，他找来了丰臣政权吏僚派首领石田三成商量对策。

三成倒是异常冷静，他平淡地看着来访的家康，然后等着他说明了来意。

接着，三成说了一句让家康怎么都没有想到的话。

“我已经派人以大人和我的名义去了朝鲜，要求各大名准备撤退，所以请内府（家康官居内大臣）尽管放心，不出两个月，大家就都能回来了。”

实际上，三成早在秀吉病危的时候，就已经开始着手准备起了朝鲜滞留军队的撤退事宜，当家康上门拜访的时候，其实他连船只都已经预备妥当了。

这确实是一个内政后勤的天才。

当然，秀吉的死，对于明、朝两国是要保密的。为了防止间谍作乱，即便在日本，也是秘不发丧的。至于朝鲜方面，也就通知了少数几个大名而已。

最先知道的，是泗川守将岛津义弘。

前来报信的，是岛津家家臣新纳武藏守忠元。

他同时带来的还有另外一个坏消息，那就是岛津家留在国内处理藩务的前大名义弘的哥哥义久，拒绝了自己的弟弟数月前所提出的援军请求。

换句话讲，岛津义弘将以七千寡兵抵抗数量高达五万的联军。

知道了这颇具悲剧性的现状后，义弘只是微微一笑，什么也没说。

他不害怕也没必要害怕，对于他来讲，无论是秀吉之死还是求援被拒，都是意料中的事情。

他需要做的，只要将对手打败即可，就这么简单。

在这个世界上，每个人都有着属于自己的天赋，有的人是天生的木匠，有的人是天生的水管工人，而岛津义弘的天赋，就是打仗。

他是一个天生的军人。

第十六章
决战泗川

岛津义弘，天文四年（公元 1535 年）七月出生于日本的萨摩国（今鹿儿岛县），岛津贵久次子，自幼由其祖父，被誉为萨摩岛津中兴之祖的岛津日新斋抚育长大，他的祖父对其评价是：三州（萨摩、大隅、日向三国）最为勇猛善战之人。

萨摩这个地方，自古就比较特殊，那里民风彪悍，虽不怎么产粮食，但却盛产一种叫隼人的族群，这个民族说斯文点叫尚武，说直白点就是打仗不要命，被西洋人誉为“东洋斯巴达”。

再说在岛津义弘年轻时代的萨摩，虽然名义是归岛津家统治，但是底下的一些豪族却经常叛乱，并且联合附近的一些大名如日向（今宫崎县）的伊东家、大隅（今鹿儿岛县东部）的肝付家一起策动针对岛津家的叛乱。

所以自二十岁起，义弘就跟随着他的父兄一起踏上了战场。

话说这家伙打仗的特点是，他什么仗都敢打，对手是谁他都无所谓，只要站在他对面就照着往死里打；而且也不管敌我双方人数差距，只要手头上有几个人，就敢带着往敌阵里冲。

永禄十二年（公元1569年），相良家猛将赤池长任率五千四百人进犯萨摩，当时负责防守的岛津义弘二话没说，带了三百人就杀了过去，两军在堂之崎的地方展开了野战，在激战了数小时后，虽说义弘因人数实在太少而败退，但敌将长任本人也被打伤，更倒霉的是，第二年他就因伤势恶化而离开了人间。

元龟三年(公元1572年),伊东家和相良家组成了三千多人的联合军，向义弘的居城加久藤城袭来，这一次义弘又只带了三百人便出战了，并且以对手十分之一不到的兵力在木崎原（今宫崎县内）向敌军发动了四面攻击，并且取得了歼敌八百人的大胜，在这场战役中，伊东家当家大名伊东佑安以及他儿子伊东佑次先后战死。从此，被誉为南九州豪强的伊东家一蹶不振，最终走向了灭亡。

在这么一位猛人的带领下，萨摩人一发不可收拾，越打越猛，先后吞并了日向的伊东、大隅的肝付，并且接连将当时九州最豪强的两家大名——龙造寺家和大友家打得连头都抬不起来。可以说，在当时除了几百对几万这种必输的战役，义弘基本上就没有被任何人给打败过，实在是有些打遍九州无敌手的倾向。

然而，在还差一口气就能吞并全九州的时候，丰臣秀吉出现了。

天正十五年（公元1587年），目标一统日本的秀吉率大军征讨九州，在将近二十万人马的大举进犯下，即便是“东洋斯巴达”的萨摩人也不得不为了存活而屈膝。

投降后的岛津家，并没有完完全全地从心里臣服这个新政权，天正二十年(公元1592年),义弘的弟弟岛津岁久手下家臣梅北国兼发动叛乱，虽然不久之后就被镇压，但作为连带，岁久本人也被迫切腹。

也因为此，才导致了岛津义弘迟迟没有跟随大部队一起赶赴朝鲜。

作为“文禄第一迟到部队”的岛津家，到达朝鲜之后，除了跟福岛正则一起联手打退过一次李舜臣的进攻外，基本上就再也没什么大的动静了，一直平平安安地固守泗川，日子过得非常舒坦。岛津义弘甚至还养了七只猫作为自己的宠物，以此来打发无聊的时光。

顺便一说，为了纪念这七只在朝鲜陪伴自己度过多年的宠物，战后岛津义弘在萨摩建立了一座猫神社，这也是日本现存的唯一的猫大神神社。

当得知秀吉去世以及援军无望的消息后，义弘下令开会，以听取大家的意见。

会上，他的侄子岛津丰久首先提出了自己的看法。

他的意见比较简单，概括起来一句话：趁现在赶紧走人。

理由也很明确，秀吉一死，联军必然蜂拥而来，自己这边又没有后援，单凭七千人根本不足以抵挡对方的五六万大军，要想保存岛津家实力的话，唯独趁着其他日军部队还没反应过来的当儿，率先逃跑。

这个办法虽然无耻了一点，但在当时看来，似乎是唯一可行的办法，所以丰久说完之后，倒也一时间没有什么反对意见。

义弘本人先微微点了点头，然后开了口："这样是不行的。"

丰久立刻反问伯父为何不行。

"使者接到了消息便立刻赶来了，算是快的吧？可是也最多比别家的使者要快个两三天。换句话说，不出两三天，太阁去世的消息便会让所有出征将士知道，若是人人都和你这样，一得到消息便争先恐后地赶回家，那就要大乱了。要是这里的住民再趁机蜂拥而起趁火打劫一下，便立刻会让军队陷入一片混乱中吧？这样的情况一旦让敌人看到攻了过来，只怕全军都要化作齑粉，一个人也别想安全回家了……"

权衡完利弊之后，义弘接着开始说起了逃跑的坏处："若是先行逃走，那么萨摩四百年的武名便会威名扫地，卑怯者的帽子将会扣在我们头上千秋万载，变成这样的话就算保住了家业性命又能如何呢？若是为了大局，即便舍弃了我们这六七千人的性命，萨摩的威名却将会流芳百世，传颂于天下，这便是战国的武士，不是吗？"

最后，义弘又开始简单分析起了战况然后给予大家信心："尽管对方是我们的数倍，但只要我们在作战的时候远远地观望敌人的布阵是否有空隙，然后如同风一般向着空隙猛攻……这场战役不见得会是一场一面倒的战斗，看着吧，我也有我的办法。”

要说领导不愧是领导，一席话说完，再也没人提有异议，大家纷纷表示，愿意留下来跟董一元大军决一死战。

统一了思想之后，义弘开始部署作战计划。

第一步是情报。敌军的大致人数虽然已经知道，但是具体由谁带队，装备如何，敌军的辎重情况怎样，都必须要一一查明，正所谓知己知彼，百战不殆。

不过现在这个样子要想得知对方的情报无疑是难于上青天的。为此，萨摩人绞尽脑汁，对住民们进行了一系列的行动，费尽口舌，散尽钱财，对于那些因为战火而失去了家园田地，本身又没有什么谋生手段，而希望战后移民萨摩的要求，也一一答应了下来。

如此一来，得到的情报准确率便能大大保证，不过仍然有一个致命伤，那就是时间。从泗川到汉城的距离几乎是整个半岛的一半，在敌军的势力范围内运送情报不但耗精力，更花时间，有时候与其说是在打探情报还不如说是在等待情报。

就在岛津义弘等待情报的时候，刘铤赶到顺天了，同时到达的，还有海上的陈璘和李舜臣。

一时间，腹背受敌的小西行长陷入了山穷水尽的局面，特别是李舜臣和陈璘的水军，更是如同吃了兴奋剂一般，对着顺天城连续猛攻了三天三夜，然而就在顺天眼看要陷落的时候，刘铤的军队突然原地不动了。

缓过一口气来的小西行长立刻抓住这个机会，对着联军的水上力量发起反攻，一时间海军伤亡惨重，损失了将近四十艘战船，连陈璘都被炮火打成了重伤。

还在大家纳闷的时候，刘大刀再次做出了一个惊世骇俗的举动——他撤退了。

李舜臣一时没明白，这一切的一切到底是怎么发生的。

其实也没什么玄幻的地方，只是刘铤跟小西行长串通了一回而已。

要说小西行长在打仗方面虽然是一桶糨糊，但在搞关系通路子这种事情上，却是一个十足的天才。

他以一个商人的天分，一眼就看出了刘铤的弱点——既然是作为援军而来，那么本身就不会带着多大的热情，若是给予其利益，必然会转换立场。

要说也是，自明军入朝以来，买包花生米都得给现钞，换谁谁都不会有热情。

于是，行长从一开始就投其所好，送其所要，赠与了刘铤大量的金钱，充分展现了其怀柔的一面。至于刘铤，则照单全收，发展到最后，用书上的话来讲，就变成了“索贿”，也就是主动伸手问行长要钱。

当然，拿人钱财，替人消灾，这是千百年来不变的真理。刘大刀为人品质还是相当过硬的，并没有出现什么黑吃黑之类的不愉快情况，他拿了钱之后，立刻答应对方，在必要的时候，给予一条生路。

所以，刘铤发了，行长活了，陈璘差点被打死，李舜臣险些被气死。

至于攻城部队，只能一度暂且撤退。

同年九月下旬，麻贵也赶到了自己的目的地：蔚山城。

故地重游的他没有二话，直接下令将城给团团围了起来，而加藤清正也非常配合地紧缩在城内，就这样双方一个围一个缩，一时间除了干耗着之外什么也做不成。

就在东面耗西面闹的关头，中路军董一元终于缓缓登场了。十月，他的大军到达了晋州。

正所谓最强的通常都在最后，对于两边来讲都是一样的。

晋州在朝鲜半岛南内陆六里地左右，作为庆尚道的都市，是农业和商业都非常发达的地方经济中心。此地东联蔚山，西通顺天，北达汉城，实属军事重镇。而在晋州的背后，便是岛津义弘所建造的泗川城。

泗川工程分两期，一期工程叫泗川老城，二期工程叫泗川新城。

晋州一旦失守，暂且不说汉城顺天，光是岛津义弘的大本营泗川，就算得上是岌岌可危了。

所以董一元在到达晋州还有一段距离的时候，便做好了战斗准备。

出乎意料的事情发生了。

当联军浩浩荡荡开到城下时，迎接他们的并非是日军的火炮箭矢，而是一群朝鲜的百姓，以及一桌桌饭菜酒肴。

董一元有点莫名其妙。

按说打仗不是请客吃饭，这样子算是怎么回事儿？投降？示好？

还没等他弄明白，一位朝鲜老大爷已经颤颤巍巍地走向前来，说道："我们自己人的军队终于来了，倭人真的是太可怕了，杀烧劫掠无恶不作，现在正在距这里不远处的泗川城内严阵以待，我们多亏了你们，才终于被解救了出来，这里也没什么好东西，无论如何请各位吃点，解解远征的疲劳吧！"

赶了那么多路，正是肚子饿的时候，现在的酒菜算是来得恰好。

一阵风卷残云后，董一元突然想起了一个问题："晋州城内，还有多少军粮？"

事实上，中路军虽然人数最多，但是带的粮食却很少，按照董一元原本的计划，是拿下晋州城之后，将城内的余粮如数充为自己的军粮，然后再像麻贵围蔚山一样将岛津义弘给围死，这样一来既节约了战斗成本，又免去了从后方运输的时间，可谓是一举两得。

当然，正所谓人生不如意十之八九，那位朝鲜大爷面露难色地表示，晋州城内的粮食早就被岛津义弘给运走了，所剩下的不过寥寥几百石而已。

看着董一元犯难，老大爷又不失时机地透露了一个秘密。晋州城外有一条南江（今吉湖江），顺流直下不过数里，就是泗川老城，那里有一个日本人的粮仓，里面粮食的总数，至少有那么一万石。

联军众将士听闻后立刻眼露喜色，董一元也当即下令，全军加快步伐，先夺粮仓，再图泗川。

他被坑了。

百姓代表也好，放弃晋州城不战而退也好，这一切的一切都是岛津义弘作战计划中的一部分，作战计划的官方称谓叫做“钓野伏”。

钓野伏，是一种以少胜多的战术方法，简单来说，就是将兵力分成三部分，一部分作为诱饵，引诱敌人至指定地点，这个叫做“钓”；另外两部分分别埋伏在指定地点的左右，等对方到了，再从两侧突袭，这个叫做“野伏”。

长年以来，义弘正是用此战术，才在整个九州岛屡战屡胜，先后数次以寡胜众，立下赫赫战功的。

然而，由于人数、地理环境以及时机运气等方面的限制，钓野伏真正实行起来是相当困难的，而在战国时代的日本，能够成功实施该华丽战术的，除了岛津没有第二家。换言之，这是萨摩岛津的家传绝学。

为了保证计划万无一失，顺利将敌军钓过来，岛津义弘在诱饵的准备方面，做了慎重的考虑。

首先就是那座位于泗川老城附近的粮仓。

他知道，缺乏军粮的董一元一定会先奔着那里而来的。

但是仅这一点还不够，因为岛津义弘并不准备在粮仓前跟对手决战，他心中真正希望的决战地点，是泗川新城，也就是他的大本营，至于那一万石粮食，当然也是绝对不能留给董一元他们的。

所以必须再要一支诱饵部队，将敌人给引到泗川新城跟前来，顺便再把粮仓给烧了。

这听起来实在有些天方夜谭。

因为该部队的工作内容，就是要随着敌人的行动进行挑衅，并要一时拖住敌人，以便本阵的岛津义弘进行最后的备战工作，可又不能像敢死队般拼命，不仅如此，那堆让对方盼望已久的粮食虽说一定要烧毁，可是又不能过早地动手，不然会让敌人过早地失去目标，便不能圆满地完成引诱工作，必须要等到引诱任务圆满完成，主力部队随时能够出击有效打击敌人的时候，再把粮食烧毁然后自己撤退……

这种需要左右兼顾的事情，暂且不说难度系数大，就算真的做完了，能不能活着回来也是一说。

可不做又不行。

所以，担当此次重任的，势必是要万里挑一的猛人。

好在萨摩什么都缺，就是不缺猛人。

猛人的名字叫做川上忠实。

忠实所在的川上家族，是岛津家族的旁支。岛津义久和义弘的父亲贵久，在正式成为萨摩大隅两国的主人之前，是串木野地方方圆三十町步（一町步为9917平方米）的小豪族。而忠实的父亲忠克，一开始是从属于萨州岛津家（贵久是伊作岛津家的）的岛津实久。在天文八年（公元1539年）贵久起兵征服萨摩大隅的时候归顺，一度曾被流放，不久又被召回，成了贵久以及下一代领主义久的家臣。

忠实作为其子，年少的时候就以武勇而闻名，在岛津家对筑紫家的征战中屡屡立功，深得义弘的信任。

这次义弘给了他八百人。

最后能有多少生还的，谁也不知道。

数日后，联军杀至泗川老城下，先头部队是在第一次蔚山战役中担任殿后的强人茅国器、原李如松手下亲将的猛人李宁以及所率兵马一万余人。

两位将领到达之后的第一件事，是寻找泗川老城在哪儿。

因为根据情报，粮仓在泗川老城的附近，所以要找粮仓，就必须先要找城，可两人瞪着眼珠子上上下下左左右右地看了好几圈，都没有发现能被称作“城”的建筑物。

最后，在当地群众的热心指点下，他们眯着眼睛，总算在一座小山上看见了一个几乎是贴在上面的小寨子，接着被告之，这就是泗川城。

面对如此小山寨，两人没有二话，立刻下令开始爬山。

一直爬到半山腰，都没有任何动静，正当大家以为这是晋州二号的时候，抬头看到了等候已久的川上忠实部，以及八百杆随时准备发射的铁炮。

一声令下，顿时枪声大作。

随之而起的是痛苦的悲鸣声和倒地声。

被如此恐怖的手段突然袭击，顷刻之间便有人萌生退意，转身而逃的和后面冲上来的，发生了冲突，互相践踏，一时间，发生了大混乱。

还没等他们回过神来，第二轮的射击又开始了。

在过去的文禄之役中，能够让日本人势如破竹、如入无人之境、大肆蹂躏朝鲜的主要原因，除了朝鲜军队本身实在太弱之外，武器装备的差距也是一个，特别是在火器方面。

朝鲜人几乎没怎么见到过这种武器，在最初和日本人的对战中，被这种一击便能毙命的威力，吓得直接丧失了战斗的意志。

在此之后，尽管明朝军队介入了战争，保持了战斗力上的对等甚至是优势，不过在铁炮方面，远道而来的明朝人尽管在本国拥有与日本不相上下的技术，却并不具备得心应手的运输能力，况且朝鲜的铁炮技术几乎是零，所以大明王朝的将军们经常会为火力不足而感到苦恼。

一方面，萨摩岛津的铁炮技术在日本可以说是出类拔萃，甚至稳坐头把交椅。

这主要还是得归功于一代海贼王王直带过来的那两杆火绳枪。

作为日本铁炮元祖的萨摩来说，对于这种新式武器的重视程度更是较他人之特别，虽说对于铁炮在战争中的活用，当属织田信长最为有名，可事实上岛津在此方面下的工夫一点也不逊色，之所以没有被如信长般的广为宣传，只是因为他们不过是西南边角的一介乡下大名。

在战国时代，许多以统一天下为志的大名，对于从西洋而来的铁炮，始终保持着一种“火枪是暗器”，以及“以光明正大决战为荣，以施展暗器坑人为耻”的认识，坚持使用以长枪足轻为主的战法。而岛津家从一开始就完全没有这种偏见，主将义弘之下，各部部将经常保持着一定数量的铁炮装备，在战场上发挥着作用。

顺道一提，根据当年的一份调查显示，仅萨摩一国的铁炮装备数量，就已经超过了大洋彼岸的英国全国。

现在防守泗川老城的川上军，拥有着将近千挺铁炮，面对来犯的大军，毫不犹豫地以惊人的命中率予以打击，明、朝两国联军的铠甲多半都是皮革或者布制成，对于子弹的防御效果非常不理想，死伤者大批出现，前线一片混乱。

与此同时川上忠实还准备了更加彪悍的武器——地雷。

在一阵爆炸声和火海中，头顶花生米脚踏地雷的联军终于扛不住了，不得已撤下了山去。

在山下等待他们的，是怒火冲天的董一元。

一顿劈头盖脸的乱骂之后，他下令重整队伍，接着进攻。

由于萨摩人的反攻过于猛烈，使得不少联军士兵四下逃散开来，要将这些人给重新聚拢，是一件相当困难的事情，一直搞到次日晚上，才算基本整队完毕。

第二次攻击较之上次有了长足的进步，这都是董一元的功劳。

他下令，先由弓箭手整齐推进，到达射程内后，集体放箭。

就这样，万余支利箭齐刷刷地飞上天，划过长空，描绘出一条条绝美的抛物线后，落向了目标。并且，还有为数不多的铁炮队进行相应的辅助射击。

对此，川上军不得已退入工事做起了缩头乌龟。

尽管他们有铁炮，可在那个年头，铁炮的有效射程还不如弓箭。

不过川上忠实并不在乎，反正你再射，也得爬上山来攻城，到时候不怕打不到你。

如他所想的那样，射箭过后，联军的步兵开始了登山，见状忠实立刻亲自带着铁炮队冲出工事准备迎头痛击，但一到外面之后他就愣住了。

因为爬在最前面的联军，一人头上顶着一块竹排。

众所周知，竹排是非常有硬度也有弹性的。

所以铁炮的子弹打在上面，会被弹飞，从而无法产生杀伤效果。

所以，萨摩人只能眼睁睁地看着对方蜂拥而至，一直杀到山寨下，爬完了山之后开始爬墙。

正当山寨外的那块板墙上爬满了联军士兵的那一瞬间，发生了一件意想不到的事情——墙塌了。

墙塌了之后，上面的人自然就摔了下来，根据牛顿惯性定理，他们会因为这股作用力而继续滚下山，同时，将还在爬山的同伴们一起撞带下去。

这墙是川上忠实在到达泗川老城后的当天改造的，目的就是为了利用豆腐渣工程来打击敌军。

当然，仅仅靠着一堵豆腐墙是远远不够的，当看着联军士兵连滚带撞地翻下山去时，萨摩人立刻端出了早已准备好的另一样武器——沸油。

一锅锅滚滚沸油洒下去之后，整座山上惨叫之声不绝于耳。

一般来讲，守方居高临下的时候，都会搞一些高空抛物来打击进攻的敌人，通常是开水，奢侈一点的，比如日本南北朝时的楠木正成，用的是煮开了的米饭粥；无耻一点的，比如中国宋朝的陆登，用的是煮沸的大便，这已经算是化学武器的范畴了，但像川上忠实这样用沸油的，确实比较罕见。

但很快忠实就用行动告诉我们，罕见自有罕见的道理。

他命人拿出了更为缺德的第三样家伙——火把，然后向着沾满燃油的山上丢去……

联军再次败退，不仅如此，先锋李宁亦在这场火烧山的灾难中丧生。

两阵冲锋冲下来，朝鲜兄弟先不干了，毕竟人家几百年和平年代过下来，像这种又是汽油又是地雷的高危场面，实在是没怎么经历过，能够跟着明军如此冲锋爬山，已经是非常够意思了，若要他们再这么干下去，估计就得直接溃散。

不过董一元并没有就此放弃的意思。对他而言，刚才的那两次冲锋并非毫无收获，至少他因此发现了泗川老城的致命弱点。

很快，第三轮进攻又开始了。

这一次，没有人射箭也没有人爬山，只有一辆辆推车被朝鲜士兵缓缓地送到了山脚下。

推车的名字叫做火箭车。

所谓的火箭车，就是在手推的二轮车上放上箱子形状的发射台，发射台上又挖有小孔，孔中则能放入带有火药的箭——火箭。孔穴的数目一般在十五到二十左右，在火箭尾上点火后放入，火药燃烧后产生动力将火箭自行射出射向敌阵，从而造成兵员伤害甚至点燃敌军设施。说起来，这东西其实本来是中国人发明的，结果不知道怎么回事被朝鲜半岛给进口去了，这一进口那可真是坏了菜了，没过多久，这玩意儿就转了国籍，还弄了个挺好听的名字，叫神机箭。

但不管怎么说，火箭车给川上军带来的打击，还是相当大的。

因为泗川老城虽然巧妙地建在陡峭的山上，居高临下易守难攻，但仍然有一个致命的弱点，没有充足的水源。

没有水，就无法有效地灭火。

然而面对火攻，却又不得不灭火，一时间岛津军上下大小，频频转换角色于士兵和消防队员之间，辛苦异常。

苦战了一个通宵，川上忠实再也撑不下去了，而且想想也没必要再死撑下去了，所以他下令准备突围，其实说穿了就是逃跑，当然，粮仓是不能忘了烧的。

现在就衍生出一个新问题，由谁去放那把火？

粮仓位于泗川老城所在的那座山上东边的一条山谷尽头，远倒也不是很远，里面火药硫黄之类的都已经准备齐全，只要丢一把火进去就全搞定了。可现在的问题是，大家都急着要逃命，谁要是在这节骨眼上耗费个一时半会儿的，耽误了逃命大业，估计就活不成了。

萨摩人再勇猛再彪悍，毕竟也是有血有肉的人类，在这种生与死的抉择中，自然都会犹豫。

片刻过后，一名萨摩武士站了出来，对川上忠实说："让我去吧。"

忠实点头表示同意，他知道，这是一个非常合适的人选。

那位主动请缨的武士叫做濑户口重治。

目送濑户口远去后，忠实正式下令开始突围。

通常，在拼命前，作为领导，都要召集所有人聚在一起说上几句鼓励的话。

川上忠实也这么做了，但是他的态度却很平静，没有喊没有嚷，说出口的，也不是那几句例行口号，只有几个字："再等等吧。"

他要等的，是濑户口重治。

底下没有一个人反对，大家都默默地重新回到自己原来的防守岗位上，或继续防守，或继续消防。

大家都知道，现在这个时候，早一秒钟走人，就多一分生机，大家也知道，就算在这里翘首盼望等到头发发白，对于烧毁粮仓也不可能起任何帮助。

更何况，一旦因为在这里拖着耗着，延误了战机，那就真的是大事件了，要知道，不管是逃命还是攻击或者防守，兵贵神速，都永远是战场上基本不变的规则。

但是大家仍然留了下来，因为在这几百人的心中，有着比自己生命以及战场规则更为重要的东西——同伴。

作为当之无愧的日本第一凶狠敢斗民族，萨摩隼人除了本身的那一份彪悍之外，更倚重的是战友同伴之间的团结。

所以他们宁愿再多等一会儿，也不愿意看着濑户口重治就这么离开自己。

暂时性的攻防战还在继续，攻方和守方的鲜血染红了脚下的大地。

已经数不清有几次了，川上神经质地跳出工事，朝着东谷方向眺望，看看有没有火光。

在这激烈的攻防战与焦急等待中，大伙终于迎来了巨大的爆炸声和熊熊的火光。

粮仓顺利被烧毁。

又过了没多久，濑户口重治也满身尘土一脸灰黑地跌撞进了泗川老城内，他活了下来。

其实虽说这人本身并不怎么特别出名，但他却有个相当著名的弟弟，那便是日本剑道流派萨摩示现流的创始人——东乡重位。

此外，日本著名的海军元帅东乡平八郎也是他们东乡一族的。

当联军知道自己垂涎已久的那一万石粮草灰飞烟灭后，很是失望，同时也异常愤怒。

董一元立刻作出决定，放弃原来依靠优势兵力围困日军的打算，立刻赶往泗川新城，将岛津义弘的大本营以及那六七千人马予以毁灭——这其实是一个相当无奈的决定，虽说兵法有云：十倍于敌当围之，可此时缺粮的董一元并不具备长期围困对方的资本，现在既是唯一的那一万石粮草都灰飞烟灭了，那也就只能速战速决了。

当然，泗川老城的那七八百人，是不能放过的。

好在他们经过了这好几天的奋战，估计已经早就支撑不住了，不然也不会破罐子破摔地将粮仓给烧毁。

就当董一元下令准备强攻的时候，他惊讶地发现，原先缩在工事里的那些萨摩人，都一个个冲了出来，然后又一起向着山下的联军杀了过来。

这些人倒也不是一股脑儿地乱冲乱撞，而是有秩序有阵形地开始了突围逃命行动。

他们摆出的阵形叫“锋矢阵”。

所谓锋矢阵，就是箭头阵，这种阵形类似于一个三角形的箭锋，前面的士兵排成山峰状，携带铁炮或者弓箭进行冲锋，后面的士兵排成一字形与前队相连，前面的三角阵门随时打开后队便冲上前去用长枪刺杀，如此反复，向前推进，属于逃命专用阵形。

原本以为孤立无援人还少的萨摩人早就失去了反抗能力，不想这些家伙一个个赤膊上阵眼冒红光，联军的阵脚反而被一下子给冲乱了，一时间狼狈不堪。

虽说人多，却也盖不住人家不要命，联军众人纷纷避其锋芒以求自保，特别是朝鲜兄弟，一个躲得比一个远，不仅如此，当川上军靠近的时候，他们还发出连连惊叫，惹得一旁的明朝军队听得心里直发毛。

整整突围了七个多小时，一直到当天中午，川上军总算赶到了泗洲川的岸边，此时的八百人已经只剩下六百出头，主将川上忠实连人带甲共中三十四箭，早已奄奄一息，只能靠人抬着走。

这伙人来到岸边的芦苇丛中，将隐藏在一人多高的芦苇中的船拖了出来，接着渡河而去。

泗洲川的对面，就是岛津义弘的大本营——泗川新城。

随即赶到的明、朝军队并没有继续追赶。在部将郝三聘的组织下，大家安静地等待着总大将董一元的指示。

接到报告亲自奔赴第一线的董一元看了看河，看了看芦苇，又看了看郝三聘，当即下令渡河。并且发布了新的命令："明天清晨开始对敌人大本营发起总攻，务必全歼敌人，诸将士须奋力拼杀，不得有丝毫怠慢！"

于是，大军连夜渡过四洲川，在距离岛津大本营不到十公里处的草原上安营扎寨，目标只有一个——岛津义弘的脑袋。

对于岛津义弘来讲，这是他一生中最难以忘怀的一个夜晚。

在之前的军事会议上，立花宗茂派人告诉义弘，自己愿意带着立花家的军队前来帮助一起防守，但是被义弘婉言谢绝，之后陆续又有几家大名派人来访，都被一一回绝。

这就意味着，面对对方的五万军队，岛津家将以七千人的寡兵与之抗衡，再也不会有什么其他希望了，同样也不会出现小说里诸如危急时刻一声梆子响，出现一队援军之类的传奇剧情。

七千人，只有七千人了。

这天晚上义弘并未入睡，他静静地坐着，似乎在等待着什么。

“大人，包括敌将董一元在内，所有的联军士兵都已经渡过了泗洲川。”

黑暗中，一名探子单腿跪在了义弘的营帐门外。

岛津义弘笑了。

钓野伏算是基本成功，现在一切都要看明天的发挥了。

尽管人数差距很大，但是我依然自信能够赢你。

决战吧，董一元!

第十七章
抗日援朝：明朝国力的拐点

庆长三年（公元1598年）十月初一凌晨四点，董一元到达泗川新城四公里处，短暂的停歇后，他下令大军开始缓慢前行。

凌晨五点，岛津义弘在泗川新城外的荒野上布阵完毕，静候对手的到来。

早上七点，天刚亮，两军就碰面了。

率先动手的是萨摩人。

义弘命铁炮队分成三列，进行三段齐射。猛烈的射击使得明朝联军的脚步暂时缓慢了下来，然而他们并没有就此停止。

毕竟仰仗着人多，大军还是一步步地向前逼近。

义弘见状，立刻一声令下，于是铁炮队左右分开，后面冲出了手持长枪的步兵队以及拔刀队，向着联军奔杀过去。

刹那间两军短兵相接，喊杀声此起彼伏，战场上刀光剑影、砂尘滚滚，以勇猛果敢著称的萨摩兵有条不紊地突击。不过，由于兵力相差实在悬殊，即便是拼死作战却仍然无法有效阻挡联军前进的步伐，岛津军不得不后退。

“长枪队！后退！”

长枪队左右散开向着阵后如数撤退，干净利落。

联军见状也立刻跟上，丝毫没有放松的样子。

看着对手逼来，岛津义弘再次让铁炮队上前射击，射完一轮之后又以长枪步兵冲锋，如此反复的战斗一直持续了数小时，终于把董一元给逼急了。

一般而言，打仗的时候通常都会揣有一些所谓的“秘密武器”，往往到了比较关键的时刻才会使出来。董一元自然也带了这样的武器，虽说在朝鲜数年，也已经算不上什么“秘密”武器，但是杀伤力还是相当足的，那就是大炮。

他下令，在离城百米处布下阵地，架设起大量佛郎机炮，对准城内一阵猛轰。

要说在那个年头，大炮基本上就属于最强的兵器了，所以效果还是立竿见影的，很快泗川新城的城防工事被毁灭了好几处，最后连城门都被轰塌了。

面对来势疯狂的大炮，纵然是岛津义弘也似乎没了对策，他唯一能做的就是命令士兵缩进城内，然后默默忍受着对方的攻击。

在隆隆炮声之下，董一元敏锐地感觉到，敌人在自己的攻击之下已经接近崩溃，基本上就还剩下最后一口气了，于是，他开始下令准备发起总攻。

就在那一刻，一阵猛烈的巨响轰鸣而起——在董一元的背后。

巨响的原因是爆炸，爆炸的原因是失火，失火的地点是明军部将彭信古的阵地。

这是一场灾难，因为失火引起的爆炸起了连锁反应，许多明军被当场炸死，整个联军阵地也陷入了一片恐慌和混乱之中。

关于这场失火的原因，很多人都比较简单地将其归结于“意外”。

真的是意外吗？

翻了翻书，找到了这样一段话："彭兵皆京城亡赖，素不习战，亦不擅火器；忽木杠破，药发冲起，半天俱黑，各兵一时自惊乱。"

前半句很好地说明了这场"意外"的原因。

翻译后的大致意思是，彭（信古）部士兵都是京城的地痞流氓出身，所以从来都不熟悉操战之事，也不会很好地使用火器……偶然性中向来都存在着必然性，这叫唯物主义辩证法。

岛津义弘自然不可能放过如此大好的机会，他立刻下令全军出城攻击，攻击的首要目标，就是还沉浸在爆炸恐慌中的彭信古部队。

一阵风一般的攻击过后，彭部三千人仅剩五六十。

仗打到这个地步，联军要想再将局势扭转到爆炸前，那是不太可能了。

然而董一元依旧没有放弃，他打算最后赌上一把。

因为他发现，在攻击完彭信古之后，萨摩人并没有乘胜追击扩大战果，而是向着泗川新城的方向且战且退。

由此董一元作出判断，萨摩终究兵少，不敢硬拼，自己还是存在着一定优势的。

于是他下令，发起攻击，向着退到城下的敌人发起最后的攻势。

胜败在此一举！

然而，明、朝联军冲到城下还没有站稳，意想不到的事情再一次发生了。

萨摩人拉出了数十门大炮。

这玩意儿，其实岛津家也是有的，而且质量相当过硬，属直接从西洋那里原装进口过来的上等好货。

之所以刚才没有拿出来对轰，纯粹是因为岛津义弘手头上的大炮太少，必须要用对时机。

大炮一门接着一门向联军开火，大量的铁钉铁片碎石和着炮弹一齐从炮口射出。一瞬间联军前线的士兵死伤殆尽，呈放射状飞散的散弹将前方一町（190 米）的地方，化成了无人区。

同时，这些炮响还是暗号，在战场的左右两边，分别有着茂盛的小树林和大小起伏的山丘，岛津义弘特意安排的人马在此处潜伏，当自己家炮声响起的时候，伏兵们纷纷杀出，冲入联军的阵中，如同一把锥子一般将对手分割为数段。

终于，回天乏术了。

此刻的董一元，只能下令全军撤退，但是已经来不及了。

不但左右受到袭击，从正面的泗川新城内，萨摩人蜂拥而出开始发起大反攻。

战场成为了地狱，原本的战争也已经转换为了歼灭。

魂飞魄散的联军士兵拔腿就跑，一口气来到泗洲川边就要过河，然而早就在对岸等候已久的萨摩铁炮队，将铁炮指向了跳入水中的联军士兵，用子弹将他们一一杀死。

就这样，五万大军被七千人从四面包围夹攻，最终支离破碎。

战后，岛津家举行了首实检，清点敌我双方的阵亡损失，并且做成报告上交大阪方面。

报告中的数据，至今依然存留在岛津家的古文献上。

庆长三年十月一日，朝鲜国泗洲川所获得首级数量如下：

鹿儿岛（萨摩地名）方众斩敌首一万零一百零八；

帖佐（萨摩地名）方众斩敌首九千五百二十；

富偎（萨摩地名）方众斩敌首八千三百八十三；

伊集院家以及下属斩敌首六千五百六十；

北乡家以及下属斩敌首四千一百四十六。

共计三万八千七百一十七。

此外，弃尸野外者，不计其数。

需要指出一点的是，很多人往往喜欢根据明朝的伤亡人数来反驳这份数据，事实上这三万多人并不只有明朝军队，还有很多朝鲜人也被包括在内，甚至可以说更多的是朝鲜人——因为泗川一战的朝鲜参加人数一直都未知，尽管我们之前说的是四千两百六十，但实际上在各种史料中，朝鲜军人数从几千到几万甚至十几万都有说法。

这是一场对侵朝日军来说至关重要的胜利。

因为这次激战，彻底打破了明、朝联军追击灭杀外征将士的计划，确保了岛津家的退路，不仅如此，也确保了从蔚山到顺天，全日本军安然撤退。

换句话说，被明军压着打了数年，眼看就要死在朝鲜的几万日本人，这下终于有希望可以回国了。

消息传到日本，全国人民都震惊了。

各地大名纷纷高度赞扬了岛津义弘这次的行动，并且对于其杰出卓越的军事作战能力表示了高度的敬佩。

其中，德川家康明确称赞这场胜利为“前所未闻的大胜利”。

而以石田三成为首的丰臣政权当权派也决定给岛津家封赏。这是出战朝鲜几十家大名中唯一一个得到这种待遇的。

至于朝鲜战场，自然也轰动了好一番。

首先，岛津义弘也被明朝和朝鲜人冠上了“鬼石曼子”的称号。鬼，就是鬼的意思，石曼子，就是岛津的日语发音，和中文“石曼子”音近，故此得名。

在日本战国武将的外号中，被使用最多的是“鬼”字，比如鬼半藏、鬼武藏、鬼玄蕃等等，但是由日本以外的人起名的，唯独岛津义弘一个。

在朝鲜半岛，这个名号蝉联了庆长年间连续数年的“年度父母恐吓小孩子的最高人气形象代言人”，同时据说也是一种偏方，用来治疗小儿夜啼以及小儿多动症等。

虽然被人称之为“鬼”，但义弘本身却是一个非常温和宽厚的善良大叔。

他不但爱猫，亦非常体恤士卒。

在寒冷的朝鲜，日本的下层足轻因缺少寒衣炭薪，被冻伤甚至冻死的事件屡屡发生。

岛津义弘却将原本只有大名或高级将领才能享用的炭薪取出，和所有士兵分享，自己也同士兵们睡在一起，所以，冻伤冻死之类的事情，在萨摩的阵营里，一例都没有。

其次，麻贵撤军了。

麻贵也好，加藤清正也罢，当他们听到泗川的战报后，都不由得松了一口气，感到终于解脱了。

围的，已经围不下去了。

被围的，已经快被围死了。

好在联军中路一败，整个计划都算白整了，所以麻贵也没有继续围困的必要了，加藤清正也总算是熬出了头。

也就在这个时候,从日本传来的正式撤退命令和详细计划也已经到了。

具体的撤退时间被安排在十月十五日。

如无意外，日军将在这一天准时全员撤离朝鲜。

但是，因为数万人的撤退工作难度远远超出了原本的想象，所以一直拖延到了十一月的上旬，才算完全准备完毕。

虽说晚了点，但好歹都是太太平平的，也没什么意外。

当年十一月十五日，固城的立花宗茂、南海的宗义智、泗川的岛津义弘，在南海岛边上的昌善岛会合，按照之前的计划，他们三股部队将和从顺天赶来的小西行长部一起撤退，但是后者依然没有到场。

就在大家翘首盼望的时候，来了个送信的，他告诉岛津义弘等人，小西行长可能来不了了，因为现在他已在海上被陈璘、邓子龙以及李舜臣三人的军队团团围住，陷入了一片苦战之中，同时遭到同一命运的，还有大村喜前、五岛玄雅、有马晴信以及松浦镇信。

这是联军最后的奋战了。

自从泗川战败，联军在短时间内已经无法组织起大规模的陆地军事行动，基本上就只能干瞪着眼，看着几万日本人带着战利品安然回国。

这种尴尬的局面因为三个人而被改变——陈璘、邓子龙、李舜臣。

既然无法从陆地上堵你们，那么就在海上歼灭；既然无法全部消灭你们，那么就把最重要的那个人给干掉。

这最重要的人，特指两次侵朝第一军团总司令、日本侵朝战场总指挥小西行长。

十一月十五日，明、朝联军在小西行长撤退的必经之路，顺天至巨济岛的航路要冲——露梁海峡埋伏了六百余艘战舰，并且毫无悬念地将其包围。

得知情况后的其他在朝大名，陷入了深深的沉思之中。

放任不管看着行长被人打死，还是冒着自己被打死的危险前去救援？这是一个问题。

如果放任行长成为朝鲜的露水，那将成为日本永远的瑕疵。

岛津义弘率先打破了沉默。

接着，立花宗茂二话没说当即表示赞同。

然后，剩下的大名也纷纷响应，愿意一同出战救出小西行长。

十七日，他们准备了战船五百艘，向着顺天出港救援。当天夜里，义弘在船上召开了军事会议。

十八日凌晨四点左右，船队出现在了露梁海峡。日本舰队的先头，便是高举十字旗的岛津义弘旗舰，随后紧紧跟着十余艘战船。

“我作为先锋在前，诸位也千万不要落后了！”

将海战常识完全打破的义弘，摆出了决一死战的架势。

但是朝鲜水军却以逸待劳，早已静候在海峡南面南海岛西面的入江观音浦，而明军则在海峡的北面，独岛（日本方面称竹岛）附近埋伏了起来，当日军出现在他们面前的时候，立刻从左右两翼冲杀了过来。

一时间海峡炮声大作。数百敌船解缆悬帆，向他们冲了过来，并且在船上发射了弓箭鸟枪还有大炮。

联军超过一千艘的战船蜂拥而出，将日军团团围住，并且切断了他们的退路。

陷入包围的日军面对装备在明军船上射程可达数百米的大炮，一时间不知道该如何应对，不过却并没有因此而混乱。

这是岛津义弘早就料到的事情。

他非常冷静地下令继续前行，完全不顾那些炮弹。

当然，他不管别人并不意味着别人也不管他，明朝海军副将邓子龙一眼就看到了岛津义弘旗舰上那高高悬挂起来的丸十字，挥舞着战刀指挥着手下勇猛地冲了过来。

邓子龙手下的这三千兵，大多是浙江人，跟随他从浙江前来此地，这是一支老牌精锐，同样也有着一个响亮的名字——俞家军。

创建人是和戚继光齐名的抗倭将领俞大猷。

既然被堵上了，继续埋头赶路做鸵鸟那实在有些不太合适，于是，萨摩人开始发起了疯狂的突击。

明军一下子没能扛住，在萨摩人的一阵炮火下，邓子龙所在的舰船开始着火。

危急时刻，属下劝说他暂时后退，然而年近七十的老将军毅然拒绝，并且掷地有声地表示道："此船即我所守之土，誓死不退！"

最终老将军在熊熊燃烧的船上，走完了自己光辉的一生。

打死邓子龙之后，岛津义弘再次下达了继续前行的命令，但是没走几步，陈璘和李舜臣出现了，前者是迎面扑上，后者则从侧面袭来。

南陈北李一露面，便二话不说地发动了攻击，因为大家都明白，这是最后一次歼灭日军的机会了，过了这个村，就没有那个店了。

数以千计的火壶投掷于日军战船，一艘艘战船霎时间化为火海。而火箭也一支连着一支地射在了船上。

位于中军的岛津家臣桦上久高率领战船十余艘，在一片混乱中逃往了观音浦。这一切都没有逃过李舜臣的眼睛，他立刻指挥船队追了上去，用铁炮一阵猛射。知道大事不妙的久高没有反抗，而是连头也不回地继续逃窜，一直到南海岛边上，最后连船都不要了，众人直接上岸就地逃散。

见他们已经丧失了作战能力，李舜臣也没深追，很快指挥舰队离开了观音浦，向着正在和陈璘队厮杀的寺泽广高船队冲了上去。

日军的阵形如同一条长长的带子，被从后面和侧面包抄上来的对手拦腰切成数段围歼。

一时间日军伤亡惨重，首尾不能相顾，就连岛津义弘本人的旗舰都发生了意外。

岛津、立花、宗的三家船队在包围圈中左右突围，在快要到海峡出口的时候，却意外碰上了漩涡，船桨都不听使唤了。

在他们到达唐岛的濑户口正要继续撤退的时候，突然风浪大作，一时落水的士兵不计其数，而岛津义弘的旗舰也随之上下颠簸，险象环生。

该船此时已经伤痕累累，帆柱折断，船舱内也开始进水，眼看着就要沉没，家臣种子岛时久看到这个情景立刻命令船只上前搭救，却被朝鲜水军缠住，脱身不得。正在危急关头，同为岛津家家臣的山田有信也赶到附近，这才将义弘一干人等救到自己的船上。

当时的现场目击者，岛津家家臣大河平某事后回忆称："殿下（义弘）的旗舰眼看就要沉没，在生死之间徘徊，人人都为此捏着一把汗，紧张得浑身的血液都凝固了一般，唾沫也卡在了喉咙处怎么都咽不下去。"

此时李舜臣和陈璘的船队已经打败了寺泽广高和高桥统增，正在追着两人的屁股后面痛打落水狗。突然背后一阵喊杀声，一支船队如同神灵下凡一般莫名其妙地出现在了他们的身后。陈李两人的船队立刻陷入了枪林弹雨之中。

来人正是刚才逃走的桦山久高。

其实，刚才久高那一伙人虽然逃上了岸，却并未逃远，而是纷纷躲在了岸上的山林里观察着战局的动态，而李舜臣却误以为他们是真的逃到岸上落草为寇去了，于是一边盘算着待会儿打完了岛津再去抓流窜犯，一边又转过身子开始追着其他日军船舰了。

这就犯了一个不管是战场还是街头打架的大忌：将后背留给了敌人。

久高军的神奇复活以及完美的卡位，使得刚才还被打得落花流水的寺泽广高和高桥统增士气大增，立刻如同吃了兴奋剂一般，掉转船头向李舜臣、陈璘的旗舰冲了过去，搞起了前后夹击，并和久高军一起形成了一个小包围圈。

于是，混乱的战场上出现了这样一个有趣的画面——日军被明、朝联军包围，而明、朝联军的最高统帅又被日军包围。

此刻的李舜臣第一反应应该是心头一颤，情知不妙，但是一切的一切都为时已晚。

几个萨摩人已经争相跳上了陈璘的旗舰，卫队赶紧上前拼死阻拦，怎料萨摩人彪悍又不要命，卫队纷纷被砍倒在了刀下，陈璘之子陈九经见势不妙立刻提刀挺身上前，意图抛命救父，怎奈何本事不济，几十秒内便被人白刀进红刀出地戳成了血人，然而名将之子的他本着最后的意志愣是做到了“血淋漓，犹不动”。旗舰士兵几乎全军出动，才好不容易赶走了萨摩人，保住了陈璘一命。

这时，李舜臣的旗舰也被数十艘日船团团围住，一阵炮火猛烈的轰击之后，船上血肉飞溅，火海一片。李舜臣胸口亦中流弹。

在生命的最后时刻，奄奄一息的李舜臣拉住闻讯赶来的侄子李莞：“前方战事紧急，若是让他们知道主帅战死必然会影响士气，我死后，你替我指挥军队，而且，别把我的死讯泄露出去……”

李莞含泪答应，几分钟后，一代名将抱憾长辞。

相当遗憾，也是理所当然的是，李舜臣最后的遗愿并没有实现，很快整个露梁海峡都知道了他的死讯，明、朝联军的士气一下子降落到了谷底。

其中，朝鲜水军率先崩溃，失去了如同神明一般光辉领袖的他们，很快四处逃散开去，明国军队虽说还能接着打，但是看看周围到处都是死命逃跑的朝鲜弟兄，自然也战意顿消。

就这样，经过了整整一夜的厮杀，日军终于冲出了包围圈，明、朝水军也撤向了古今岛。被解除了海上封锁的小西军团也终于得以平安地从光阳湾出海，向着釜山方向航去。

十一月十八日，也就是泗川会战之后的一个多月后，日本方面的撤退终于开始了。

撤退以在蔚山城苦战不已的加藤清正为首，黑田长政、锅岛直茂，接着是立花宗茂和小西行长等人。

殿军自然是岛津义弘。

萨摩军在当月二十四日，最后一个到达了日本的对马岛，标志着历经七年的朝鲜侵略战正式告终。

结束了，终于结束了。

这场战争的是非对错，已经没必要去讨论了，侵略者就是侵略者，无论是因为何种原因所发动的侵略战争，终究是一场罪恶的行为，对于这样的行为，纵然能够理解，也绝对不能接受。

这场战争是很无语也很纠结的。

本不应该侵略的，去侵略人家；本没必要去插一手的，去插了大大的一手；本来应该上下一心奋起反抗赶走侵略者的，反倒没了声音。

不仅如此，对于这场战争的评价，也是各人有各人的看法。

日本方面认为，即便是穷尽举国之力，也是没可能打过当时世界第一的大明帝国。总的来说，这是一场在错误的时间、错误的地点和一个错误的对手，打的一场错误且不光荣的战争，早知道说什么也不去那个鬼地方了。

他们同时认为，也因为这场战争，才导致了丰臣家政权的最终灭亡。

这个问题我们以后详细说。

韩国和朝鲜方面则非常自信地认为，这场原本要危及大明王朝的战争，是靠着朝鲜人民义军和世界级名将李舜臣的力挽狂澜，才得以摆平的。不仅如此，无数相关的历史影视作品也应运而生，比如《名将李舜臣》

之类。该剧中，大明王朝从上到下无不对英勇的李舜臣俯首帖耳，佩服得五体投地……

不过话得有一句说一句，朝鲜虽然是被害人，也确实被打得特别惨，但却并非一无所获。从某种角度来说，他们算得上是这场战争中最大的赢家了，没有之一。

在朝鲜的时候，为了驱寒，加藤清正从日本国内带来了很多看起来红彤彤的干货，吃了之后会感到嘴里火辣辣的且浑身发热。

这就是传说中的辣椒。

在战后，这种食物留在了半岛上并且开始被农民们广泛种植，不仅如此，他们发现，将辣椒和腌制蔬菜放在一起，会变得更具风味。打那时候起，韩国泡菜才开始是辣的。而这玩意儿也成了今天韩国文化面向世界的重要招牌之一。

因为一场被侵略的战争而意外得到了自己的民族招牌，也算是捞了一票了。

至于明朝方面，基本上没什么动静和反应，原因很简单，在此之后五十年不到，明朝就没了。被灭了。

被灭的一个重要原因是这场战争消耗了明朝太多的国力和军力。

明朝当时的实际军队总人数在八十四万五千人左右，其中十六万六千多人去了朝鲜，相当于总兵力的百分之二十。这个数字不可说是不大，尤其是对一个农业国家而言。

而当年戚继光、俞大猷这些人苦心经营的戚家军、俞家军等军队，都在这七年里被消耗殆尽。

至于财政开销，那更是大得惊人。

虽然这是一场日本对朝鲜发动的侵略战，但是从头到尾朝鲜就基本上没怎么自己动手打过。不打也就算了，连军费粮食都是明朝自己掏的腰包。

所有的财政支出，单靠明朝中央政府的收入是远远不够的，主要是由太仓仓库来负责。

战争期间，太仓方面每年支出的金额是二百四十万两白银，但是入库的却不过二百零四万两，处于一个不折不扣的赤字状态。

在万历死后不久，太仓仓库就已经完全匮乏，造成了明朝后期的财政紊乱。

不仅如此，当明朝军队在朝鲜浴血奋战的时候，有一双眼睛在背后仔细观察了他们的战略战术、作战思想以及武器情报，并且深深地记在了自己的心里。

这个人叫做爱新觉罗 · 努尔哈赤。

大致情况，基本上就是如此了。

这是一场两败俱伤的战争，日本和明朝作为主要的参战方，都彼此受到了不同程度的损耗，其中明朝较之更惨一点。

因为日本好歹还抢到了些许战利品，好歹也抢到了不少人口，带回了一些相当先进的手工技术，比如陶艺制作等等，但是明朝什么也没有得到。

出兵七年，出人出力出钱出粮，最后连对方的一句诚恳的谢谢都没有，最多也就在后来的日子里象征性地出兵协助明朝，跟后金的努尔哈赤来个武装游行，可不久之后当女真人的铁骑踏入朝鲜国内时，看到自己昔日的大哥再也没有援助赶走外敌之力后，朝鲜人毫不犹豫地选择了投降。

在这七年里，明朝失去了太多，却几乎什么都没有得到。然而他们依旧坚持了下来，用自己的双手将侵略者赶出了朝鲜。

究其原因，我在战后万历昭告天下宣布战胜的一份诏书里找到了一句话，相信可以作为答案："义武奋扬，跳梁者，虽强必戮。"

我相信，在四百多年前，曾经有那么一群人，他们或贪财，或好色，或喜欢混饭；还有那么一群人，明明可以回家老婆孩子热炕头，明明可以不冒风险不遭灾，明明可以晃荡一圈之后安全回国，可他们却依然义无反顾地踏上了战场，留在了战场，最终用自己的鲜血和生命搏来了最终的胜利，因为在这些人的心里，拥有着一种无比珍贵的品质。

人，有着比心脏更加重要的器官，这东西虽然看不见，但确实贯穿存在于我们的脑袋和丹田之间。正因为有它，我们即便摇摇晃晃也能笔直向前走，也正因为有它，我们才能站得笔挺，如果轻易就退缩的话，它就会被折断，灵魂，会被折断。

比心脏停止跳动之类的事更重要的，是堂堂正正地屹立于世间。

我们的灵魂，永远不会被折断。

《中日恩怨两千年3》即将出版，精彩预告：

昔日琉球，今日冲绳，这一方由高僧鉴真亲自命名的水土究竟是如何进入日本版图的？德川幕府为何要出兵台湾？中国知日第一人究竟是谁？收复台湾的民族英雄郑成功，其实是中日混血？被誉为明治维新的思想启蒙者，竟是一名中国人？明治五年日本勇救秘鲁船中的中国劳工，为友谊，还是为其他？长崎事件中北洋水兵在日本大打出手，究竟为何？

敬请期待《中日恩怨两千年3》。

读客®“这本史书真好看”文库

轻松有趣，扎实有力！

什么是读客“这本史书真好看”文库？

史书浩如烟海，大多枯燥无味，想找的一本既轻松有趣，又扎实有力的历史读物，犹如大海捞针。

读客“这本史书真好看”文库只为你提供真正好看的历史读物：从史学泰斗，学界新秀的海量著作当中，挑选出最有趣、最扎实的作品；用小说般精彩生动的文字，散文般轻松细腻的叙事，社论般犀利独到的观察，讲述最真实有力的历史。让你在轻松愉悦的氛围中享受阅读，不知不觉成为历史大师！

认准读客“这本史书真好看”文库——轻松有趣，扎实有力！

《血腥的盛唐》全国热卖中！

让中国历史上最著名的主角们，为您讲述中华民族历史上
最辉煌、最璀璨也最黑暗、最血腥的朝代
一部289年的唐史，就是一部中国5000年历史的缩影。

在最鼎盛时期，唐朝经济GDP高达世界总量的六成，领土面积是当今中国的两倍，300多个国家的人们怀着崇敬之心，涌入长安朝圣，2300多名诗人创造了无法逾越的文化盛世；然而事实上，如此繁荣的景象只持续了不到整个朝代一半的时间，大唐王朝的最后近百年间，连年内战，四处硝烟，黄河流域尸横遍野，千里无鸡鸣，万里无狗吠，落日的余辉下，是一望无际的地狱之国。

翻开本书，中国历史上最著名的主角们：李渊、李世民、武则天、杨贵妃、唐明皇、李白、安禄山、黄巢……帝王将相，轮番上阵，诗人草寇，粉墨登场，紧锣密鼓，不容喘息，连演数场好戏：一场比一场令人血脉贲张！一场比一场起伏跌宕！一场比一场充满血腥和阴谋！说尽这个最辉煌朝代的骄傲、耻辱与秘密。

大唐王朝的兴起与没落，辉煌与黑暗，就像一部中华民族历史的缩影。

读客 公务员读史丛书 030
其实我们一直活在
春秋战国
龙镇 著

《战国纵横：鬼谷子的局》全国热卖中！

讲述谋略家、兵法家、纵横家、阴阳家、道家共同的祖师爷——鬼谷子布局天下的辉煌传奇。

战国时期，在一个叫清溪鬼谷的山上（今河南鹤壁市），隐居着一位被尊称为鬼谷子的老人（本名王诩），他每天在山上看书、打坐、冥想，不与世人来往，过着与世隔绝的生活。

但是，两千多年来，兵法家尊他为圣人，纵横家尊他为始祖，算命占卜的尊他为祖师爷，道教则将他与老子同列，尊为王禅老祖。

鬼谷子一生只下过一次山，只收过四个徒弟：庞涓、孙膑、苏秦、张仪——他们进山前都只是无名小卒，出山后个个大放异彩、名流千古。这四人运用鬼谷子传授的兵法韬略和纵横辩术在列国出将入相，呼风唤雨，左右了战国乱世的政局。

先是庞涓下山，大施拳脚，帮助魏国傲视群雄；不久孙膑出任齐国军师，打得魏国灰头土脸；接着苏秦身佩六国相印，说服诸国合力，使强秦十五年不敢出函谷关；最后张仪两为秦相，凭三寸不烂之舌戏弄天下诸侯，让苏秦功亏一篑，揭开了秦始皇统一中国的序幕。

弟子们征伐天下，鬼谷子坐镇深山、翻云覆雨，不动声色地看着弟子们一点点实现自己心中的理想：结束诸侯混战，天下一统，百姓安居乐业……

翻开本书，了解中国一切智谋、诡谋、阴谋、阳谋的终极境界。

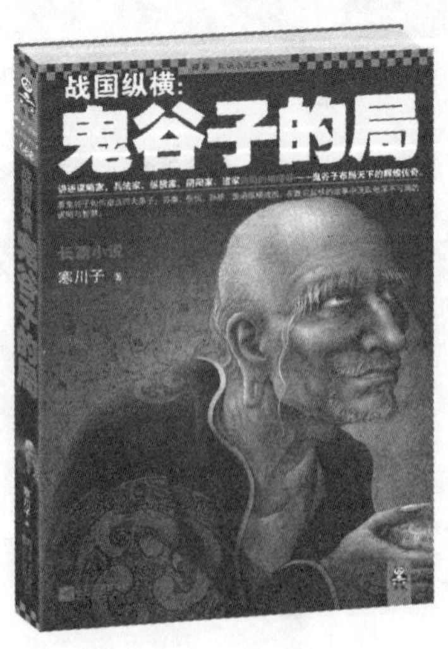